# SOCO
## NA CARA

# ARTHUR CONAN DOYLE
# SOCO NA CARA

*Tradução*
**Ana Santa Cruz**

Título original: *Rodney Stone*
Copyright © 1921 by Arthur Conan Doyle

Direitos de edição da obra em língua portuguesa no Brasil adquiridos pela Editora Nova Fronteira Participações S.A. Todos os direitos reservados. Nenhuma parte desta obra pode ser apropriada e estocada em sistema de banco de dados ou processo similar, em qualquer forma ou meio, seja eletrônico, de fotocópia, gravação etc., sem a permissão do detentor do copirraite.

Editora Nova Fronteira Participações S.A.
Rua Nova Jerusalém, 345 – Bonsucesso – 21042-235
Rio de Janeiro – RJ – Brasil
Tel.: (21) 3882-8200 – Fax: (21) 3882-8212/8313

---

CIP-Brasil. Catalogação na fonte
Sindicato Nacional dos Editores de Livros, RJ

D784s  Doyle, Arthur Conan, 1859-1930
　　　　　Soco na cara / Arthur Conan Doyle; tradução Ana Santa Cruz. – 1. ed. – Rio de Janeiro: Nova Fronteira, 2015.
　　　　　256 p.

　　　　　Tradução de: Rodney Stone
　　　　　ISBN 978.85.209.2115-9

　　　　　1. Romance inglês. I. Cruz, Ana Santa. II. Título.

　　　　　　　　　　　　　　　　　　CDD: 823
　　　　　　　　　　　　　　　　　　CDU: 813.111-3

# Sumário

Prefácio ............................................................................................... 7
Capítulo I – Friar's Oak ...................................................................... 9
Capítulo II – O fantasma de Cliffe Royal ......................................... 20
Capítulo III – A atriz de teatro de Anstey Cross ............................. 30
Capítulo IV – A paz de Amiens ........................................................ 41
Capítulo V – O dândi Tregellis ......................................................... 51
Capítulo VI – No limiar do mundo .................................................. 65
Capítulo VII – A esperança da Inglaterra ........................................ 73
Capítulo VIII – A estrada de Brighton ............................................. 88
Capítulo IX – No Watier ................................................................... 98
Capítulo X – Os homens do ringue ................................................ 110
Capítulo XI – A luta na cocheira ..................................................... 128
Capítulo XII – O Café Fladong ....................................................... 143
Capítulo XIII – Lorde Nelson ......................................................... 157
Capítulo XIV – Na estrada .............................................................. 166
Capítulo XV – Jogo sujo ................................................................. 178
Capítulo XVI – Crawley Downs ..................................................... 184
Capítulo XVII – No ringue ............................................................. 194
Capítulo XVIII – A última batalha do ferreiro .............................. 205
Capítulo XIX – Cliffe Royal ............................................................ 218
Capítulo XX – Lorde Avon ............................................................. 226
Capítulo XXI – O relato do criado de quarto ................................ 235
Epílogo ............................................................................................ 244

# Prefácio

Entre os livros que consultei durante as pesquisas para executar a tarefa de ilustrar as diversas fases da vida e dos modos na Inglaterra do início do século, eu mencionaria em particular: *Dawn of the Nineteenth Century* [O alvorecer do século XIX], de Ashton; *Reminiscences* [Reminiscências], de Gronow; *Life and Times of George IV* [A vida e os tempos no período de George IV], de Fitzgerald; *Life of Brummell* [A vida de Brummell]; *Boxiana* e *Pugilistica*, de Jesse; *Brighton Road* [A estrada de Brighton], de Harper; *Last Earl of Barrymore* [O último conde de Barrymore], *Old Q. Robinson* e *History of the Turf* [História do turfe], de Rice; *Coaching Days* [Dias de treino], de Tristan; *Naval History* [História naval], de James; *Collingwood* e *Nelson*, de Clark Russell.

Também sou grato a meus amigos J.C. Parkinson e Robert Barr pelos esclarecimentos a respeito de temas relativos aos ringues.

A. Conan Doyle

# Capítulo I
# Friar's Oak

Hoje, 1º de janeiro do ano de 1851, o século XIX chega à metade e, entre nós que fomos jovens como ele, um bom número já recebeu avisos que nos alertam para o fato de termos sido marcados pelo tempo. Nós, os mais velhos, de cabeças grisalhas, nos reunimos para conversar sobre os dias passados; mas, quando é com nossos filhos que falamos, sentimos muita dificuldade em fazer com que nos compreendam. Nós e nossos pais antes de nós vivemos vidas bem parecidas. Nossos filhos, no entanto, com suas locomotivas e barcos a vapor, pertencem a uma época diferente. É verdade que podemos colocar-lhes nas mãos livros sobre história para que possam ler sobre nossas lutas de 22 anos contra aquele grande vilão. Podem aprender como a Liberdade foi expulsa do vasto continente, como Nelson derramou seu sangue, como o pobre Pitt teve o coração partido em seus esforços para impedir que essa mesma Liberdade nos deixasse para se refugiar do outro lado do Atlântico. Nossos filhos podem ler a respeito de tudo isso, sobre a data de determinado tratado ou de uma batalha específica, mas não sei onde encontrarão detalhes sobre nós, onde poderão se informar sobre o tipo de gente que fomos, sobre a vida que tivemos, sobre como o mundo era percebido por nossos olhos quando éramos jovens como eles são agora.

Se pego minha caneta para redigir sobretudo isso, não creia, no entanto, que me proponho a escrever memórias, pois quando essas coisas se passaram eu mal havia atingido a idade adulta. E, embora eu tenha visto um pouco da vida dos outros, pouco haveria para contar sobre minha vida. É a história do amor por uma mulher que faz a história de um homem, e muitos anos se passariam antes que eu pusesse os olhos, pela primeira vez, na mulher que seria a mãe de meus filhos. Para nós parece que foi ontem. As crianças, no entanto, já são suficientemente grandes para alcançar as ameixas nas árvores do jardim enquanto ainda continuamos a procurar por uma escada que as ajude a colher os frutos. E nos mesmos caminhos que percorríamos com suas pequeninas mãos entrelaçadas nas nossas, passamos hoje apoiados alegremente em seus braços. Vou falar-lhe de um tempo em que o amor de mãe era o único que eu conhecia. Se você, leitor, procura algo mais, não é para você que escrevo. Mas, se quiser viajar comigo para esse mundo esquecido; se quiser conhecer Boy Jim e Champion Harrison, se quiser conhecer meu pai, um dos marinheiros de Nelson, se quiser conhecer um pouco sobre este grande homem do mar e sobre George, que viria a se tornar um indigno rei da Inglaterra, se, acima de tudo, quiser conhecer meu famoso tio, sir Charles Tregellis, o rei dos dândis, e sobre os grandes lutadores cujos nomes lhe são ainda familiares, então me dê as mãos e sigamos pela estrada.

Devo adverti-lo, no entanto, que se pensa encontrar em seu guia aspectos interessantes, você se arrisca ao desapontamento. Quando olho para minhas estantes de livros, vejo que apenas os sábios, os espirituosos e os valentes se aventuraram a escrever sobre suas experiências. De minha parte, ficaria bem satisfeito caso pudesse ser reputado como tendo a inteligência e a coragem da média dos homens. Homens de ação fizeram bom juízo de minha inteligência; e homens de inteligência, de minha capacidade de ação. Isso é o melhor que posso dizer sobre mim. Exceto uma aptidão inata para a música, de tal forma que me é fácil e natural o domínio de qualquer instrumento. Não me recordo de uma única vantagem que possa ter tido sobre meus camaradas. Em tudo fui um homem mediano, pois tenho altura mediana, meus olhos não são azuis, nem cinzas e, antes que a natureza pudesse tingir de branco minha cabeça, a nuance de meus cabelos era um intermediário entre o loiro e o castanho. Posso, talvez, dizer exultante: durante a vida, nunca senti inveja de homens que eu admirasse e que fossem melhores do que eu, e que sempre enxerguei as coisas como elas são, incluindo a mim mesmo, algo que pesa em meu favor agora que, na idade madura, sento-me para escrever minhas memórias. Com sua permissão, portanto, vamos afastar minha personalidade, até onde for possível, do quadro que pintarei. Se você puder me imaginar como um fio delgado e invisível que serve para alinhar pérolas que virão, como em um colar, você estará me aceitando da forma que desejo.

Muitas gerações de nossa família, os Stones, devotaram-se à Marinha e tem sido uma tradição familiar a de colocar no filho mais velho o nome do comandante favorito de seu pai. Dessa forma, podemos traçar nossa genealogia até chegar ao velho Vernon Stone, que comandou um galeão de proa pontuda e cinquenta canhões contra os holandeses. Depois vieram Hawke Stone e Benbow Stone até chegar a meu pai, Anson Stone que, por sua vez, batizou-me de Rodney, na igreja paroquial de Saint Thomas, em Portsmouth, no ano da graça de 1786. Através da janela, enquanto escrevo, avisto meu filho no jardim e se eu gritasse "Nelson!", você perceberia que me mantive fiel à tradição de nossa família.

Minha querida mãe, a melhor que já existiu, era a segunda filha do reverendo John Tregellis, vigário da pequena paróquia de Milton, nos arredores da várzea de Langstone. Ela era de uma família pobre, embora com uma certa posição, pois seu irmão mais velho era o famoso sir Charles Tregellis que, tendo herdado o dinheiro de um rico negociante das Índias Orientais, tornou-se, em sua época, o centro das atenções da cidade e um amigo muito próximo do príncipe de Gales. Mais adiante direi mais a seu respeito; mas, desde já, você deverá se lembrar de que ele era meu tio e irmão de minha mãe.

Posso me lembrar de minha mãe durante toda a sua bela vida, pois ela era apenas uma garota quando se casou, e um pouco mais do que uma garota se a revejo em minhas lembranças, com seus dedos sempre ocupados com algum trabalho, com sua voz suave. Vejo uma mulher amável, de gentis olhos de pomba, de estatura um pouco baixa, é verdade, mas de porte muito distinto. Em minhas lembranças daqueles dias, ela está sempre vestida com algo de cor púrpura, a refletir luz suavemente, com um lenço claro em seu longo e branco pescoço; e vejo seus dedos indo e vindo, enquanto faz tricô. Vejo-a novamente na meia-idade, doce e amável, a planejar gastos diários com sabedoria frente aos poucos xelins do salário de tenente com o qual meu pai sustentava a casinha em Friar's Oak, e, ao mesmo tempo, a mostrar ao mundo um ar de tranquilidade. E hoje, basta que eu entre na sala para poder vê-la uma vez mais, com mais de oitenta anos de uma vida santa, com os cabelos prateados, o rosto sereno, a usar o pequeno chapéu com fita, óculos de aro dourado e seu xale de lã com barras azuis. Eu a amei enquanto jovem e eu a amo agora, velhinha; e quando ela se for levará consigo algo que nada no mundo pode substituir. Você que lê este relato pode ter muitos amigos, você pode se casar mais de uma vez, mas o fato é que sua mãe é a primeira e última amiga. Cuide bem dela enquanto pode, pois chegará o dia em que toda atitude mal pensada e toda palavra descuidada retornarão com seus espinhos para se cravarem em seu coração.

Assim, então, era minha mãe. Quanto a meu pai, posso descrevê-lo melhor no tempo em que ele retornou para nós, vindo do Mediterrâneo. Durante toda a minha infância ele foi apenas um nome para mim e uma miniatura de rosto em um colar no pescoço de minha mãe. Primeiro me disseram que ele lutava contra os franceses e, depois de alguns anos, ouvia-se menos a respeito dos franceses e mais sobre o general Bonaparte. Lembro-me do misto de respeito e de temor que experimentei, um dia, em Thomas Street, Portsmouth, ao ver uma gravura do grande corso na vitrine de uma livraria. Aquele era, então, o arqui-inimigo com o qual meu pai gastou sua vida em uma terrível e incessante luta. Para minha imaginação de criança, tratava-se de um caso pessoal e para sempre vi meu pai e esse homem sem barba e de lábios finos a lutarem em um mortal e interminável corpo a corpo. Apenas quando fui para a escola de gramática que vi muitos outros garotos cujos pais estavam na mesma situação.

Apenas uma vez, naqueles longos anos, meu pai retornou à casa, o que mostra a você o que que significava ser mulher de marinheiro naqueles dias. Foi depois que nos mudamos de Portsmouth para Friar's Oak que ele veio passar uma semana conosco, antes de levantar vela junto com o almirante Jervis para ajudá-lo a ganhar o título de lorde St. Vincent. Lembro-me de que meu pai causava-me fascinação e medo com suas histórias sobre batalhas e me lembro, como se fosse ontem, do horror quando percebi uma mancha de sangue na gola de sua camisa, decorrente, sem dúvida alguma, de algum descuido ao se barbear. Naquele momento eu não questionei se a mancha era do espirro de sangue de algum francês ou de algum espanhol ferido, e me encolhi assustado quando meu pai pousou a mão calejada em minha cabeça. Minha mãe chorou amargamente quando ele partiu, mas, de minha parte, não senti pesar ao ver sua capa azul e suas calças brancas se afastarem pela trilha do jardim, pois eu sentia, no egoísmo descuidado de uma criança, que eu e minha mãe ficávamos mais próximas quando estávamos sozinhos.

Eu tinha 11 anos quando nos mudamos de Portsmouth para Friar's Oak, um pequeno vilarejo de Sussex, ao norte de Brighton, que nos foi recomendado por meu tio, sir Charles Tregellis, pois um de seus amigos, lorde Avon, tinha casa por ali. A razão de nossa mudança era o fato de que viver no interior era mais barato. Havia também a conveniência de minha mãe poder conservar a aparência de uma dama ao se manter distante do círculo de conhecidos aos quais não poderia negar hospitalidade. Eram tempos difíceis para todos, exceto para os fazendeiros que lucravam tanto, segundo me disseram, que podiam se dar ao luxo de deixar metade de suas terras em descanso, enquanto viviam, de maneira honrada, às custas da outra metade. O trigo era vendido a 110 xelins o quarto de quilo, e o pãozinho a um xelim e nove pences. Mesmo na quietude da casinha de Friar's Oak, nós mal poderíamos ter vivido não fosse o rendimento extra de meu pai na esquadra por ali estacionada. Os navios da frente de guerra que rondavam Brest nada tinham a ganhar, exceto honra; mas as fragatas postas em prontidão capturaram muitas embarcações de cabotagem e essas, como é de regra, eram tidas como pertencentes à frota inimiga e, assim, os produtos que transportavam eram divididos como espólio de guerra. Dessa forma, meu pai podia enviar para casa o suficiente para mantê-la e para pagar a escola do senhor Joshua Allen, que frequentei durante quatro anos e onde aprendi tudo o que ele tinha a ensinar. Foi na escola que vi pela primeira vez Jim Harrison, Boy Jim, como sempre era chamado, o sobrinho de Champion Harrison, o ferreiro da cidade. Posso revê-lo agora como era então, com sua compleição grande, meio atrapalhado, como um filhote de terra-nova, e com um rosto que fazia virar todas as mulheres quando ele passava por elas. Foi naqueles dias que iniciamos nossa longa amizade, uma amizade que ainda nos torna próximos como dois irmãos em nossos anos de envelhecimento. Ensinei-lhe exercícios, pois ele nunca apreciou nem a vista de um livro e ele, em retribuição, ensinou-me luta e boxe, a pescar trutas no Adur, a capturar coelhos em armadilhas em Ditching Down, pois suas mãos eram tão ativas quanto seu cérebro era lento. Ele era dois anos mais velho e, então, já tinha deixado a escola para trabalhar com o tio como ferreiro, no tempo em que ainda faltava muito para eu terminá-la.

Friar's Oak fica em Downs, e o marco 43 entre Londres e Brighton fica no limite no vilarejo. É um lugar pequeno, com uma igreja de paredes exteriores cobertas de hera, uma boa casa paroquial e uma fileira de casinhas de tijolo aparente, cada uma delas em seu pequeno jardim. Em uma das extremidades ficava a pequena ferraria de Champion Harrison, com a casa na parte de trás do terreno; na outra extremidade ficava a escola do sr. Allen. A casa amarela, meio recuada em relação à rua, com seu andar de cima projetado para a frente, e de vigas aparentes de madeira escura, era aquela na qual vivíamos. Não sei se continua de pé — suponho que esteja, pois o lugar não era muito propenso a mudanças.

Bem do outro lado da rua larga e branca, havia a hospedaria Friar's Oak, que era administrada, no meu tempo, por John Cummings, homem de excelente reputação em casa, mas dado a estranhos colapsos quando viajava, como ficará demonstrado mais adiante. Embora houvesse um fluxo de tráfego na rua, as carruagens que partiam de Brighton estavam ainda muito perto do ponto de partida para parar, e aqueles que vinham de Londres, muito ansiosos para alcançar o ponto de chegada, de modo que, não fosse em casos de uma peça quebrada ou de uma roda afrouxada, o senhorio teria de se conformar com as gargantas sedentas do vilarejo. Naqueles dias, o príncipe de Gales tinha acabado de construir seu singular palácio à beira-mar, e, assim, de maio a setembro, a temporada de Brighton, nunca havia um dia sem que de cem a duzentas charretes, faetontes e carroças chacoalhassem em frente a nossas portas. Em muitas noites de verão, Boy Jim e eu deitamos de costas na grama observando toda aquela gente abastada, gritando alegremente para as carruagens de Londres, enquanto se aproximavam chacoalhando em meio a nuvens de poeira, cavalos concentrados em seu trabalho, sinetas soando, cocheiros com seus chapéus baixos e de abas viradas e as faces tão escarlates quanto seus casacos; os passageiros costumavam rir quando Boy Jim gritava para eles, mas, se pudessem perceber seu corpanzil, eles teriam olhado com mais firmeza para ele e, talvez, retribuído os gritos de entusiasmo.

Boy Jim nunca teve nem pai nem mãe e passara a vida inteira com seu tio, Champion Harrison. Harrison era o ferreiro de Friar's Oak e tinha esse apelido porque lutara com Tom Johnson quando esse detinha o Cinturão Inglês, e, certamente, teria vencido Johnson se a polícia de Bedfordshire não tivesse aparecido para pôr um fim na luta. Durante anos não houve rival para o ardor de Harrison ao lutar nem para sua destreza ao dar um golpe final nos adversários, embora ele sempre tenha tido, segundo se dizia, pernas um tanto quanto lentas. Por fim, em uma luta com BlackBaruk, o Judeu, ele terminou a contenda com um golpe tão violento que não apenas venceu seu oponente lançando-o para além das cordas de contenção do ringue, como também deixou seu adversário, durante três longas semanas, entre a vida e a morte. Durante todo esse tempo, Harrison esteve meio demente, esperando a todo minuto sentir as mãos de um policial agarrando-o pelo colarinho para levá-lo a julgamento e, talvez, a uma condenação à morte. A experiência, juntamente com as preces de sua mulher, fez com que ele renunciasse para sempre ao ringue e empregasse a enorme força de seus músculos em um ofício que lhe parecesse mais vantajoso. Havia muito trabalho para ser feito em Friar's Oak, em razão do tráfego intenso e da proximidade dos fazendeiros de Sussex, de modo que ele se tornou rapidamente um dos habitantes mais endinheirados do vilarejo; e quando ia à igreja, aos domingos, com sua mulher e seu sobrinho, a família se mostrava tão respeitável quanto poderia desejar.

Ele não era um homem alto, não tinha mais do que um metro e setenta, e costumava-se dizer que se ele tivesse uma polegada a mais de alcance nos braços, ele poderia ser páreo para Jackson ou para Belcher em seus melhores dias. Seu tórax era como um barril e seus antebraços eram os mais poderosos que eu já tinha visto, com músculos saltados e luzentes entre os quais havia sulcos profundos, como blocos de rocha polidos pela ação das águas que correm entre eles. Apesar de sua força, no entanto, ele era de uma disposição calma, ordeira e gentil, de forma que não havia homem mais estimado do que ele naquela paisagem interiorana. Seu rosto de traços fortes, barbeado com zelo, podia mostrar-se com uma expressão bem dura, como testemunhei em certa ocasião, mas, para mim e para os outros garotos do vilarejo, ele sempre tinha um sorriso nos lábios e polidez no olhar. Não havia sequer um mendigo no vilarejo que ignorasse o fato de que seu coração era tão mole quanto seus músculos eram duros.

Não havia assunto de que ele mais gostasse do que suas antigas batalhas como lutador, mas ele se calava sempre que percebia a chegada de sua esposa miúda, pois a maior sombra na vida dela era o temor, sempre presente, de vê-lo um dia descartar martelo e bigorna e partir para a vida nos ringues novamente. E é preciso que eu lembre aqui que a antiga profissão de Champion Harrison não era naquele tempo malvista como um dia seria. A opinião pública, aos poucos, passou a se opor às lutas, em razão de a prática ter sido monopolizada por gente desonesta e sem princípios, que encorajava vilanias nos ringues. Até mesmo o pugilista honesto e corajoso percebeu a multiplicação de lutadores desleais e mal-intencionados em seu entorno, tal como acontece hoje na prática nobre que é a corrida de cavalos. Por esse motivo, o ringue está a perecer na Inglaterra e supomos que quando Caunt e Bendigo morrerem, eles não terão sucessores para tomar-lhes o lugar. Mas era diferente nos dias sobre os quais lhe falo. A opinião pública era bastante favorável às lutas e havia boas razões para isso. Era um tempo de guerra. A Inglaterra, com um exército e uma marinha compostas por voluntários com sangue de guerreiros, tinham como oponente um poder despótico cuja lei transformava cada cidadão em soldado. Se seu povo não tivesse o prazer pela luta em combate, certamente a Inglaterra teria sucumbido. Pensava-se, com razoabilidade, que uma luta entre dois rivais indomáveis diante de uma plateia de trinta mil, com mais três milhões depois comentando sobre a peleja, ajudava, de fato, a estabelecer um padrão nacional de bravura e de resistência. Era brutal, sem dúvida, e a brutalidade era o objetivo final; mas não tão brutal quanto a própria guerra, que, sabemos, sobreviverá às lutas nos ringues. Se passou a ser lógico ensinar o povo a ser pacífico, em um tempo em que sua existência pode vir a depender de seu pendor guerreiro, essa é uma questão para cabeças mais iluminadas do que a minha. Era daquele jeito que pensávamos, no tempo de seus avós, e é por isso que você pode encontrar estadistas e filantropos como Windman, Fox e Althorp, posicionando-se a favor do ringue.

O simples fato de homens de bem apoiarem as lutas era o suficiente para evitar as vilanias que depois se infiltrariam no esporte.

Durante mais de vinte anos, nos dias de Jackson, Cribb, dos Belcher, Pearce, Gully e os demais, os líderes do ringue eram homens de uma honestidade acima de qualquer suspeita; e aqueles vinte anos foram justamente o tempo em que o ringue, como eu disse, serviu a um propósito nacional. Você já ouviu falar de como Pearce salvou uma garota de Bristol de um incêndio, de como Jackson ganhou o respeito e a amizade das melhores pessoas de seu tempo e de como Gully conquistou uma cadeira no primeiro Parlamento reformado. Foram esses os homens que estabeleceram o padrão e a profissão deles era tida em alta conta por afastar do sucesso os bêbados e os aventureiros. Havia exceções, sem dúvida — valentões como Hickman e brutos como Berks; no geral, repito, eram homens honestos, bravos e perseverantes em um grau incrível e honraram o país que os produzira. O destino permitiu, como verá, que eu viesse a conviver com alguns deles e, se falo, portanto, é com conhecimento de causa.

Posso assegurar que, em nosso vilarejo, tínhamos muito orgulho da presença de alguém como Champion Harrison e, se alguém se hospedava no albergue, era certo que o visitante faria um passeio até a ferraria, apenas para vislumbrá-lo. E valia a pena olhá-lo, principalmente nas noites de inverno, quando a luz vermelha da forja refletia em seus músculos desenvolvidos e também no orgulhoso rosto de falcão de Boy Jim, enquanto trabalhavam em uma peça de ferro, emoldurados por centelhas a cada batida. Ele podia golpear com sua marreta de quase 14 quilos para depois Jim arrematar com dois golpes de seu martelo de mão; e o som de *Clunk — clink, clink! Clunk — clinck, clinck!* era um apelo para que eu voasse de casa em direção a eles, na esperança de, estando os dois a trabalhar na forja, haver espaço para eu trabalhar no fole.

Posso me lembrar de apenas uma vez em que, durante todos aqueles anos no vilarejo, Champion Harrison mostrou-me, por um instante, o tipo de homem que ele havia sido no passado. Aconteceu que, em uma manhã de verão, estando eu e Boy Jim de pé, ao lado da porta de entrada da ferraria, aproximou-se uma carruagem particular proveniente de Brighton, com quatro cavalos ainda descansados, a carroceria brilhando, uma feliz algazarra, de modo que Champion veio de dentro correndo, tendo em mãos tenazes e uma ferradura meio entortada, para dar uma olhada no que se passava. Um cavalheiro, trajando uma capa branca de cocheiro — um coríntio, como dizíamos naquele tempo — dirigia, tendo atrás de si meia dúzia de seus companheiros, todos rindo e gritando. Pode ser que as proporções avantajadas do ferreiro tenham atraído a atenção do condutor e que ele tenha agido de maneira irresponsável, ou sem intenção alguma, o fato é que, ao passar por nós, o bastão do chicote de seis metros escapou-lhe das mãos e voou. E foi quando ouvimos o som seco do baque da peça no avental de couro de Harrison.

— Opa, mestre! — gritou o ferreiro a olhar o condutor. — Seu lugar não é na direção até que tenha competência para manejar melhor o chicote!

— O quê? — gritou o condutor, freando.

— Digo que tenha cuidado, mestre, ou haverá um caolho na estrada pela qual costuma trafegar.

— Ah, é assim que você fala, não? — disse o condutor, deixando o chicote de lado e tirando suas luvas de guiar. — Vou ter uma conversinha com você, camarada.

Os cavalheiros desportistas daqueles dias eram bons lutadores de boxe, pois era moda entre eles fazer o curso do boxeador Mendoza do mesmo jeito que, alguns anos à frente, não haveria homem que não tivesse calçado suas luvas com Jackson. Conhecendo a própria perícia, eles nunca deixavam passar a chance de uma aventura de rua, e era raro barqueiros e marinheiros terem assunto para se vangloriar depois de um jovem bem-nascido ter decidido deixar seus trajes de lado para se meter a lutar.

O cavalheiro deixou com destreza o assento da carruagem, com o entusiasmo de um homem que não tem dúvidas sobre o imperativo da briga e, depois de deixar seu capuz na carroceria, começou a dobrar cuidadosamente as mangas de sua camisa branca de cambraia.

— Vou pagar-lhe por seu conselho, camarada —, disse ele.

Tenho certeza de que os homens na carruagem sabiam quem era o robusto ferreiro e encararam como uma piada das boas a visão de seu companheiro rumando para uma grande encrenca. Eles urravam com satisfação frases cortadas e palpites.

— Sacuda a fuligem dele, lorde Frederick! —, gritavam. — Dê a este novato seu café da manhã. Jogue-o às próprias cinzas! E rápido, se não quiser vê-lo sair correndo.

Encorajado pelos gritos, o jovem aristocrata avançou sobre seu homem. O ferreiro não se moveu; apenas sua boca se contraiu tomando uma expressão dura, enquanto suas grossas sobrancelhas baixaram sobre seus penetrantes olhos cinza. As tenazes que segurava foram ao chão e suas mãos ficaram livres.

— Cuidado, mestre — disse ele. — Ou se meterá em encrenca.

Algo na voz segura e algo também no porte quieto advertiram o jovem lorde sobre o perigo iminente. Vi-o olhar com dureza para seu antagonista e, ao fazê-lo, suas mãos e seu maxilar relaxaram simultaneamente.

— Pelos deuses! — ele gritou. — É Jack Harrison!

— Meu nome, mestre!

— E eu que pensei que você fosse um qualquer! Porque, homem, eu não o vejo desde o dia em que você quase matou Black Baruk e me custou um bom dinheiro ao fazer isso.

Como urraram na carruagem.

— Ferrado! Ferrado, pelos deuses! — gritavam da carruagem. — É Jack Harrison, o valente! Lorde Frederick ia enfrentar o ex-campeão. Dá-lhe outra no aventar, Fred, e veja o que acontece!

Mas o condutor já tinha subido para o assento da carruagem e ria tanto quanto seus camaradas.

— Vou deixá-lo em paz desta vez, Harrison — disse. — São seus filhos logo ali?

— Este é meu sobrinho, mestre.

— Aqui tem um guinéu para ele! Ele nunca poderá dizer que não paguei a seu tio! — E assim, tendo virado as gargalhadas em seu favor pelo jeito fanfarrão de lidar com a situação, ele estalou seu chicote e ganhou velocidade para chegar a Londres em cinco horas; Jack Harrison, tomando a ferradura inacabada nas mãos, voltou assoviando para dentro, em direção à forja.

## Capítulo II
## O fantasma de Cliffe Royal

Assim era Champion Harrison. Agora, gostaria de falar algo mais sobre Boy Jim, nem tanto porque ele era o camarada de minha juventude, mas também porque você vai descobrir, à medida que avançar, que este livro é mais sobre a história de Boy Jim do que sobre a minha, e que chegaria o tempo em que seu nome e sua fama estariam na boca de toda a Inglaterra. Você me acompanhará enquanto lhe falo sobre o caráter de Boy Jim naqueles dias e, especialmente, sobre uma aventura bem singular que nenhum de nós poderia esquecer.

Era estranho ver Jim com seu tio e com sua tia, pois ele parecia ser de outra raça, de outra espécie. Frequentemente observei-os andando pela estrada principal aos domingos; primeiro o homem de estatura atarracada e pesada, depois a mulher miúda e gasta, de olhos ansiosos, e, por fim, aquele glorioso rapaz de rosto iluminado, de cachos negros, de andar tão jovial e leve que fazia com que parecesse ligado à terra por um fio menos espesso do que os dos demais habitantes do vilarejo à sua volta. Ele não tinha, então, atingido sua altura de adulto, de 1m83, mas nenhum juiz de beleza (e pelo menos toda mulher é um deles) poderia olhar seus ombros perfeitos, seu quadril estreito e sua orgulhosa cabeça, que se firmava sobre seu pescoço como uma águia no poleiro, sem sentir aquele tipo de alegria sóbria que tudo o que é belo na natureza nos proporciona — um vago contentamento, como se, de alguma forma, fôssemos também responsáveis por tê-lo produzido.

Estamos, no entanto, acostumados a associar a beleza no homem à suavidade. Não sei porque as duas coisas deveriam vir juntas, elas nunca estiveram juntas em Jim. De todos os homens que conheci, ele era o mais duro, tanto no corpo quanto na mente. Quem de nós podia andar com ele, ou correr com ele ou nadar com ele? Quem, em todo aquele vilarejo, exceto Boy Jim, poderia ter nadado até Wolstonbury Cliff, escalar trinta metros enquanto uma fêmea de gavião esvoaçava perto de suas orelhas, em uma luta vã para evitar que ele alcançasse o seu ninho? Ele não tinha mais do que 16 anos, nem toda sua cartilagem ainda convertida em ossos, quando lutou e venceu Gipsy Lee, de Burgess Hill, que chamava a si mesmo de "Galo de South Downs". Foi depois disso que Champion Harrison tomou para si a tarefa de treinar o sobrinho para o boxe.

— Eu preferiria que você se mantivesse distante da luta, Boy Jim, e sua tia também pensa assim; mas, sendo preciso lutar, não será minha a culpa se você não for capaz de enfrentar quem quer que seja lá de South Downs.

E não demorou muito até que o tio pudesse cumprir sua promessa.

Já disse que Boy Jim não tinha amor pelos livros, e eu me referia aos livros de escola, pois, em se tratando de leitura de romances ou de qualquer coisa com um toque de heroísmo ou de aventura, não havia jeito de afastá-lo das páginas até que ele as tivesse terminado. Quando livros assim caíam-lhe em mãos, Friar's Oak e a forja tornavam-se um sonho para ele enquanto sua vida se desenrolava no oceano ou vagando por vastos continentes com seus heróis. E ele também me envolvia em seus entusiasmos, de forma que me diverti bancando o Sexta-feira de Crusoé quando ele proclamou que o bosque situado em Clayton era uma ilha deserta e que éramos náufragos ali durante uma semana. Mas, quando descobri que deveríamos dormir ao relento, de verdade, sem cobertas, noites inteiras e que ele propunha que nossa comida fossem ovelhas da região de Downs (que ele chamava de cabritos selvagens), cozidas em um fogo que acenderíamos ao friccionar dois gravetos secos, meu coração fraquejou e, logo na primeira noite, rastejei de volta para ficar com minha mãe. Jim, ao contrário, manteve-se firme durante toda a cansativa semana — semana úmida, também! — e voltou para casa ao final dos sete dias com o olhar um bocado mais selvagem e todo ele bem mais sujo do que os heróis retratados nas ilustrações dos livros. Ainda bem que se comprometeu a ficar apenas uma semana porque se tivesse dito que ficaria um mês, ele teria preferido morrer de frio e de fome pois seu orgulho o teria impedido de abreviar o prazo para voltar para casa.

Seu orgulho! Este era a essência da natureza de Jim. A meus olhos, trata-se de um atributo misto: meio virtude e meio vício. Uma virtude pois afasta o homem da sujeira. Um vício por tornar difícil que ele se levante se vier a cair. Jim era orgulhoso até a medula dos ossos. Lembra-se do guinéu que o jovem lorde jogou para ele lá da cabine de cocheiro? Dois dias depois alguém o catou na lama da estrada. Jim apenas tinha visto onde a moeda tinha caído e nem se dignou a mostrá-la um mendigo. Ele nem se rebaixava para se explicar em casos assim e podia responder a todas as críticas com uma contração de lábios e com um relampejo de seus olhos negros. Até na escola ele era assim, com um senso de dignidade tão arraigado que levava os outros a pensarem da mesma forma. Ele podia até dizer, como um dia fez, que um ângulo reto era um ângulo adequado ou que o Panamá ficava na Sicília, sem que o velho Joshua Allen sonhasse em apontar sua bengala em direção a Jim, como teria feito comigo se eu tivesse dito coisas do mesmo gênero. E era assim que tudo se passava. Embora Jim fosse órfão e eu o filho de um oficial do rei, sempre pareceu a mim que ele tinha sido condescendente em me escolher como amigo.

Foi esse orgulho do Jim que nos levou a uma aventura que até hoje me faz tremer quando dela me lembro.

Aconteceu em agosto de 1799, ou talvez nos primeiros dias de setembro; mas lembro de ouvirmos o cuco-canoro no bosque de Patcham e de Jim dizer que talvez fosse o último da espécie. Eu ainda estava na escola, mas Jim já a havia deixado, pois ele tinha uns 16, e eu, 13. Eu havia tido aula pela manhã e à tarde estava livre. Como de hábito, fomos em direção a Downs. Nosso lugar favorito ficava além de Wolstonbury, onde podíamos estirar o corpo na grama macia, resistente e salpicada de poeira de calcário, típica da região, entre as pequenas e gordas ovelhas de Southdown, conversando com os pastores apoiados em seus estranhos bastões de Pyecombe, feitos no tempo em que Sussex tinha mais ferro do que todos os outros condados da Inglaterra.

Foi ali que ficamos naquela gloriosa tarde. Se a gente escolhesse se virar do lado direito, toda a região de Weald estava à frente, com North Downs a mostrar-se no horizonte em curvas verde-oliva, aqui e ali fendas de pedras brancas; se a gente escolhesse virar para o lado direito, veríamos a imensa faixa azul que era o Canal. Um comboio, lembro-me bem, chegava naquele dia, uma frota tímida de navios mercantes à frente, as fragatas, como cães de guarda, nos flancos, dois barcos de formas massivas rondando por trás de todos. Eu imaginava que estava planando sobre as águas, em direção a meu pai, quando uma palavra de Jim me trouxe de volta ao gramado como se eu fosse uma gaivota de asa quebrada.

— Roddy — disse ele —, você já ouviu falar que Cliffe Royal é mal-assombrada?

Se eu tinha ouvido? Claro que sim. Quem em Downs não tinha ouvido falar no andarilho de Cliffe Royal?

— Você conhece a história, Roddy?

— Claro — disse eu, com algum orgulho. — Eu tinha de conhecê-la visto que o irmão de minha mãe, sir Charles Tregellis, era o amigo mais próximo de lorde Avon e foi naquele jogo de cartas que a coisa toda aconteceu. Ouvi o vigário e minha mãe falando a respeito na semana passada e tudo pareceu tão claro para mim que parece até que eu estava lá quando o assassinato aconteceu.

— É uma história estranha — disse Jim, pensativo. — Mas quando perguntei para minha tia a respeito, ela se manteve calada; quanto a meu tio, ele cortou o assunto logo do começo.

— Há uma boa razão para isso — disse eu — porque lorde Avon, segundo ouvi, era o melhor amigo de seu tio. É natural que ele não quisesse falar de sua desgraça.

— Conte-me a história, Roddy.

— É uma história velha, de 14 anos atrás, e, ainda assim eles não têm um final para ela. Eram quatro deles que desceram de Londres para passar quatro dias na velha casa de lorde Avon. Eram eles: o capitão Barrington, irmão mais novo do dono da casa; seu primo, sir Lothian Hume; sir Charles Tregellis, meu tio, era o terceiro entre eles; e lorde Avon, o quarto. Essa gente graúda adora jogar cartas a dinheiro e eles jogaram e jogaram durante dois dias e uma noite. Lorde Avon perdeu, sir Lothian perdeu, meu tio perdeu e o capitão Barrington ganhou até não poder mais. Ele ganhou dinheiro e, acima de tudo, promissórias de seu irmão mais velho que significavam muito para ele. Era tarde da noite de uma segunda-feira quando pararam de jogar. Na terça-feira pela manhã o capitão Barrington foi encontrado morto ao lado da sua cama com a garganta cortada.

— E lorde Avon fez aquilo?

— Suas promissórias foram encontradas queimadas na lareira, sua pulseira estava apertada em uma das mãos, e sua faca jazia ao lado do corpo.

— Então ele foi enforcado por isso?

— Não. Foram muito lentos em colocar-lhe as mãos. Ele esperou até que chegassem à sua casa e, então, fugiu rapidamente dali. Desde então, nunca mais o viram, e até dizem que ele foi para a América.

— E as passadas de fantasma?

— Muitos já testemunharam isso.

— Por que a casa segue vazia?

— Porque é o que manda a lei. Lorde Avon não tinha filhos e sir Lothian Hume — o mesmo que estava no carteado — é seu sobrinho e herdeiro. Mas ele em nada pode tocar até provar que lorde Avon está morto.

Jim ficou em silêncio durante um tempo, arrancando pedaços de grama com seus dedos.

— Roddy — disse ele, afinal — você vem comigo hoje à noite para procurarmos pelo fantasma?

Fiquei gelado só de pensar.

— Minha mãe não deixaria.

— Escape quando ela já estiver na cama. Esperarei por você na ferraria.

— Cliffe Royal está trancada.

— Abrirei uma janela com facilidade.

— Estou com medo, Jim.

— Não ficará com medo a meu lado, Roddy. Prometo-lhe que nenhum fantasma vai machucá-lo.

Dei-lhe minha palavra que iria e, por todo o resto do dia, fui o garoto de semblante mais triste de Sussex. Estava tudo muito bem para Jim! Era aquele orgulho só dele que o levava àquela casa. Ele iria pelo simples fato de não haver em toda a região alguém que ousasse fazê-lo. Eu pensava mais ou menos como as outras pessoas, e antes teria cogitado em passar a noite na gaiola dos enforcados no parque Ditchling Common do que na casa assombrada que era Cliffe Royal.

Mesmo assim, eu não podia abandonar Jim; e assim vaguei pela casa com um rosto tão pálido e tão abatido que minha querida mãe chegou a pensar que eu tivera uma indigestão depois de comer maças verdes e me mandou para a cama mais cedo, tendo como jantar uma xícara de chá de camomila. Toda a Inglaterra ia se deitar cedo naqueles dias, pois pouca gente podia pagar o luxo de ter a luz de velas. Quando olhei pela janela, logo depois das dez horas, não havia luz no vilarejo, exceto pela hospedaria. A janela não era alta, então escorreguei para fora até alcançar o chão do jardim; avistei Jim me esperando na esquina da ferraria. Juntos atravessamos a área de John's Common e a de Ridden's Farm, encontrando no caminho apenas um ou dois policiais fazendo a ronda noturna.

Soprava um vento forte e frio e a lua espreitava entre as nuvens, de modo que nosso caminho era, às vezes, iluminado por um tom prateado e, em outras vezes, tão escuro que nos embrenhávamos nos arbustos de frutas silvestres que cresciam ao lado da estrada. Chegamos, por fim, ao portão de madeira com pilares de pedras altas ao lado da estrada e, olhando por entre as fendas vimos a longa alameda de carvalhos e, no fim deste túnel sinistro, a fachada da casa iluminada pelo luar.

Aquilo já teria sido o suficiente para mim, aquele vislumbre do local, com o som do vento noturno assoviando e gemendo entre os ramos das árvores. Jim, no entanto, escancarou o portão e avançamos, com o cascalho fazendo barulho sob nossos pés. Era alta e imponente a velha casa, com muitas janelas pequeninas em cujos vidros a lua refletia; um córrego rodeava três lados da construção. A porta arqueada estava bem em nossa frente e a seu lado havia uma janela com dobradiças pendentes, deixando um espaço aberto.

— Estamos com sorte, Roddy — sussurrou Jim. — Aqui temos uma passagem.

— Não acha que já fomos muito longe, Jim? — disse eu, batendo os dentes de medo.

— Vou levantá-lo para que passe primeiro.

— Não, não, você na frente.

— Então eu vou — ele agarrou o peitoril da janela com força, arremessou seu joelho para cima em um instante.

— Agora, Roddy, me dê as mãos. — Com um puxão ele me içou para seu lado e, em um instante, estávamos na casa assombrada.

Como pareceu assombrada quando pisamos o chão de madeira! Um barulho enorme seguido de eco deixou-nos em silêncio por um momento. Depois, Jim caiu na gargalhada.

— Esse lugar se parece com um tambor velho! — gritou ele. — Vamos acender uma luz, Roddy, para ver onde estamos.

Jim tinha levado uma vela e um acendedor em seu bolso. Quando a chama brilhou, vimos um teto abobadado acima de nossas cabeças, e em inúmeras prateleiras ao redor havia pratos empoeirados. Era a despensa.

— Vou abrir caminho —, disse Jim, alegremente. E, abrindo a porta, ele rumou em direção ao *hall*. Lembro-me das paredes altas, revestidas de painéis de carvalho, com cabeças de cervos penduradas e, em um canto, um busto branco, que fez meu coração ir até a boca. O aposento dava acesso a muitas salas e vagamos de uma a outra — as cozinhas, a sala de destilaria, a copa, a sala de jantar — todas com a atmosfera sufocante de poeira e de mofo.

— É aqui que jogavam cartas, Jim — disse eu, com voz baixa. — Era bem naquela mesa.

— Olhe, aqui está o baralho! — gritou ele, ao empurrar de lado uma toalha marrom que cobria tudo no centro da mesa. Era uma pilha de cartas — uns quarenta pacotes delas, ao menos — que haviam repousado ali desde aquele jogo trágico, antes mesmo de meu nascimento.

— Aonde será que esta escada leva? — perguntou Jim.

— Não vá por aí, Jim! — gritei, pegando-o pelo braço — Isso vai dar no quarto do assassinato.

— Como você sabe?

— Ouvi o vigário comentar que eles viram no teto — Oh, Jim, dá para ver até mesmo agora!

Ele levantou a vela acessa e, bem acima de nós, lá no teto de gesso claro despontava uma mancha grande e escurecida.

— Acho que você tem razão — disse ele — Vou dar uma olhada nisso.

— Não, Jim, não vá! — gritei.

— Roddy, você pode ficar aqui, se tem medo. Não vou demorar mais do que um minuto. Não vale a pena sair em uma caçada a fantasmas se... Santo Deus! Tem alguma coisa descendo as escadas!

Eu também ouvi — um arrastar de pés na sala acima de nós, depois passos e rangidos do assoalho e mais rangidos e outros... Vi que o rosto de Jim estava como se esculpido no marfim, seus lábios entreabertos e os olhos fixos no quadrado escuro lá em cima, onde a escada terminava. Ele ainda segurava a vela, mas seus dedos se contraíam e, a cada contração, as sombras saltavam das paredes para o teto. Quanto a mim, meus joelhos fraquejaram e fui ao chão atrás de Jim, com um grito congelado em minha garganta. E os passos continuavam lentamente, degrau após degrau.

Então, sem conseguir olhar direito e mesmo assim incapaz de desviar os olhos, enxerguei um vulto borrado projetado no canto em que a escada surgia. Houve um silêncio durante o qual pude ouvir o retumbar de meu coração; ao olhar novamente, o vulto desaparecera, mas continuava o ranger do assoalho, embora tomando a direção contrária, subindo a escada, e não mais a descendo. Jim disparou atrás e eu fiquei meio desmaiado em meio à luz da lua que sobre mim caía.

Não demorou muito tempo. Em um minuto ele estava novamente no térreo; colocando as mãos sobre meus braços para que eu me apoiasse, ele me tirou da casa, um pouco me arrastando, um pouco me carregando. Apenas quando alcançamos o ar fresco da noite foi que ele abriu a boca.

— Pode ficar de pé, Roddy?

— Sim, mas estou tremendo.

— Eu também —, disse ele, passando as mãos pela testa — Peço que me desculpe, Roddy. Fui um idiota ao trazê-lo nesta aventura. Eu nunca acreditei em coisas assim. Agora sei que existem.

— Será que era um homem, Jim? — perguntei, agora que podia escutar ao longe latidos de cachorros nas fazendas das redondezas.

— Era um espírito, Rodney.

— Como você sabe?

— Porque eu o segui e vi quando desapareceu atravessando uma parede tão fácil quanto uma enguia some na areia do mar. Roddy, o que você tem agora?

Meu medo tinha voltado todo novamente e cada nervo meu vibrava de horror.

— Leve-me embora, Jim! Leve-me embora! — gritei.

Naquele instante eu fitava a aleia e seus olhos seguiram os meus. Em meio às sombras dos carvalhos algo vinha em nossa direção.

— Silêncio, Roddy! — sussurrou ele — Pelos céus, venha o que vier, dessa vez, o agarrarei com meus braços.

Nós nos agachamos e ficamos tão imóveis como os troncos. Passos pesados abriam caminho no cascalho e um vulto largo emergiu da escuridão.

Jim pulou sobre ele como um tigre.

— Você não é um espírito, afinal! — gritou ele.

O homem deu um grito de surpresa e depois um urro de raiva.

— Que diabo! — grunhiu — Vou quebrar seu pescoço se não me largar!

A ameaça não teria feito Jim largá-lo, mas a voz, sim.

— Tio! — gritou ele.

— Olhe se não é o Boy Jim! E o que é isso, se não é o jovem mestre Rodney Stone tão certo quanto eu sou um simples pecador! O que vocês fazem em Cliffe Royal a esta hora da noite?

Tínhamos todos ido para um lugar onde o luar nos banhava e lá estava Champion Harrison com um grande pacote embaixo do braço e um olhar de tal espanto que teria me divertido não fosse o fato de meu coração ainda estar apertado de medo.

— Estamos em uma expedição — disse Jim.

— Expedição, não é? Bem, não achei que vocês se destinassem a ser capitães Cook, nenhum dos dois, porque nunca vi uma tal dupla de caras de nabos descascados. Ué, Jim, você está com medo?

— Não estou com medo, tio, nunca tive medo. É que espíritos são uma coisa nova para mim.

— Espíritos?

— Estivemos em Cliffe Royal e vimos o fantasma.

Champion Harrison deu um assovio.

— Esse é o jogo, não é? E vocês falaram com o espírito?

— Ele desapareceu antes disso.

Champion Harrison assoviou novamente.

— Ouvi dizer que existem coisas assim em outros lugares. Mas isso não é assunto com o qual eu os aconselharia a se intrometerem. Já temos muitos problemas com pessoas deste mundo, Boy Jim, não é preciso que se metam com as do outro. Quanto a você, jovem mestre

Rodney Stone, se sua boa mãe visse essa sua cara pálida, ela nunca mais deixaria que fosse à ferraria. Voltem devagar para Friar's Oak que eu os encontrarei logo.

Tínhamos andado quase um quilômetro de volta quando Champion Harrison nos alcançou e não pude deixar de observar que ele não estava mais com o pacote. Quando estávamos quase na ferraria, Jim fez a pergunta que estava em minha mente.

— O que o levou até Cliffe Royal, tio?

— Bem, à medida que um homem envelhece, surgem deveres sobre os quais você não tem ideia. Quando estiver perto dos quarenta, talvez descubra do que estou falando.

E aquilo foi tudo o que tiramos dele. Eu era jovem, mas já tinha ouvido falar sobre contrabando e sobre pacotes levados até lugares ermos, na calada da noite; e assim, dali em diante, toda vez que eu tinha notícia da captura de contrabandistas pelas autoridades, eu não descansava enquanto não via novamente o rosto alegre de Champion Harrison, na porta de sua ferraria.

# Capítulo III
## A atriz de teatro de Anstey Cross

Já lhe disse algumas palavras a respeito de Friar's Oak e da vida que levávamos por lá. Agora que minha memória me leva ao passado nele permaneço com alegria, pois cada fio de lembrança que puxo do passado traz à tona meia dúzia de outros fios que se encontravam enredados. Eu estava confuso quando comecei esta história, na dúvida sobre se tinha assunto suficiente para um livro e agora sei que poderia escrever um somente a respeito de Friar's Oak e sobre as pessoas que conheci em minha infância. Algumas eram difíceis e rudes, sem dúvida; e, mesmo assim, vistas através da névoa do tempo, todas parecem doces e amáveis. Havia nosso bom vigário, o sr. Jefferson, que amava o mundo inteiro, exceto o sr. Slack, o pastor da igreja Batista de Clayton; e havia o amável sr. Slack, que era irmão de todos os homens, menos do sr. Jefferson, o vigário. Havia o *monsieur* Rudin, o refugiado francês, partidário da família real, que vivia na estrada Pangdean e que, ao ter notícia de uma vitória inglesa, teve convulsões de alegria porque tínhamos derrotado Bonaparte, de modo que, depois do episódio do Nilo, passou um dia a soluçar de felicidade e depois outro dia a soluçar de fúria, por termos vencido os franceses; alternadamente, ele batia palmas de deleite e batia os pés de raiva. Lembro-me bem de sua figura magra e empertigada e do jeito ritmado de balançar a bengala. Nem frio nem fome podiam derrubá-lo, embora todos soubéssemos que ele tinha sua parte dos dois infortúnios. Era tão orgulhoso e tinha modos tão soberbos ao falar que ninguém ousava oferecer-lhe um casaco ou uma refeição. Posso ver seu rosto, com as bochechas ossudas e ruborizadas, quando o açougueiro o presenteou com alguns bifes de costelas. Ele não podia fazer nada além de aceitar. Mesmo assim, depois de assumir uma pose dura e de lançar um olhar orgulhoso por sobre os ombros ao açougueiro, ele disse: — Meu senhor; sim, eu tenho um cachorro! — No entanto, na semana que se seguiu, foi *monsieur* Rudin e não seu cão que pareceu engordar.

Também me lembro do senhor Paterson, o fazendeiro, que era o que se pode chamar de radical, embora alguns o chamassem de Priestley-it, e outros de Fox-it, e quase todos de traidor. Certamente, a mim me parecia, naquele tempo, um tanto ímpio o fato de um homem parecer melancólico quando sabia de uma vitória dos ingleses; e quando queimaram um boneco com sua forma no portão de sua fazenda, Boy Jim e eu estivemos entre os que participaram da cena. Mas tivemos de reconhecer que o homem fez boa figura quando, embora chamado de traidor, teve coragem de nos enfrentar, jogando-se em meio ao grupo com sua capa marrom e seus sapatos de fivelas, o fogo a refletir em seu rosto sombrio de bedel. Minha nossa, como ele brigou conosco, e como nós dois ficamos felizes em escapar furtivamente dali.

— Seus mentirosos de uma figa! — disse ele — Vocês e os iguais a vocês têm pregado a paz por dois mil anos, mas vêm massacrando pessoas durante todo esse tempo. Se o dinheiro gasto para tirar vidas de franceses fosse empregado na salvação de ingleses, vocês teriam mais recursos para queimar mais velas em suas janelas. Quem são vocês que têm a ousadia de vir aqui perseguir um homem seguidor das leis?

— Somos o povo da Inglaterra — disse o jovem mestre Ovington, filho do partidário dos Tory.

— Você, seu desocupado, apostador de corridas de cavalos e de brigas de galo! Você tem a presunção de ser o porta-voz do povo da Inglaterra? O povo inglês é um rio profundo, forte, silencioso e você é a escória, as bolhas, a pobre e suja espuma que flutua sobre a superfície desse rio.

Nós pensávamos então que ele era bem ímpio, mas, em retrospecto, suspeito que os ímpios éramos nós.

E havia os contrabandistas! Down era um formigueiro deles, pois, como o comércio legalizado tornara-se impossível entre a França e a Inglaterra, todo o movimento passara a ser de contrabando. Numa noite escura, em St. John's Common, escondido entre arbustos, vi nada menos do que setenta mulas conduzidas cada uma por um homem, desfilando furtivamente em minha frente, como trutas na corrente do rio. Todas carregavam uma boa carga de autêntico conhaque francês, além de sedas da Lyon e de rendas de Valenciennes. Eu conhecia Dan Scales, o chefe do bando, e Tom Hislop, o oficial da guarda montada, e me lembro da noite em que se encontraram.

— Vai lutar, Dan? — perguntou Tom.

— Sim, Tom. É preciso lutar.

Diante da resposta, Tom imediatamente sacou sua pistola e estourou os miolos de Dan.

— Foi triste eu ter agido daquele jeito — disse Tom depois — Mas eu sabia que Dan era forte demais para mim em uma luta corporal, pois já tínhamos lutado anteriormente.

Foi Tom que pagou a um poeta de Brighton para que escrevesse umas linhas para a lápide, um epitáfio que todos consideramos verdadeiro e bom e que começava assim:

> Ai, com que rapidez voou o chumbo fatal
> Que atravessou a cabeça do jovem homem.
> Que caiu rapidamente, entregando sua alma,
> Enquanto a morte cerrava seus olhos lânguidos.

Havia mais desses epitáfios, e acho que ainda é possível ler alguns deles no cemitério de Patcham.

Um dia, um pouco depois de nossa aventura em Cliffe Royal, estava sentado em casa olhando os objetos exóticos trazidos de viagem por meu pai e colocados nas paredes e desejando, garoto preguiçoso que eu era, que o sr. Lilly tivesse morrido antes de escrever sua gramática de latim, quando minha mãe, que tricotava perto da janela, deu um pequeno grito de surpresa.

— Minha nossa! Que mulher vulgar!

Era tão raro ouvir minha mãe dizer algo desfavorável de alguém (exceto em relação ao general Bonaparte) que atravessei a sala em um instante para ir à janela. Uma carroça puxada por um pônei vinha vagarosamente pela rua principal e nela estava a pessoa de aparência mais estranha que eu já tinha visto. Ela era bem cheia, de rosto muito vermelho, de modo que seu nariz e suas bochechas tinham uma cor quase púrpura. Usava um grande chapéu com uma pena curva e branca de avestruz e sob a aba seus dois olhos negros e penetrantes encaravam o entorno com jeito raivoso e desafiador, como quem diz aos outros que os tinha em menor consideração do que o contrário. Ela usava uma espécie de peliça escarlate com penas brancas em torno de seu pescoço e detinha as rédeas em suas mãos enquanto o pônei vagava de um lado a outro da rua a seu bel-prazer. Cada vez que a carroça balançava, seu enorme chapéu fazia o mesmo, de modo que víamos as vezes seu cone, às vezes, sua aba.

— Que visão medonha! — gritou minha mãe.

— O que há de errado com ela, mãe?

— O céu me perdoe se eu estiver errada, Rodney, mas acho que a desgraçada esteve bebendo.

— Bem, ela estacionou a carroça na ferraria. Vou lá para me informar — e, pegando meu boné, saí correndo.

Champion Harrison estivera fixando ferraduras em um cavalo, bem na entrada de seu estabelecimento, e, quando cheguei à rua, pude ver o casco do animal sob seu braço, a lixa em sua mão, ajoelhado no chão branco. A mulher acenava para chamá-lo e ele olhava para ela com uma expressão estranha. Em seguida, ele jogou a lixa no chão e foi em direção a ela, ficando ao lado da roda e balançando a cabeça enquanto falava. Eu me enfiei na ferraria, onde Boy Jim finalizava outra ferradura e reparei no capricho de seu trabalho e na rapidez com que virava suas extremidades. Quando acabou o serviço, levou a ferradura para fora e deparou com a estranha mulher, que ainda conversava com seu tio.

— É ele? — ouvi-a perguntar.

Champion Harrison balançou afirmativamente a cabeça.

Ela olhou para Jim e eu nunca vi olhos daqueles em uma cabeça humana, de tão grandes e negros e maravilhosos. Garoto que eu era, a despeito do rosto inchado, notei que aquela mulher tinha sido muito bonita. Ela estendeu a mão, com os dedos a se movimentar como se estivessem tirando música de um cravo, e tocou no ombro de Jim.

— Espero... espero que esteja bem — gaguejou.

— Muito bem, madame — disse Jim, olhando para ela e para seu tio.

— E feliz também?

— Sim, madame, obrigado.

— Não anseia por nada?

— Ora, não, madame. Tenho tudo de que preciso.

— Já basta, Jim — disse seu tio, com voz cortante. — Vá acender a forja de novo porque a ferradura precisa ser trabalhada novamente.

Parecia que a mulher tinha algo mais a dizer, pois pareceu enraivecida por estar prestes a ser despachada. Seus olhos faiscaram, balançou a cabeça agitadamente, enquanto o ferreiro parecia tentar apaziguá-la com gestos das mãos. Durante muito tempo, eles cochicharam até que, por fim, ela pareceu satisfeita.

— Amanhã, então? — disse ela, bem alto.

— Amanhã — respondeu ele.

— Você mantém sua palavra e eu manterei a minha — disse ela para, em seguida, fustigar o pônei com o chicote. O ferreiro, com a lixa nas mãos, acompanhou-a com o olhar até que ela fosse apenas uma pequena mancha vermelha na rua branca. Então, ele se virou, e eu nunca vi seu rosto com uma expressão tão grave.

— Jim — disse ele — aquela é a srta. Hinton que veio morar na região de Maples, perto de Anstey Cross. Ela gostou de você, Jim, e talvez ela lhe seja de alguma ajuda. Eu prometi a ela que você iria vê-la amanhã.

— Não quero a ajuda dela, tio, e nem quero vê-la.

— Mas eu prometi, Jim, e, se você não for, vai me fazer passar por mentiroso. Ela só quer conversar com você, pois leva uma vida bem solitária.

— Sobre o que ela deseja falar com alguém como eu?

— Bem, isso eu não sei dizer mas ela parecia bem decidida e mulheres têm dessas vontades. Aqui está o jovem mestre Stone que não se recusaria a ver uma boa senhora, posso garantir, se ele pensasse que poderia melhorar sua fortuna ao agir assim.

— Bem, tio, irei se Roddy Stone for comigo.

— Claro que ele vai, não é, mestre Rodney?

E acabou que eu disse que sim e fui de volta para casa com as novidades para contar para minha mãe, pois ela adorava um pouco de fofoca. Ela balançou a cabeça quando eu disse aonde iria e, como não proibiu, então, minha ida ficou acertada.

Eram uns bons seis quilômetros de caminhada, mas, quando chegamos, deparamos com uma boa e acolhedora casa: cheia de madressilvas e de trepadeiras, com um portão de madeira e janelas de treliças. Uma mulher de aparência comum nos atendeu à porta.

— A senhorita Hinton não pode vê-lo — disse ela.

— Mas ela nos pediu que viéssemos — disse Jim.

— Não posso fazer nada — respondeu a mulher, de maneira rude — Digo-lhe que ela não pode vê-lo.

Ficamos ali, meio indecisos.

— Talvez você possa apenas avisá-la que estou aqui — disse Jim, afinal.

— Dizer a ela! Como posso dizer-lhe algo se ela não consegue ouvir nem o som de um tiro de pistola bem perto de seus ouvidos? Tente dizer-lhe você mesmo, se quiser.

Ela escancarou a porta enquanto falava e, lá dentro, em uma cadeira reclinada no canto extremo da sala, vimos uma figura compacta, enorme e disforme, com mechas de cabelos negros a cair por todos os lados.

O som desagradável de roncos chegou a nossos ouvidos. Em poucos passos, estávamos dentro da casa. Eu era tão jovem que não sabia se a visão era cômica ou trágica; mas, quando reparei em Jim para saber como ele via a situação, notei que estava bem pálido e incomodado.

— Você não vai comentar sobre ela com ninguém, Roddy.

— Com ninguém, exceto com minha mãe.

— Não vou comentar nem com meu tio. Direi que ela estava doente, a pobre mulher! Basta que nós a tenhamos visto em uma situação tão vergonhosa; não é preciso que isso vire fofoca para o vilarejo inteiro. Isso faria eu me sentir enojado e com o coração pesado.

— Ela estava assim ontem, Jim.

— Estava? Nem reparei. Só percebi que ela tem olhos e coração gentis porque vi as duas coisas quando ela me olhou. Talvez seja o anseio por amizade que a tenha levado a este estado.

Aquela visita perturbou seu espírito durante dias e, quando eu esquecia dela, era levado a relembrá-la por seu jeito alterado de agir. Aquela, no entanto, não seria a última lembrança da mulher de peliça escarlate pois, antes de a semana acabar, Jim me perguntou se eu poderia acompanhá-lo em nova visita.

— Meu tio recebeu uma carta — disse ele — Ela gostaria de falar comigo e seria mais fácil para mim se você viesse também, Rod.

Toda ocasião para passear era bem-vinda para mim; pude ver, à medida em que nos aproximávamos da casa, que Jim estava perturbado com a possibilidade de algo errado acontecer novamente.

Seus temores se dissiparam quando, mal tendo empurrado o portão do jardim, vimos a mulher sair da casa e se apressar em nos receber. Ela era uma figura tão estranha, envolvida em uma espécie de manto vermelho, o rosto rubro a sorrir, que eu, se não estivesse acompanhado, teria corrido dali. Até Jim parou por um momento como se não estivesse mais seguro de si, mas o jeito caloroso da mulher nos fez ficar à vontade.

— É muito bom que vocês tenham vindo ver uma velha e solitária mulher — disse ela — e devo-lhes desculpas pela visita infrutífera da terça-feira. De certa maneira, vocês foram a causa do transtorno uma vez que o fato de saber que vocês viriam me deixou muito animada e qualquer coisa que me anime me leva a uma febre nervosa. Meus podres nervos! Vocês podem ver por si mesmos como me afetam.

Enquanto falava, ela nos estendeu as mãos agitadas. Depois colocou uma delas sobre o braço de Jim e o conduziu pelo caminho até a casa.

— Você deve deixar que eu o conheça melhor — disse ela. — Seu tio e sua tia são meus velhos conhecidos e, embora você não possa se recordar, eu o segurei no colo quando você era um bebê. Diga-me, jovem rapaz — disse ela, virando-se para mim — Como você chama seu amigo?

— Boy Jim, madame.

— Então você não me tomará por uma abusada se eu o chamar também de Boy Jim. Você sabe, nós, os mais velhos, temos nossos privilégios. E agora vocês entrem comigo para tomarmos um chá.

Ela nos levou para uma sala acolhedora, a mesma que tínhamos visto de relance na primeira visita, e lá, no meio do aposento, havia uma mesa coberta de toalha branca, com copos de vidro brilhando, louça chinesa, maçãs vermelhas dispostas em um prato, bem no centro, e uma grande bandeja de bolinhos recém-saídos do forno que a criada mal-humorada acabara de trazer. Você pode imaginar que nós aproveitamos bem todas aquelas gostosuras, com a senhorita Hinton sempre pedindo xícaras e pratos para enchê-los novamente. Duas vezes, durante a refeição, ela se levantou da cadeira e se dirigiu para um aparador no canto da sala; a cada vez, vi o rosto de Jim ficar sério, pois ouvimos o som suave do bater de um vidro contra outro.

— Diga-me, jovem rapaz, — disse ela para mim quando a louça foi retirada — por que você olha ao redor com tanto interesse?

— Porque há muitas coisas bonitas enfeitando as paredes.

— E qual delas você considera a mais bonita?

— Ora, aquela! — disse eu, apontando para um quadro exposto diante de mim. Era o retrato de uma garota alta e delgada, com bochechas rosadas e olhos cativantes e vestida com tal primor que todo o conjunto parecia perfeito. Tinha uma cesta de flores em uma mão e a outra repousava sobre o móvel de madeira no qual estava apoiada.

— Ah, esta é a melhor, não é? — disse ela, sorrindo — Bem, vamos nos aproximar do quadro para ver o que está escrito no canto inferior.

Obedeci e li em voz alta: "Senhorita Polly Hinton, caracterizada de Peggy, na peça *A mulher do interior*, em cartaz no Teatro Haymarket, em 14 de setembro de 1782."

— É uma atriz de teatro — disse eu.

— Oh, mas que garoto rude. Falar com esse tom de voz como se uma atriz de teatro não fosse tão boa quanto qualquer outra pessoa. E olhe que foi há pouco tempo que o duque de Clarence, que pode até se tornar o rei da Inglaterra, casou-se com a senhora Jordan, uma atriz de teatro. E quem você pensa que é essa aí no quadro?

Ela se colocou debaixo na pintura, seus braços cruzados sobre a enorme silhueta e seus enormes olhos negros a olhar para cada um de nós.

— Ora, onde estão seus olhos? — ela gritou, por fim — *Eu* era a senhorita Polly Hinton do Teatro Haymarket. Vocês nunca ouviram falar nesse nome antes?

Fomos obrigados a confessar que nunca. A simples menção da expressão *atriz de teatro* provocava em nós uma vaga sensação de horror, uma vez que éramos criados no interior. Para nós, pessoas assim eram de uma classe de gente diferente, do tipo sobre a qual se fazem alusões sem nomeá-las, do tipo que atrai a ira do Todo-Poderoso, uma ira que plana sobre suas cabeças como uma nuvem carregada. E pensamos, naquele instante, que o julgamento divino tinha de fato operado uma mudança visível, uma vez que olhávamos para o que a mulher tinha sido no passado e para o que se tornara.

— Bem — disse ela sorrindo, como alguém que foi ferido —, vocês nem precisam falar porque leio no rosto de cada um o que foram ensinados a pensar de gente como eu. Então, essa foi a educação que teve, Jim: ser preconceituoso com o que não entende! Queria que você estivesse no teatro naquela noite, com o príncipe Florizel e quatro duques nos camarotes, e toda a nata da inteligência e dos dândis a me reverenciar quando saí de cena. Se lorde Avon não tivesse providenciado um lugar para mim em sua carruagem eu nunca teria conseguido levar todas as flores que ganhei naquela noite para meus aposentos em York Street, Westminster. E agora, dois garotos interioranos querem me julgar!

O orgulho de Jim fez o rubor subir para sua face, pois ele não gostava de ser chamado de garoto interiorano, nem tampouco de ser reputado como inferior ao pessoal de Londres.

— Nunca estive em um teatro — disse ele. — Nada sei sobre esse tipo de lugar.

— Nem eu — respondi.

— Bem — disse ela —, ando sem voz e representar em uma sala tão pequena como esta não é nada favorável. Mas imaginem agora que sou a rainha dos peruanos e que estou a conclamar meus patrícios a se revoltarem contra os opressores espanhóis.

De imediato, aquela mulher inchada tornou-se uma rainha, a maior e mais grandiosa que jamais existiu, e ela se dirigiu a nós com tais palavras de fogo, com tais olhos luminosos e com movimentos de mão tão expressivos, que ficamos fascinados em nossas cadeiras. Sua voz, tão suave, doce e persuasiva no início, tornava-se mais e mais alta à medida que falava sobre os malfeitos dos invasores espanhóis, sobre a liberdade e sobre a alegria de se morrer por uma boa causa, a ponto de cada nervo meu eriçar-se e de eu estar disposto a sair correndo daquela casinha para morrer em nome de meu país. E então, em um instante, ela mudou. Era, agora, uma mulher pobre cujo único filhinho havia morrido e ela lamentava sua morte. Sua voz era cheia de tristeza e o que ela dizia era tão simples, tão verdadeiro, que nós dois até pudemos enxergar o bebê morto e estendido no tapete à frente e até podíamos nos juntar a seus lamentos. Por fim, antes que nossas lágrimas secassem, ela voltou a ser a mulher original.

— O que pensam disso, então? Assim era eu no tempo em que Sally Siddons ficava verde de inveja quando mencionavam o nome de Polly Hinton. Aquela era uma peça muito boa: *Pizarro*.

— E quem a escreveu, madame?

— Quem escreveu? Eu nunca soube! Só sei que tem umas boas falas para todos aqueles que sabem pronunciá-las.

— E a senhora não atua mais como atriz?

— Não, Jim, deixei o palco quando fiquei cansada de tudo aquilo. Mas meu coração por vezes o visita. Para mim não existe aroma melhor do que o de óleo das lamparinas da ribalta e o de laranjas no camarim. Você está triste, Jim?

— É a lembrança da mulher com a criança morta.

— Não pense mais nela! Vou apagá-la de sua memória. Essa agora é a senhorita Priscilla Tomboy, da peça *The Romp*. Você deve imaginar que a mãe fala à garota inconsequente que, então, lhe responde.

E começou uma cena com as duas personagens, tão exata nas vozes e nas maneiras que parecia haver duas pessoas diante de nós: a rígida e velha mãe, com a mão levantada, e sua impaciente e saltitante filha. A enorme mulher dançava com maravilhosa leveza e virava a cabeça e falava com arrogância ao responder à velha mãe de figura curvada. Jim e eu já tínhamos esquecido as lágrimas e segurávamos a barriga de tanto rir.

— Assim é melhor — disse ela a sorrir diante de nossas gargalhadas. — Eu não deixaria que voltasse para Friar's Oak de cara amarrada, pois, do contrário, não deixariam que voltassem para me ver de novo.

Ela foi até o armário e voltou com uma garrafa e um copo que colocou na mesa.

— Vocês são muito novos para experimentar bebidas fortes, mas toda essa falação deixa qualquer um sedento e...

Então, Boy Jim fez algo maravilhoso. Levantou-se da cadeira e pousou firmemente a mão sobre a garrafa.

— Não faça isso!

Ela o olhou no rosto e ainda posso ver aqueles olhos negros se aquietarem diante do olhar de Jim.

— Nem um pouco?

— Por favor, não.

Com um movimento rápido, ela arrancou-lhe a garrafa e a levantou. Por um momento, pensei que ela iria tomar da bebida. Então, ela atirou a garrafa pela janela e ouvimos o espatifar do vidro no chão do lado de fora.

— Pronto, Jim. Isso o satisfaz? Fazia tempo que alguém se importava se eu bebo ou não.

— Você é boa demais e gentil demais para isso — disse ele.

— Boa!— ela exclamou — Bem, adoro que me veja assim. Eu o faria feliz se me mantivesse distante do conhaque, Jim? Bem, então, farei a você essa promessa caso puder me fazer outra, em retribuição.

— E qual seria, senhorita?

— Nenhuma gota passará por meus lábios, Jim, se você jurar, faça chuva ou faça sol, haja ventania ou neve, vir aqui duas vezes por semana, para que eu o veja e para que conversemos, pois, na verdade, há momentos em que me sinto muito só.

A promessa foi feita e Jim cumpriu-a lealmente porque muitas vezes, quando o chamei para pescar ou para caçar coelhos, ele falava que era dia de visitar a senhorita Hinton e corria para a casa dela. No início, pensei que ela enfrentava dificuldades em manter sua parte da promessa, pois, às vezes, via Jim voltar das visitas de cara amarrada, como se as coisas andassem mal. Depois de um tempo, no entanto, a luta foi ganha — e toda luta é ganha quando se insiste bastante — e, no ano anterior ao da volta de meu pai, a senhorita Hinton tornou-se outra mulher. A mudança não afetou apenas seus modos, mas também sua aparência. Da pessoa que eu descrevi, ela se transformou, em 12 meses, em uma das mulheres mais bonitas do lugar. Jim ficou orgulhoso, como jamais esteve na vida, e foi apenas comigo que comentou sobre seu feito pois ele tinha aquele tipo de carinho por ela que se tem pelas pessoas que ajudamos. E ela o ajudou também ao falar-lhe do que viu em suas viagens de modo a transportar sua imaginação para longe do interior de Sussex, preparando-o para a vida de horizonte mais amplo que o esperava. Nesse pé estava a amizade dos dois, com a paz a reinar, quando meu pai regressou do mar.

Capítulo IV

A paz de Amiens

Muitas mulheres se colocaram de joelhos e muitas exauriram seus espíritos de alegria e de gratidão quando, como o cair das folhas no ano de 1801, chegou a notícia da conclusão das preliminares da paz. Toda a Inglaterra festejou seu contentamento de dia e iluminou-se durante a noite. Mesmo na pequena Friar's Oak tínhamos bandeiras a tremular bravamente, uma vela em cada janela e um pano marcado com as letras R.G (rei Georges) tremulando ao vento na porta da hospedaria.

As pessoas estavam cansadas da guerra, pois estivemos mergulhados nela durante oito anos, batendo a Holanda, a Espanha e a França, às vezes uma a uma, às vezes todas juntas. Tudo o que tínhamos aprendido durante aquele tempo foi que nosso reduzido Exército não era páreo para o dos franceses em terra e que nossa poderosa Marinha era mais do que suficiente para vencê-los no mar. Conquistamos alguma consideração, da qual precisávamos bastante depois da guerra perdida contra os americanos, e tínhamos ganho mais algumas colônias, que também eram bem-vindas pelo mesmo motivo. Mas nossa dívida pública inflava e nossos papéis do governo se desvalorizavam, de modo que até Pitt andava horrorizado. Ainda assim, se soubéssemos então que nunca haveria paz entre Napoleão e a Inglaterra e que aquele momento era apenas o fim de uma rodada da briga e não da guerra, teria sido melhor lutar sem interrupção. Acontece que a França teve de volta vinte mil de seus melhores marinheiros, os quais tínhamos feito prisioneiros durante aqueles oito anos, e eles nos custariam depois muito esforço, pois foram reincorporados à força naval francesa, em sua flotilha de Bolonha e em suas frotas invasoras, antes que fôssemos capazes de vencê-los novamente.

Lembro-me de que meu pai era um homem baixo, não muito parrudo, mas sólido e bem constituído. Seu rosto era bronzeado, como um vaso de terracota para flores, e, a despeito de sua idade (ele tinha apenas quarenta anos naquele tempo), era marcado por rugas que pareciam mais profundas se algo o perturbava, de modo que acontecia de eu o ver passar rapidamente de uma aparência jovial para uma de homem envelhecido. O contorno de seus olhos era especialmente cheio de rugas, como é natural em qualquer um que tenha passado a vida a franzir a testa diante de um vento cortante e de tempo ruim. Aqueles olhos eram, talvez, sua característica mais incomum, pois eram de um azul muito bonito e claro e brilhavam muito na face curtida. Por natureza, ele deve ter sido um homem de pele bem alva porque, quando tirava seu quepe, sua testa se mostrava tão branca quanto a minha e seus cabelos, cortados bem rente à cabeça, eram de um tom avermelhado.

Ele tinha servido, como se orgulhava de dizer, no último de nossos navios a ser caçado do Mediterrâneo, em 1797, e no primeiro que para ali havia retornado triunfante, em 1798. Meu pai estava sob as ordens de Miller, como terceiro tenente, no *Theseus*, quando nossa frota, como uma matilha de cães de caça lançados para caçar em um bosque, voava da Sicília para a Síria e, de volta, para Nápoles, tentando capturar uma pista perdida dos inimigos. Com a mesma tropa de marinheiros ele serviu no Nilo, onde os homens sob seu comando treinaram, suaram e bateram até que, quando a última bandeira tricolor foi derrubada, eles levantaram a âncora-mestra e caíram no sono de cansaço, uns por cima dos outros, sob as barras do leme. Depois, como segundo-tenente, serviu em um daqueles barcos de três andares, de casco escuro e com escoadouros de água avermelhados, com os cabos de reforço amarrando quilhas e os baluartes para mantê-los presos, que cumpria as ordens de levar comunicados do comando até a baía de Nápoles. De lá, para recompensá-lo pelos serviços prestados, meu pai foi transferido como primeiro-tenente para a fragata *Aurora* que era empregada na tarefa de bloquear a entrada de víveres em Gênova; ali ele permaneceu ainda um longo tempo até declararem paz.

Como me lembro bem de sua volta para casa! Aconteceu há 48 anos, mas essa lembrança é mais nítida para mim do que as ocorrências da semana passada, uma vez que a memória de um homem velho é como aqueles óculos que mostram bem o que está distante, mas borram a imagem mais próxima.

Minha mãe andava ansiosa desde os primeiros rumores das negociações de paz, pois sabia que, nesse caso, meu pai poderia voltar para casa chegando ao mesmo tempo em que chegaria o comunicado de seu regresso. Ela falava pouco, mas tornava minha vida bem difícil ao dizer, a todo momento, que eu deveria estar sempre limpo e bem-arrumado para receber meu pai a qualquer momento. A cada barulho de rodas, seus olhos se dirigiam para a janela e suas mãos ajeitavam seus cabelos negros. Ela havia bordado uma flâmula azul com a expressão "Bem-vindo" com letras brancas e com duas âncoras vermelhas, uma de cada lado e folhas de louro nas bordas. Era para pendurar em dois arbustos de flores lilases e, assim, enfeitar a entrada da casa. Meu pai não poderia deixar o Mediterrâneo antes que o bordado de minha mãe estivesse pronto e toda manhã ela verificava se estava bom para ser pendurado.

O tempo, no entretanto, se arrastou penosamente e só no mês de abril do ano seguinte o grande dia chegou para nós. Chovera durante toda a manhã, lembro-me bem. Uma chuva fina de primavera que fazia a terra marrom exalar seu perfume e que caía agradavelmente sobre árvores de castanheiras em flor em nosso jardim. O sol apareceu no fim da tarde. Eu tinha pegado minha vara de pescar, pois havia combinado com Jim de ir ao riacho do moinho, quando notei uma carruagem com dois cavalos afogueados em frente ao portão e, diante de sua portinhola aberta, a figura erguida de minha mãe com sua volumosa saia preta, os dois pés sem tocar o chão, envolvida pela cintura em um abraço das duas mangas do uniforme azul de meu pai, que a segurava de dentro da carruagem. Corri para prender a flâmula bordada em seu lugar e, quando acabei, percebi que meus pais ainda se abraçavam.

— Aqui está o Rod! — disse minha mãe, afinal, tentando pisar no chão novamente — Roddy, querido, seu pai chegou!

Vi o rosto bronzeado e os gentis olhos azul-claros a me fitar.

— Ah, Roddy, da última vez que o beijei, você era apenas uma criança; agora creio que devo colocá-lo em outro patamar. Estou feliz de todo o coração por revê-lo, querido rapaz. Quanto a você, querida...

As mangas azuis de seu uniforme envolveram minha mãe novamente e ela foi de novo parcialmente içada para dentro da carruagem, sua saia negra a bloquear a entrada, seus pés longe do chão.

— Olhe os vizinhos chegando, Anson. Quer descer daí e vir para casa conosco? — disse minha mãe, as faces coradas de embaraço.

Foi então que percebemos que, durante todo o tempo, meu pai, o rosto reluzente de contentamento, havia movido apenas os braços; uma de suas pernas se mantinha estirada e apoiada no assento dianteiro da cabine da carruagem.

— Ah, Anson, Anson! — gritou minha mãe.

— Não é nada — disse ele, colocando as mãos no joelho para puxar a perna — É o osso de minha perna. Ela quebrou lá na baía, mas o cirurgião deu um jeito, emendou o que foi partido, embora a perna ainda esteja um pouco ruim. Ora, abençoado seja seu coração, querida, porque vejo que, de vermelha de embaraço, ficou branca de temor. Mas você pode ver por si mesma que não é nada sério.

Enquanto falava, ele saiu com agilidade da carruagem e, amparado por ela e andando em uma só perna, seguiu pelo caminho do jardim em direção à porta de casa, passou debaixo da flâmula e atravessou a porta de entrada pela primeira vez em cinco anos. Quando o cocheiro e eu acabamos de descarregar seu baú de marinheiro e as duas malas de lona, vi que lá estava ele sentado em sua poltrona perto da janela, ainda vestido com seu casaco azul e gasto pelas intempéries. Minha mãe soluçava ao olhar a perna machucada e ele lhe acariciava os cabelos com uma das mãos bronzeadas; com a outra mão ele me pegou pelo pulso e me puxou para o outro lado de sua poltrona.

— Agora que temos paz, posso repousar e me refazer até que o rei George precise de mim novamente. Foi um canhão que se desprendeu quando estávamos na baía, em dia de vento inflando as velas. Antes que eu pudesse prendê-lo em seu lugar novamente no convés, a coisa se moveu ao sabor das ondas do mar e eu fui jogado contra o mastro, com o canhão esmagando minha perna. Ora, ora, olhando as paredes da sala — ele acrescentou — Aqui estão todos os suvenires de viagem: a presa de narval do Ártico, o baiacu das Molucas, os remos de Fiji e a pintura do navio *Ça Ira*, de lorde Hotham, sendo perseguido. E aqui está você, Mary, e você também, Roddy, e sinto-me sortudo por aquele canhão solto ter-me proporcionado a volta

44 Arthur Conan Doyle

a este porto seguro, sem o risco imediato de receber nova ordem de reembarque.

Minha mãe já tinha deixado o cachimbo e o tabaco prontos de forma que ele pôde acendê-lo logo ao chegar em casa; e ele ficou ali sentado, a olhar para ela e para mim alternadamente, sem se cansar de fazê-lo. Garoto que eu era, já podia compreender que aquele era o momento pelo qual ele ansiara durante as inúmeras noites de solitária vigilância e nas horas mais difíceis de seu trabalho. Por vezes, ele tocava um de nós e depois o outro e assim permaneceu sentado, tão cheio de contentamento que dispensava as palavras, enquanto as sombras da tarde que caía se espalhavam pela pequena sala e até que as lamparinas das janelas da hospedaria iluminassem a noite escura. Depois, quando minha mãe acendeu nossa lamparina, ela se ajoelhou, de repente, e ele fez o mesmo com o joelho sadio, e deram-se a mão para agradecer aos céus pelas numerosas bênçãos. Quando evoco a imagem de meus pais, é daquele momento que me lembro com mais clareza: o rosto meigo e banhado de lágrimas de minha mãe, os olhos azuis de meu pai a fitar o teto enegrecido pela fumaça do cachimbo. Lembro-me de que ele, no fervor de sua oração, sacudia o aromático cachimbo de um jeito que me fazia, ao mesmo tempo, sorrir de divertimento e chorar de emoção.

— Roddy, rapaz — disse ele, depois de terminado o jantar —, você está se tornando um homem e penso que irá para o mar, como os demais homens da família. Você já é grande o suficiente para andar com sua adaga de marinheiro presa à coxa.

— E me deixar sem filho, além de sem marido! — disse minha mãe.

— Bem, ainda teremos tempo, ainda mais agora que a paz chegou e que o governo está mais empenhado em esvaziar os navios do que em enchê-los. Eu nunca verifiquei o que todas as aulas na escola fizeram por você, Rodney. Você já assistiu a mais aulas do que eu, então acho que posso testar seus conhecimentos. Tem aprendido história?

— Sim, pai — disse eu, com alguma confiança.

— Quantos navios de guerra tínhamos na Batalha de Camperdown?

Ele balançou a cabeça com ar de aborrecimento quando descobriu que eu não sabia a resposta.

— Ora, sei de marinheiros que nunca foram à escola, mas que podem responder que havia em ação sete naus de 74 peças, sete de 64 peças e dois navios com cinquenta canhões cada. Aí na parede temos o quadro mostrando a perseguição ao Ça Ira. Quais foram os navios que capturaram o Ça Ira?

Novamente fui forçado a admitir que ele havia me derrotado.

— Bem, seu pai até que pode lhe ensinar algo sobre história — disse ele, olhando de maneira triunfal para minha mãe. — Você aprendeu geografia?

— Sim, pai — disse eu, embora sem a confiança anterior.

— Então, qual é a distância entre Port Mahon e Algeciras?

Eu só consegui balançar a cabeça negativamente.

— Se você tem Ushand Port a 19 quilômetros a estibordo, qual é o porto da Inglaterra mais próximo?

De novo, desisti.

— Ora, vejo que sua geografia não é melhor do que sua história. Nesse ritmo, você nunca vai conseguir seu certificado escolar. Você sabe somar? Bem, vejamos se consegue calcular o prêmio em dinheiro.

Ele lançou para minha mãe um olhar travesso ao falar, e ela deixou o tricô no colo para olhar atentamente para o marido.

— Você nunca me questionou sobre este assunto, Mary — disse ele.

— O Mediterrâneo não é o local mais favorável para obtê-lo, Anson. Lembro-me de você dizer que o Atlântico é o lugar para ganhar-se prêmios em dinheiro e o Mediterrâneo para obter-se prêmios de honra quando se captura navios inimigos.

— Em minha última jornada no mar, tive minha parte de ambos graças aos serviços prestados primeiro em um navio de guerra e depois em uma fragata. Agora, Rodney, vejamos: terei direito a duas libras em cada cem obtidas durante a guerra pelo aprisionamento de embarcações inimigas quando as cortes do almirantado fizerem sua contabilidade. Quando fazíamos o bloqueio do porto de Massena, em Gênova, capturamos setenta escunas, brigues e pequenos barcos que continham vinhos, alimentos e pólvora. Lorde Keith vai querer sua parte no bolo, mas isso é uma questão para as cortes resolverem. Digamos que eu tenha direito a quatro libras por embarcação capturada; quanto os setenta navios me renderão?

— Duzentas e oitenta libras — respondi.

— Ora, Anson, é uma fortuna! — disse minha mãe, batendo palmas.

— Vamos novamente, Roddy! — disse ele, apontando o cachimbo para mim. — Capturamos uma fragata *Xebec* perto de Barcelona, com vinte mil dólares a bordo, o que equivale a quatro mil libras. O casco do barco deve valer outras mil libras. Qual é a minha parte deste prêmio?

— Cem libras.

— Ora, um contador não poderia fazer contas assim tão rápido — disse ele, deleitado. — Aqui vai outra: atravessamos o Estreito de Gibraltar e chegamos aos Açores, onde capturamos o barco *La Sabina*, das Ilhas Maurício, carregado de açúcar e de outras especiarias. Acho que renderá duzentas libras e, Mary, querida, nunca mais você terá de sujar seus lindos dedos com trabalho de casa e nem as moedas de meu miserável soldo.

Minha mãe suportou sua vida de privações e de trabalho duro sem nunca dar sinal de insatisfação, mas, quando soube que teria dias mais fáceis, caiu a soluçar agarrada no pescoço de meu pai. Passou-se um bom tempo antes que ele pudesse cogitar na retomada da prova de aritmética.

— Você terá tudo, Mary — disse ele, passando as mãos nos próprios olhos molhados. — Juro pelo rei George, garota, que quando esta perna estiver curada vamos passar uma temporada em Brighton, e, se houver vestido mais elegante do que o seu na Steyne, talvez você fique mais bela do que é e eu nem queira voltar novamente a pisar em um convés. Mas, Rodney, como pode você ser tão bom com números e nada saber de história e de geografia?

Tentei explicar-lhe que aritmética era igual na terra e no mar, mas que história e geografia eram diferentes.

— Bem — ele concluiu —, você precisa apenas dominar os números para fazer cálculos e, com a imaginação herdada de sua mãe, não precisará de mais nada para se sair bem na vida. Os de nossa raça sempre foram tão loucos por água salgada quanto as gaivotas. Lorde Nelson me prometeu uma vaga na Marinha para você e ele é um homem de palavra.

Foi assim seu retorno à casa. Um garoto de minha idade não poderia desejar um pai mais afetuoso e bom do que o meu. Embora meus pais fossem casados há muito tempo, eles tinham passado tempo juntos poucas vezes e, assim, conservavam a mesma leveza e o mesmo ardor do tempo de recém-casados. Eu sabia que marinheiros podem ser grosseiros e repugnantes, mas com meu pai era diferente. Apesar de ter tido o trabalho mais duro que se pode imaginar, ele era sempre o mesmo homem paciente, bem-humorado, sorridente e alegre com todas as pessoas do vilarejo. Era sociável com todos. Podia tomar vinho com o vigário ou com sir James Ovington, o fidalgo da cidade. Também podia sentar-se, durante uma boa hora, com meus amigos mais humildes, lá na ferraria, conversando com Champion Harrison, com Boy Jim e os outros, contando-lhes as histórias de Nelson e de seus homens, com Champion Harrison a escutá-lo atentamente, com as mãos cruzadas, e Boy Jim a ouvi-lo, com os olhos em brasa.

Meu pai estava licenciado com meio soldo, assim como tantos outros oficiais que haviam lutado na guerra e, assim, durante quase dois anos, ele pode permanecer conosco. Em todo aquele tempo, lembro-me de presenciar apenas uma leve discórdia entre meu pai e minha mãe. Aconteceu de eu ser a causa da discordância entre os dois e, como houve grandes desdobramentos, vou contar-lhe como tudo se deu. Na verdade, foi o primeiro de uma série de eventos que afetariam não apenas meu destino, como também o de outras pessoas mais importantes.

A primavera de 1803 chegou cedo e, em meados de abril, as castanheiras já estavam cobertas de folhas. Uma noite, estávamos todos sentados tomando chá quando ouvimos o ruído de passos perto da porta de entrada; era um mensageiro com uma carta nas mãos.

— Acho que é para mim — disse minha mãe. Com efeito, era endereçada a ela, na mais bela caligrafia: Senhora Mary Stone, de Friar's Oak. A carta estava fechada com um selo vermelho do tamanho de uma moeda de uma coroa e em seu centro havia a efígie de um dragão.

— De quem você acha que é, Anson?

— Eu esperava que fosse de lorde Nelson. É tempo de nosso rapaz ingressar na Marinha. Mas se é endereçada a você, deve ser de alguém sem importância.

— De alguém sem importância! — disse ela, fingindo estar ofendida — O senhor me deve desculpas pelo que acaba de dizer porque esta carta é de ninguém menos que sir Charles Tregellis, meu irmão.

Toda vez que se referia a seu maravilhoso irmão, minha mãe baixava o tom de voz e assim me habituei a experimentar uma sensação de reverência quando ouvia seu nome. E não era à toa, pois o nome de meu tio só era pronunciado ao falar-se de algum fato brilhante e extraordinário. Uma vez soubemos que ele estava em Windsor com o rei. Frequentemente, ia a Brighton com o príncipe. Seu nome era sempre associado ao de algum desportista, como quando Meteoro, por ele patrocinado, venceu Egham, que era ligado ao duque de Queensberry, em luta em Newmarket; ou como quando levou Jem Belcher de Bristol para Londres, colocando-o no centro das atenções na capital. O mais comum era ouvir que Charles Tregellis era amigo de gente importante, um conhecedor da moda, o homem mais bem-vestido de Londres, o rei dos dândis.

Meu pai não pareceu sentir o mesmo entusiasmo de minha mãe.

— Bem, o que ele quer? — perguntou, com voz pouco amigável.

—Escrevi a ele, Anson, dizendo que Rodney está ficando homem, pois pensei que, como ele não tem esposa nem filho, talvez esteja disposto a apresentar o rapaz à alta-sociedade para que consiga favorecê-lo de alguma forma.

— Nós podemos passar bem sem ele — grunhiu meu pai. — Ele se manteve distante quando o tempo era ruim e, agora que o sol brilha para nós, não temos necessidade de vê-lo.

— Não, você o julga mal, Anson — disse ela, ternamente. — Ninguém é melhor do que Charles. Ocorre que sua vida é tão tranquila, tudo lhe é tão fácil, que ele nem imagina que outras pessoas tenham problemas. Durante todos esses anos, eu sabia que bastava pedir o que quer que fosse a ele que me atenderia.

— Graças a Deus que você nunca se rebaixou, Mary. Não quero nada dele.

— Mas temos de pensar em Roddy.

— Rodney tem o suficiente para encher seu baú de marinheiro e para obter seu equipamento de trabalho. Ele não precisa de mais nada.

— Mas Charles tem poder e influência em Londres. Ele poderia apresentar Rodney a pessoas importantes. Você certamente não impediria seu avanço.

— Vamos ver o que ele diz — falou meu pai. E esta foi a carta que minha mãe leu para ele:

Jermyn Street, 14, St. James's,
15 de abril de 1803.

"MINHA QUERIDA IRMÃ MARY,

Em resposta à sua carta, posso assegurar-lhe que você não deve me ter como pessoa desprovida dos belos sentimentos que são o enfeite da humanidade. É verdade que, nos últimos anos, raramente peguei a caneta, absorto que estava com os mais elevados negócios, fato que me valeu muitas reprimendas da parte das mais charmosas pessoas de seu gênero feminino. No momento, encontro-me na cama, tendo velado a noite inteira, ao prestar minhas homenagens à marquesa de Dover, em seu baile, na noite passada — e esta carta é escrita, perante minhas palavras ditadas, pelo meu hábil e esperto criado Ambrose. Fico encantado em receber notícias de meu sobrinho Rodney (*Mon dieu*, que nome!) e, como devo visitar o príncipe em Brighton na semana que vem, passarei por Friar's Oak para ver vocês dois. Transmita meus cumprimentos a seu esposo.

Seu irmão, querida irmã Mary,

CHARLES TREGELLIS"

— O que pensa disso? — perguntou minha mãe, triunfante, ao terminar a leitura.

— Penso que é a carta de um afetado — respondeu meu pai, sem rodeios.

— Você é muito duro com ele, Anson. Você o terá em melhor consideração quando o conhecer. Mas ele diz que virá em uma semana e as melhores cortinas estão guardadas e não há lavanda nos lençóis!

Ela desandou a arrumar as coisas, meio distraída, enquanto meu pai conservou-se sentado, com a fisionomia fechada, as mãos no queixo, perdido, e eu me perdia em pensamentos sobre esse parente importante de Londres e sobre tudo que sua vinda significava para nós.

## Capítulo V
## O dândi Tregellis

Agora eu já tinha 17 anos, já precisava usar a lâmina de barbear e começava a ressentir-me da vida de horizonte estreito que levava no vilarejo e ansiava ver o grande mundo lá fora. O anseio tornava-se intenso porque eu não ousava falar abertamente sobre o sentimento, pois a simples menção provocava lágrimas nos olhos de minha mãe. Com meu pai em casa a fazer-lhe companhia eu me sentia menos pressionado a permanecer em casa e, então, fiquei entusiasmado com a visita de meu tio, na esperança de que ele pudesse me ajudar a colocar os pés na estrada da vida.

Como você pode imaginar, meus pensamentos e minhas esperanças convergiam para a profissão de meu pai porque desde minha infância jamais experimentara o balanço do mar ou o sal da água em meus lábios sem que sentisse a vibração do sangue de cinco gerações de marinheiros correndo em minhas veias. Pense nos desafios que atraíam, naqueles dias, qualquer garoto morador das regiões costeiras! No tempo da guerra, eu só tinha de andar até Waltonsbury para enxergar ao longe as velas de embarcações francesas. Mais de uma vez, pude ouvir o ribombar dos canhões em batalhas que aconteciam no mar, à minha frente. Marinheiros nos contavam como tinham, em um só dia, saído de Londres para, na noite do mesmo dia, brigar com o inimigo, ou de como tinham mal embarcado e saído de Portsmouth, ao deparar-se com os franceses, antes mesmo de perder de vista o farol de Santa Helena. Era a iminência do perigo que aquecia os corações de nossos marinheiros e que nos fazia comentar, nas noites de inverno e ao redor de fogueiras, sobre os feitos de nosso Nelson, de Cuddie Collingwood, de Johnnie Jarvis e dos demais, percebendo-os não como almirantes com títulos e honrarias, mas como bons, amados e dignos amigos. Qual garoto, de um canto a outro da Grã-Bretanha, não ardeu de vontade de estar ao lado de todos eles, sob a bandeira de nosso país?

Mas agora que a paz tinha voltado, e as frotas que haviam varrido o Canal e o Mediterrâneo jaziam desmanteladas em nossos portos, o mar perdera um pouco de seu poder de atração. Era sobre Londres que eu pensava de dia e que sonhava à noite: a cidade enorme, o lar dos sábios e dos grandes, o lugar de onde partia aquele constante fluxo de carruagens, com aquela multidão de gente empoeirada sempre passando velozmente frente a nossas janelas. Foi aquele aspecto da vida que me atraiu primeiro e, assim, sendo um garoto, eu costumava imaginar a cidade como uma gigantesca estação de onde inúmeras carruagens partiam, em tráfego ininterrupto, em direção às estradas do interior do país. E Champion Harrison me contava como os lutadores de boxe viviam por lá, e meu pai me dizia como os oficiais graduados da Marinha viviam por lá, e minha mãe comentava como seu irmão e os amigos dele viviam por lá. E de tanto ouvi-los, passei a consumir-me de impaciência para conhecer o maravilhoso coração da Inglaterra. Aquela visita de meu tio era, então, o despontar de uma luz na escuridão, pois eu nem ousava pensar que ele quisesse me levar consigo para aquele círculo elevado de gente no qual ele vivia. Minha mãe, porém, tinha tanta fé na boa natureza de meu tio ou, talvez, em seu poder de persuasão, que até começou as preparações, às escondidas, de minha partida.

Se a estreiteza da vida no vilarejo irritava meu espírito dócil, para Boy Jim, de natureza entusiasmada e ardente, a vida ali se tornava uma tortura. Poucos dias depois de recebermos a carta de meu tio, andávamos perto de Downs quando pude perceber a amargura de seu coração.

— O que há para mim por aqui, Rodney? Eu forjo o ferro para fabricar uma ferradura; dou-lhe seu formato arqueado; furo cinco buracos; capricho no acabamento e se acaba a tarefa. Trabalho assim sem parar e também cuido dos foles e alimento a fornalha e lixo um ou dois cascos e, assim, o dia se acaba. E todo dia que nasce é igual aos demais. Então você acha que foi para viver assim que eu vim ao mundo?

Olhei para ele, com seu rosto de água, altivo, com seu porte alto e musculoso, e imaginei se no mundo haveria um homem mais belo e elegante. E disse:

— Seu lugar é no Exército ou na Marinha, Jim.

— Essa é boa. Se você for para a Marinha, como deve acontecer, você vai como um oficial, como alguém que dá ordens. Se eu for para lá, serei sempre alguém que recebe ordens.

— Um oficial recebe ordens dos oficiais superiores.

— Mas um oficial não corre o risco de ser castigado a chibatadas. Há alguns anos, vi no salão da hospedaria um pobre rapaz que nos mostrou as cicatrizes de suas costas, resultantes do chicote do contramestre do navio. "Quem ordenou as chicotadas?", perguntei. "O capitão", disse ele. "E se você tivesse matado quem o chicoteou?", perguntei. "Eu iria para a prancha e para a morte no mar", respondeu ele. "Se eu fosse você era o castigo da prancha que me aguardaria", disse eu, com sinceridade, e eu falo a verdade. Não posso evitar, Rod! Há algo aqui em meu coração, algo que faz parte de mim tanto quanto minha mão, que me atém a isso.

— Sei que você é tão orgulhoso como Lúcifer — disse eu.

— Isso nasceu comigo, Roddy, não posso evitar. A vida seria mais fácil se eu não fosse assim. Fui feito para ser meu próprio mestre e só existe um lugar onde isso pode acontecer.

— Onde é, Jim?

— Em Londres. A senhoria Hinton me falou tanto da cidade que eu sinto que já poderia andar por ela de um lado a outro. Ela adora tanto falar de Londres quanto eu adoro ouvi-la. Tenho tudo claro em minha mente: onde ficam os teatros, como as águas do rio correm, onde fica o palácio do rei, onde fica o do príncipe, onde moram os lutadores de boxe. Eu poderia ficar famoso em Londres.

— Como?

— Não importa, Rod. Sei que poderia e ficarei. Meu tio diz: "Espere, espere, pois tudo dará certo para você no final". E minha tia também. Mas por que eu devo esperar? O que me aguarda? Não, Roddy, não vou ficar muito tempo me consumindo na vontade de partir dessa pequena cidade. Vou deixar meu avental de ferreiro para trás para procurar minha fortuna em Londres e, quando voltar a Friar's Oak, terei o estilo daquele cavalheiro que ali vai.

Ele apontou para uma charrete vermelha vindo pela estrada de Londres, puxada por dois cavalos baios selados e enfileirados. As rédeas e os acessórios eram de um marrom-claro; o cavalheiro usava uma capa de dirigir combinando com tudo e, atrás dele, ia seu criado, de uniforme escuro. Eles passaram velozmente por nós, envoltos em uma nuvem de poeira e tive um vislumbre do rosto claro e belo do mestre e das faces escuras e enrugadas do criado. Eu teria esquecido daquela visão rapidamente, não fosse o fato de tê-los avistado quando voltamos para o vilarejo, estando a charrete estacionada em frente à hospedaria, com os empregados ocupados em cuidar dos cavalos.

— Jim, creio que é meu tio — e, com toda a rapidez de minhas pernas, corri para casa. Quem estava na porta era o criado de rosto negro. Ele carregava uma almofada sobre a qual havia um cãozinho de colo, de pelagem sedosa.

— Perdoe-me, jovem senhor, — disse ele, com uma voz suave e compassada — estou certo em supor que esta casa é a do tenente Stone? Se este é o caso, talvez possa me fazer o favor de encaminhar à senhora Stone este bilhete que seu irmão, sir Charles Tregellis, acabou de encarregar-me de entregá-lo.

Fiquei meio aparvalhado com o linguajar floreado do homem, tão diferente de tudo que eu já tinha ouvido. Ele tinha um rosto gasto, olhos escuros pequeninos e penetrantes, e sua presença suplantou a existência da carta, de mim, da casa, e de minha mãe que nos olhava surpresa da janela. Meus pais estavam juntos, na sala de jantar e, ao receber o bilhete, minha mãe leu-o em voz alta.

— "Querida Mary, parei na hospedaria porque me encontro um tanto *ravagé* pela poeira das estradas de sua Sussex. Um banho com lavanda deve colocar-me em condição apropriada a apresentar meus cumprimentos a uma dama como você. Enquanto isso, envio-lhe Fidélio, a título de garantia. Peço-lhe que lhe dê uma xícara de leite morno com seis gotas de uísque. Criatura melhor e mais leal nunca existiu. *Toujours à toi*, Charles."

— Faça-o entrar! Faça-o entrar! — gritou meu pai, apressado e cordial, correndo para a porta — Entre, senhor Fidélio. Cada um com seu gosto. Seis gotas de uísque em uma xícara de leite dá uma bebida bem fraca, mas se é isso o que deseja, é isso o que terá.

Um leve sorriso delineou-se no rosto escuro do criado, mas suas feições voltaram instantaneamente a ser a máscara de respeitosa impassibilidade.

— O senhor incorre em um engano, se me permite dizer. Meu nome é Ambrose e tenho a honra de ser o criado de quarto de sir Charles Tregellis. Fidélio é este, na almofada.

— O cachorro! — disse meu pai, aborrecido. — Coloque-o perto da lareira. Por que ele deve ganhar uísque se tantos cristãos não têm como bebê-lo?

— Ai, Anson! — disse minha mãe, tomando a almofada. — Diga a sir Charles que seu desejo será realizado e que vamos esperar que ele venha, quando lhe for mais conveniente.

O homem saiu silenciosa e prontamente, mas voltou depois de alguns minutos com uma cesta.

— Eis a refeição, madame. A senhora me permite colocá-la na mesa? Sir Charles está habituado a consumir certos pratos e a beber vinhos específicos, de modo que sempre trazemos tais víveres conosco quando partimos em visitas. — Ele abriu a cesta e, em um minuto, a mesa brilhava com pratarias, copos de vidro e exibia comidas elaboradas. Tão rápido, preciso e silencioso ele foi ao executar a tarefa que meu pai e eu ficamos perplexos ao observá-lo.

— Você daria um ótimo marujo controlador de velas se o seu coração for tão bravo quanto seus dedos são ágeis. Você já pensou em servir seu país honrosamente, na Marinha?

— É uma honra para mim, senhor, a de servir a sir Charles Tregellis e não desejo outro mestre. — ele respondeu — Agora devo trazer da hospedaria as vestimentas de meu mestre e, então, tudo estará pronto.

Dali a pouco, ele voltou com uma caixa de prata sob o braço e, um pouco atrás dele, vinha o cavalheiro cuja chegada havia provocado tanto alvoroço.

A primeira impressão que tive de meu tio quando ele entrou na sala foi de um de seus olhos ser enorme, do tamanho de uma maçã. Fiquei sem fôlego diante daquele olho monstruoso e brilhante. No instante seguinte percebi que ele usava um monóculo no olho, que lhe tinha aumentado o tamanho. Ele olhou para cada um de nós e, então, curvou-se graciosamente para cumprimentar minha mãe e depois deu-lhe um beijo em cada face.

— Permita-me que eu a cumprimente, minha querida Mary — disse ele, com a voz mais melodiosa e bela que eu já ouvira. — Posso assegurar-lhe que o ar do campo lhe fez um imenso bem e que eu ficaria muito orgulhoso de mostrá-la na cidade. Sou seu servo, senhor — ele continuou, tomando a mão de meu pai. — Na semana passada tive a honra de jantar com meu amigo, lorde Vincent, e aproveitei a ocasião para falar-lhe do senhor. Posso dizer-lhe que o nome do senhor não foi esquecido pelo almirantado e espero que em breve eu o veja a comandar seu próprio navio de 74 canhões. Então, este é meu sobrinho? Ele colocou suas mãos em meus ombros de modo muito amigável e olhou-me de alto a baixo.

— Quantos anos tem, sobrinho?

— Dezessete, senhor.

— Parece mais velho; 18, no mínimo. Penso que ele é adequado, Mary, decerto. Ele carece de *bel air*, de *tournure*. Na nossa rude Inglaterra não temos tradução para essas palavras. Mas ele é tão saudável quanto botões de flores campestres.

Assim, um minuto após ter entrado em nossa casa ele tinha conquistado a todos, com seus modos tão cordatos que parecia nos conhecer há anos. Pude dar uma boa olhada nele quando se sentou frente à lareira, com minha mãe de um lado e meu pai do outro. Ele era um homem alto, de ombros grandes, tórax bem constituído, pernas bem-torneadas e mãos e pés pequenos. Seu rosto era pálido e belo, com maçãs proeminentes, nariz aquilino e grandes olhos azuis nos quais se percebia constantemente uma certa malícia. Ele trajava um casaco marrom-escuro de colarinho que ia desde as orelhas e terminava nos joelhos. Suas calças pretas e as meias de seda terminavam em pequeninos sapatos pontudos, tão bem-polidos que brilhavam a qualquer movimento. Seu colete de veludo negro era aberto no pescoço a fim de mostrar a camisa bordada e a gravata branca que deixava seu pescoço constantemente erguido. Estava à vontade, com um polegar sob a axila e dois dedos da outra mão no bolso do colete. Fiquei orgulhoso em saber que um homem tão magnífico, tão senhor de si e com maneiras tão agradáveis era meu parente e pude ver nos olhos de minha mãe quando ela o olhava que ela pensava o mesmo.

O tempo todo, Ambrose ficara de pé perto da porta como uma estátua de bronze de trajes escuros, com sua grande caixa de prata debaixo do braço. Então, deu um passo à frente na sala.

— Devo levar isso a seu quarto de dormir, sir Charles?

— Ah, perdoe-me, Mary, minha irmã. Sou antiquado o suficiente para ter princípios, um anacronismo nesta era de relaxamento generalizado. Um deles é nunca deixar que minha *batterie de toilette* fique longe de meus olhos quando viajo. Mal posso esquecer as agonias sofridas alguns anos atrás por haver negligenciado essa precaução. Vou fazer justiça a Ambrose ao dizer que aconteceu antes que ele tomasse conta de meus assuntos. Fui obrigado a usar os mesmos punhos de babados dois dias consecutivos. Na terceira manhã, meu companheiro de viagem estava tão comovido com meu abatimento que caiu no choro e devolveu o par que tinha roubado de mim.

Enquanto falava, sua face tinha um ar muito grave, mas seus olhos dançavam e brilhavam. Ele ofereceu sua caixa aberta de rapé a meu pai, enquanto Ambrose seguia minha mãe que saía da sala.

— Quando você se dá ao valor, então, cerca-se de pessoas realmente importantes.

— De fato, senhor! — disparou meu pai.

— O senhor fique à vontade para servir-se de minha caixa, uma vez que é parente, pelo casamento com minha irmã. Você também, sobrinho, rogo-lhe que se sirva quando quiser. Este é o mais íntimo sinal de minha boa vontade. Fora nós que aqui estamos outros quatro, acho, tiveram acesso a esta caixa: o príncipe, claro, sr. Pitt; *monsieur* Otto, o embaixador da França; lorde Hawkesbury. Às vezes penso que fui prematuro em oferecê-la a lorde Hawkesbury.

— Fico imensamente honrado, senhor — disse meu pai, olhando suspeitosamente seu convidado por debaixo de suas espessas sobrancelhas, pois o jeito grave de falar de meu tio associado àqueles olhos brilhantes, tornavam difícil a tarefa de julgá-lo.

— Uma mulher, senhor, tem seu amor para conceder — disse meu tio — Um homem tem sua caixa de rapé. Nem o amor nem a caixa devem ser facilmente oferecidos. Do contrário, seria uma falta de gosto, não, pior, uma falta de moral. Outro dia mesmo estava eu sentado em Wattier's, minha caixa com o melhor tabaco de macouba aberta na mesa a meu lado, e vem um bispo irlandês com seus dedos intrusivos e pega um pouco. Eu disse: "Garçom, minha caixa foi maculada! Remova a sujeira!" Sei que o homem não quis me insultar, mas aquele tipo de gente deve ser mantida na própria esfera.

— Um bispo! O senhor tem um padrão muito elevado — disse meu pai.

— Sim, senhor. Aliás, desejaria este epitáfio em minha lápide.

Minha mãe havia descido e todos fomos para a mesa de refeições.

— Você deve desculpar minha aparente rudeza, Mary, ao atrever-me a trazer minha própria despensa. Abernethy é quem cuida de mim e prescreveu-me a abstenção das delícias da cozinha campestre. Um pouco de vinho branco e de carne fria de ave, eis o máximo que o avarento escocês permite-me ingerir.

— O senhor devia ter estado na Marinha, durante o bloqueio continental, quando os ventos fortes do Mediterrâneo sopravam — disse meu pai. — Comida estragada e salgada, biscoitos com larvas e, nos melhores dias, uma costela de búfalo selvagem. O senhor teria um belo regime ali.

Imediatamente, meu tio começou a perguntar sobre o trabalho no mar e, durante toda a refeição, meu pai falou sobre o Nilo e sobre o bloqueio de Toulon e sobre o cerco de Gênova e sobre tudo o que ele tinha visto e feito. Toda vez que lhe faltava uma palavra meu tio completava sua frase de modo que era difícil saber quem entre os dois entendia mais do negócio.

— Não, eu leio pouco ou nada — disse ele, quando meu pai mostrou espanto ao ver a extensão do conhecimento de meu tio sobre o bloqueio. — O fato é que mal posso pegar um jornal sem que veja alguma alusão a mim: "sir C.T. fez isso", ou "sir C.T. disse aquilo", então não os leio mais. Mas, se um homem está em minha posição, ele atrai todas as informações. O duque de York me dá notícias sobre o Exército de manhã, lorde Spencer conversa sobre a Marinha à tarde, e Dundas cochicha sobre o que acontece no gabinete do primeiro-ministro. Assim, tenho pouca necessidade de ler o *Times* e o *Morning Chronicle*.

Isso o levou a falar do grande mundo londrino, contando a meu pai histórias sobre seus comandantes no almirantado e à minha mãe as coisas sobre as grandes damas do Almack's. Tudo sob a mesma luz, com uma descrição ligeira, de modo que não sabíamos se era para rir ou para levá-lo a sério. Acho que nossa reação ao acompanhar suas palavras atentamente, lisonjeou-o. Ele tinha algumas figuras de Londres em alta consideração; por outras, ele tinha pouca estima. Ele, no entanto, nos deixou perceber que a figura mais eminente, aquela que servia de exemplo a todos os demais, era sir Charles Tregellis, ele mesmo.

— No que diz respeito ao rei, sou *l'ami de famille*, fica subentendido. Mesmo com vocês não posso falar sobre eles livremente, pois há assuntos confidenciais.

— Deus abençoe o rei e lhe dê saúde — disse meu pai.

— É bom ouvi-lo dizer isso. É preciso vir ao interior para testemunhar lealdade verdadeira, porque nas cidades é mais comum ouvir dizeres de desprezo e insultos. O rei é grato a mim em razão da atenção que sempre dispensei a seu filho. Ele gosta de saber que o príncipe tem um homem de bom gosto no seu círculo de amigos.

— E o príncipe? — perguntou minha mãe. — Ele é bem-apessoado?

— Ele tem uma boa aparência. Já aconteceu de, à distância, ele ser confundido comigo. Ele tem algum gosto para vestir-se, embora se torne um pouco desleixado se fico longe dele por muito tempo. Posso garantir-lhe que amanhã notarei um amassado em seu casaco.

Naquele momento, estávamos todos sentados perto do fogo porque a noite ficara gelada. A lamparina estava acesa e também o cachimbo de meu pai.

— Suponho que esta seja sua primeira visita a Friar's Oak — disse meu pai.

O rosto de meu tio tornou-se rapidamente grave e frio.

— É a primeira visita em muitos anos. Eu tinha 21 anos quando vim pela última vez. Não é provável que me esqueça disso.

Percebi que ele se referia à visita a Cliffe Royal, na época do assassinato e vi pelo rosto de minha mãe que ela notara a mesma coisa que eu. Meu pai, no entanto, ou nunca tinha ouvido falar sobre o caso, ou havia se esquecido de suas circunstâncias.

— Ficou na hospedaria? — perguntou meu pai.

— Hospedei-me na casa do desafortunado lorde Avon. Foi na ocasião em que ele foi acusado de matar seu irmão mais jovem e de fugir do país.

Todos ficamos em silêncio e meu tio, inclinando o queixo e apoiando-o na mão, olhou pensativamente para o fogo. Se eu fechar meus olhos agora, verei seu rosto orgulhoso e belo e verei meu querido pai consternado por ter invocado uma recordação tão terrível, lançando a meu tio olhares curtos e vexados entre baforadas no cachimbo.

— Ouso dizer que já lhe aconteceu, senhor, — disse meu tio, por fim — de perder um companheiro querido, em uma batalha ou em um naufrágio, tendo, depois, tirado esse amigo da cabeça, na rotina de sua vida diária. Até que, de repente, alguma palavra ou cena traga-o de volta ao pensamento e descobre um pesar que é tão vívido quanto o sentido no dia de sua perda.

Meu pai assentiu.

— É o que acontece comigo nesta noite. Nunca estabeleci relação de amizade com um homem, não digo com mulheres, exceto por uma vez. Foi com lorde Avon. Éramos mais ou menos da mesma idade, talvez ele fosse alguns anos mais velho, mas nossos gostos, nossas opiniões, nossas personalidades eram parecidas, exceto o fato de ele ter um senso de orgulho como nunca vi igual em qualquer outro homem. Tirando algumas manias insignificantes de um jovem rico e seguidor da moda, *les indiscrétions d'une jeunesse dorée*, eu poderia jurar que ele era o melhor homem que eu já conhecera.

— Como ele se envolveu em tal crime? — perguntou meu pai.

Meu tio balançou a cabeça.

— Muitas vezes me fiz essa pergunta e ela vem a mim nesta noite mais do que nunca.

Toda sua afetação desapareceu e ele se tornou, repentinamente, um homem triste e sério.

— Foi ele mesmo quem cometeu o crime, Charles? — perguntou minha mãe.

Meu tio deu de ombros.

— Queria pensar que não. Algumas vezes cheguei a considerar que foi seu orgulho que o deixou subitamente louco, levando-o a cometê-lo. Você ouviu falar como ele devolveu o dinheiro que perdemos no jogo?

— Não, nunca tinha ouvido nada a respeito — respondeu meu pai.

— Hoje a história é muito velha, embora não tenhamos ainda sabido de seu desfecho. Nós quatro tínhamos jogado durante quatro dias: lorde Avon, seu irmão, o capitão Barrington, sir Lothian Hume e eu. Do capitão eu pouco sabia, salvo que não tinha boa reputação e que se encontrava em dificuldades com dinheiro. Sir Lothian construiu má fama desde aquele tempo, é o mesmo que atirou em lorde Carton no caso de Chalk Farm, mas, naqueles dias, não havia nada que o denegrisse. O mais velho de nós tinha, então, 24 anos. Jogamos até que o capitão tivesse limpado a mesa. Todos perdemos, mas nosso anfitrião foi o maior perdedor.

"Naquela noite, e digo-lhes agora o que teria sido algo de ruim para se dizer em uma corte de justiça, eu estava inquieto e meio desperto, como frequentemente ocorre com um homem que ficou insone durante muito tempo. Deitado, minha mente revia a mesa de carteado e eu me mexia e me virava na cama, quando, de repente, um grito chegou a meus ouvidos e depois um segundo grito, mais alto, vindo da direção do quarto de capitão Barrington. Cinco minutos depois, ouvi passos no andar de baixo, no corredor, e pensei que alguém se sentia mal. Era lorde Avon vindo em minha direção. Em uma mão trazia uma vela acesa e na outra, uma sacola marrom, que se entreabria enquanto ele se movia. Seu rosto estava alterado e distorcido, tanto que minhas palavras ficaram congeladas nos lábios. Antes que eu pudesse emiti-las, ele voltou a seu quarto e fechou delicadamente a porta atrás de si. Na manhã seguinte, acordei com ele, prostrado ao lado de meu leito.

— Charles — disse ele —, não posso me permitir pensar que você tenha perdido tanto dinheiro em minha casa. Você vai encontrar a quantia em sua mesa.

Foi então que ri de seus escrúpulos, dizendo-lhe que eu, certamente, teria reclamado meu dinheiro se o tivesse ganho, de modo que seria bem estranho se eu não me permitisse pagá-lo uma vez que tinha perdido no jogo.

— Nem eu, nem meu irmão vamos tocar nele. Está ali e você pode fazer com a quantia o que quiser.

Ele não ouviu meus argumentos e disparou do aposento como um louco. Talvez esses detalhes sejam de seu conhecimento e Deus sabe que é doloroso para mim contá-lo."

Meu pai conservava-se sentado, de olhos fixos em meu tio, o cachimbo a recender em suas mãos.

— Por favor, diga-nos o final da história, senhor — disse meu pai.

— Bem, terminei minha toalete em cerca de uma hora, pois eu era menos exigente naqueles tempos do que sou hoje, e encontrei sir

Lothian Hume no café da manhã. A experiência dele tinha sido semelhante à minha e ele estava ansioso em ver o capitão Barrington para descobrir o motivo de ele ter enviado seu irmão para nos devolver o dinheiro. Falamos sobre o assunto quando, de repente, olhei em direção ao teto e vi, eu vi...

Meu tio se tornara pálido diante da recordação vívida e, então, esfregou as mãos nos olhos.

— Era carmim — disse ele, trêmulo — uma mancha vermelha com as extremidades escurecidas, e de todos os lados... mas vou lhe provocar pesadelos, Mary, minha irmã. Basta dizer que corremos para a escada que dava acesso ao quarto do capitão Barrington. Uma faca de caça estava no chão, pertencia ao lorde Avon. E ali o encontramos, morto, com a brancura exposta do osso do pescoço. Um babado de punhos foi encontrado agarrado a sua mão, e era de um dos punhos da camisa de lorde Avon. Algumas promissórias, meio queimadas, na grelha da lareira, e as promissórias eram de lorde Avon. Ah, meu pobre amigo, em que momento de loucura você chegou a praticar tal ato?

A luz deixara os olhos de meu tio e a habitual extravagância sumira de seus gestos. Seu discurso era direto e simples, sem nada daquela afetação londrina que tanto me impressionara. Havia ali um segundo tio, um homem de coração e de cérebro, e gostei mais do segundo do que do primeiro.

— O que disse lorde Avon? — perguntou meu pai.

— Não disse nada. Ele andava como um sonâmbulo, com olhos aterrorizados. Ninguém se atrevia a prendê-lo até que houvesse o devido inquérito. Mas, quando o promotor concluiu que ele praticara o assassinato doloso, os policiais partiram para prendê-lo. E descobriram que ele havia fugido. Houve um rumor sobre ele ter sido visto em Westminster na semana seguinte e sobre ele ter escapado para a América, mas nada além disso. Será um dia esplendoroso para sir Lothian Hume quando provarem que lorde Avon está morto, pois ele herdará o título de cavalheiro. Até que isso aconteça, sir Lothian não poderá obter o título nem tocar nas propriedades do acusado.

O relato dessa história triste havia provocado uma sensação gélida em todos nós. Meu tio estendeu as mãos em direção às chamas e eu notei que estavam tão brancas quanto o punho de babados que as envolvia.

— Não sei como as coisas estão em Cliffe Royal hoje — disse ele, pensativo — Não era um lugar alegre, mesmo antes de aquela sombra cair sobre ela. Um andar de serviço nunca foi instalado depois da tragédia. Mas 17 anos se passaram e talvez até aquele horrível teto...

— Ainda tem a mancha — disse eu.

Não sei qual dos três estava mais perplexo, pois minha mãe nunca tinha sabido de minhas aventuras naquela noite. Eles não tiravam os olhos admirados de mim enquanto eu contava minha história e meu coração se encheu de orgulho quando meu tio disse que nós tínhamos nos saído bem e que ele não pensava que outros garotos de nossa idade pudessem portar-se tão bravamente.

— Quanto ao fantasma, deve ter sido uma criação de suas cabeças. A imaginação prega-nos estranhas peças e, embora eu tenha nervos tão fortes quanto um homem pode querer, não posso responder pelo que veria, caso estivesse sob aquele teto manchado de sangue, à meia-noite.

— Tio, eu vi a aparição tão perfeitamente quanto vejo agora aquele fogo e ouvi os passos tão claramente como posso ouvir agora o estalar da lenha. Além do mais, não podíamos os dois nos enganar ao mesmo tempo.

— Há verdade nisso — disse ele, pensativamente. — Você não viu a fisionomia da aparição?

— Estava muito escuro.

— Apenas uma aparição?

— O contorno escuro de uma.

— E ela bateu em retirada nas escadas?

— Sim.

— E desapareceu na parede?

— Sim.

— Qual parte da parede? — gritou uma voz atrás de nós.

Minha mãe soltou um grito, e o cachimbo de meu pai caiu no tapete perto da lareira, e eu dei um pulo e prendi a respiração. Lá estava Ambrose, com o corpo envolto pela sombra da porta e o rosto negro projetando-se na luz, com dois olhos ardentes a olhar os meus.

— O que significa isso, senhor? — disse meu tio.

Foi estranho ver o brilho e a paixão sumir do rosto do homem e a máscara reservada do criado de quarto substituí-los. Seus olhos ainda ardiam, mas seus traços retomaram a compostura correta em um instante.

— Perdoe-me, sir Charles — disse ele —, vim saber se ainda tem ordens para mim e não queria interromper a história do jovem cavalheiro. Receio ter sido de alguma forma envolvido pelo relato.

— Nunca o vi perder a compostura antes — disse meu tio.

— O senhor vai me perdoar, estou certo, sir Charles, ao lembrar de minha posição perante lorde Avon — ele falou, com certa dignidade. E com uma mesura, deixou a sala.

— É preciso que relevemos — disse meu tio, subitamente retomando o maneirismo afetado. — Quando um homem é capaz de preparar uma xícara de chocolate e amarrar uma gravata da forma que Ambrose faz, ele bem pode reivindicar consideração. O fato é que esse pobre companheiro era o criado de quarto de lorde Avon, que estava em Cliffe Royal na noite fatal sobre a qual falei e que era devotado ao seu antigo patrão. Mas meu relato foi um tanto *triste*, Mary, minha irmã, e agora retornemos, se quiser, aos vestidos da condessa Lievens e às fofocas de St. James's.

## Capítulo VI
## No limiar do mundo

Meu pai me mandou para a cama cedo naquela noite, embora eu estivesse ansioso por ficar acordado, pois cada palavra dita por aquele homem prendia minha atenção. Seu rosto, suas maneiras, os movimentos largos e expressivos de suas mãos brancas, seu olhar de superioridade, seu jeito fantasticamente atualizado de falar, tudo me encheu de interesse e de admiração. Mas, como depois soube, a conversa deles seria a meu respeito e a respeito de minhas perspectivas de futuro, e por isso fui despachado para meu quarto, de onde, noite adentro, pude ouvir os grunhidos surdos de meu pai, a voz de entoação nobre de meu tio, entremeadas, aqui e ali, por um murmúrio gentil de minha mãe.

Por fim, caí no sono; até que fui despertado, de repente, por algo úmido a fazer pressão sobre minha face e por dois braços cálidos a me envolver. A face de minha mãe estava encostada na minha e eu podia ouvir o clique de seu soluço e senti-la estremecer na escuridão. Uma luz fraca atravessou as grades da janela e eu pude vislumbrar que ela estava de branco, com os cabelos negros soltos sobre os ombros.

— Você não vai se esquecer de nós, não é Roddy? Não vai se esquecer?

— Por que, mãe? O que é isso?

— Seu tio, Roddy. Ele vai tirá-lo de nós!

— Quando, mãe?

— Amanhã.

Deus me perdoe, mas meu coração disparou de alegria, enquanto o dela, colado no meu, estava partido de tristeza!

— Ah, mãe! Londres?

— Primeiro Brighton, onde ele o apresentará ao príncipe. No dia seguinte, Londres, onde ele o apresentará a pessoas graúdas, Roddy, onde você aprenderá a olhar de cima... a olhar de cima seus pais pobres, simples e fora de moda.

Coloquei meus braços em volta dela para consolá-la, mas ela soluçava tanto que, embora com 17 anos e já com o orgulho dos homens, comecei a soluçar também e de forma tão barulhenta, uma vez que carecia da capacidade das mulheres de soluçar baixinho, que ela achou graça e começou a rir.

— Charles ficaria lisonjeado se pudesse ver a forma graciosa de recebermos sua ajuda. Fique quieto, Roddy, querido, ou você vai acordá-lo.

— Não irei se for para entristecê-la.

— Não, querido, você deve ir, pois essa pode ser a grande oportunidade de sua vida. Pense em como ficaremos orgulhosos quando tivermos notícias suas enquanto estiver com Charles e seus grandiosos amigos. Prometa-me que não vai se meter com jogo, Roddy? Você ouviu nesta noite sobre todas as coisas horríveis ligadas aos jogos.

— Prometo-lhe, mamãe.

— E terá cuidado com o vinho, Roddy? Você é muito jovem e desacostumado com bebida.

— Sim, mãe.

— Cuidado com as atrizes também, Roddy. E você deve agasalhar-se bem pelo menos até que chegue o mês de junho. Foi por não fazê-lo que o jovem Overton adoeceu e morreu. Pense bem ao vestir-se, Roddy, para fazer jus à companhia de seu tio, pois este aspecto é o ponto forte da fama dele. Você só tem de fazer o que ele indicar. Mas se houver período em que não tenha de encontrar pessoas de importância, você pode usar suas coisas daqui, porque seu casaco marrom está bom como se fosse novo e o casaco azul, se for reajustado e passado, ainda pode durar um verão. Separei sua roupa de domingo e o colete amarelo porque você deve ver o príncipe amanhã, e você também deverá usar suas meias marrons e calçar os sapatos com fivelas. Tenha cuidado ao atravessar as ruas de Londres, pois ouvi dizer que os cocheiros do centro da cidade correm demais. Dobre suas roupas quando for para a cama, Roddy, e não se esqueça de rezar à noite, meu querido garoto; pois os dias de tentação estão próximos e eu não estarei a seu lado para ajudá-lo.

Assim, com conselhos suficientes para encher este e outro mundo, minha mãe, com seus braços suaves à minha volta, preparou-me para o grande passo adiante que me aguardava.

Meu tio não desceu para o café da manhã, mas Ambrose preparou-lhe uma xícara de chocolate e levou-a ao quarto. Quando, enfim, por volta do meio-dia, ele desceu, estava tão bem com seus cabelos cacheados, seus dentes brilhantes, seu monóculo intrigante, seus punhos de babados muito alvos, e seus olhos risonhos, que eu não podia desviar meu olhar de sua figura.

— Bem, sobrinho, o que pensa do fato de ir para Londres em minha companhia?

— Agradeço, senhor, pela dedicação e pelo interesse que o senhor tem por mim.

— Mas você precisa me honrar. Meu sobrinho deve ser distinto o suficiente para estar em harmonia com tudo o que me rodeia.

— O senhor verá que ele é feito da melhor matéria — disse meu pai.

— Devemos lapidá-lo bem até que fique suficientemente bom. Seu objetivo, meu querido sobrinho, deve ser sempre o de ter *bon ton*. Veja bem: não se trata do caso de ter riqueza. Apenas riqueza não garante nada. O endinheirado Price tem renda anual de quarenta mil, mas suas roupas são um desastre. Asseguro-lhe que, outro dia, vi-o descer a St. James's Street e fiquei de tal modo chocado com sua aparência que tive de entrar no Vernet para recompor-me com um licor de laranja. Não, trata-se de uma questão de gosto inato e de seguir o conselho e o exemplo dos mais experientes.

— Temo, Charles, que o guarda-roupa de Roddy seja muito interiorano — disse minha mãe.

— Cuidaremos disso em breve, quando chegarmos à cidade. Vamos ver o que Stultz ou Weston podem fazer por ele. Vamos deixá-lo sossegado até que tenha roupas para usar.

A desconsideração por minhas melhores roupas de domingo causou rubor no rosto de minha mãe, fato percebido imediatamente por meu tio, que era rápido em notar detalhes.

— As roupas estão ótimas para Friar's Oak, Mary, minha irmã. Entretanto, você pode entender que podem parecer antiquadas em Londres. Se deixá-lo em minhas mãos cuidarei do assunto.

— Com quanto, senhor, um jovem pode vestir-se bem por lá? — perguntou meu pai.

— Com prudência e com um pouco de cuidado, um jovem consegue vestir-se com a quantia de oitocentos por ano — respondeu meu tio.

Vi o espanto no rosto de meu pai.

— Temo, senhor, que Roddy tenha de manter suas roupas interioranas. Mesmo com meu dinheiro extra...

— Não, senhor! — exclamou meu tio. — Já devo a Weston mais de mil, então, como poderiam mais algumas centenas afetarem o total da dívida? Se meu sobrinho vem comigo, meu sobrinho está sob meus cuidados. Este detalhe já está acertado e me recuso a discutir sobre o assunto. — Ele balançava suas mãos brancas como se a empurrar para o lado qualquer oposição.

Meus pais tentaram agradecer mas ele os interrompeu.

— A propósito, agora que estou em Friar's Oak, tenho outro pequeno negócio a acertar. Creio que vive aqui um lutador chamado Harrison que, no passado, poderia ter sido campeão. Naquele tempo, o pobre Avon e eu éramos seus patrocinadores. Gostaria de ter uma palavrinha com ele.

Você bem pode imaginar como eu estava orgulhoso de andar pela rua principal do vilarejo em companhia de meu magnífico parente e de notar, pelo canto dos olhos, as pessoas a correrem para suas janelas para nos ver passar. Champion Harrison estava do lado de fora da ferraria e tirou o boné quando viu meu tio.

— Deus me abençoe! Quem podia imaginar o senhor em Friar's Oak? Ora, sir Charles, olhar seu rosto me traz antigas recordações.

— Fico contente em vê-lo tão esbelto, Harrison — disse meu tio, passando os olhos por ele. — Ora, com uma semana de treinamento o senhor ficaria tão bom quanto antes. Suponho que seu peso não esteja além dos 99 quilos?

— Noventa e cinco, sir Charles. Estou com quarenta anos, mas me conservo sadio dos pulmões e do resto do corpo e, se minha esposa tivesse me liberado da promessa que fiz a ela, eu me mediria com alguns desses rapazes que estão por aí. Parece que há alguns dos bons lá pelos lados de Bristol.

— Sim, ultimamente os amarelos de Bristol têm sido as cores da moda. Como vai, senhora Harrison? Talvez não se lembre de mim?

Ela vinha de dentro de casa, e notei que sua fisionomia cansada, na qual alguma desventura do passado havia imprimido uma sombra, tornou-se mais dura ao deparar-se com meu tio.

— Lembro-me muito bem do senhor, sir Charles Tregellis — disse ela. Acredito que o senhor não veio aqui hoje para tentar arrastar meu marido para os caminhos que abandonou.

— É assim com ela, sir Charles — disse Champion Harrison, pousando a mão no ombro da mulher. — Ela tem minha palavra e me mantém preso à promessa! Nunca houve mulher mais trabalhadora, mas é um fato que ela não tem nenhum gosto por esporte.

— Esporte! — exclamou a mulher, com amargura. — Esporte para o senhor, sir Charles, com seu agradável passeio de vinte quilômetros ao interior do país, com sua cesta de banquete cheia de vinhos e, de volta à Londres, no frio da noite, tendo a história de uma bela luta para comentar com os amigos. Pense no esporte que era para mim esperar sentada, durante longas horas, tentando ouvir o barulho das rodas da carroça que traria meu homem de volta. Às vezes, ele podia voltar andando, outras vezes vinha amparado e outras, carregado. E eu só o reconhecia pelas roupas que usava...

— Deixe disso, mulher — disse Harrison, dando-lhe tapinhas no ombro. — Eu até apanhei nos velhos tempos, mas nunca fiquei destruído assim.

— E depois viver semanas no temor de, toda vez que alguém batesse na porta, receber a notícia da morte do lutador adversário e lidar com a possibilidade de meu homem ter de responder por ela, de ser julgado por assassinato.

— Não, ela não tem nem uma gota de amor ao esporte em suas veias — disse Harrison. — Ela nunca seria uma patrocinadora, nunca! Foi o negócio com o Black Barruck que a deixou assim, quando pensamos que ele tinha dormido para sempre. Bem, ela tem minha promessa e eu nunca vou quebrá-la, a menos que ela me libere.

— Você vai se manter leal à promessa feita como um homem honesto e temente a Deus, John — disse a mulher, retornando a casa.

— Por nada no mundo eu tentaria demovê-lo de sua decisão — disse meu tio. — Mas, se você quisesse voltar ao velho esporte, eu o colocaria em uma boa disputa.

— Bem, não adianta, senhor. Mas fico feliz em saber disso mesmo assim — disse Harrison.

— Há um novo jogador, de noventa quilos, perto de Glaucester. Wilson é o seu nome e o chamam de caranguejo por conta de seu estilo.

Harrison balançou a cabeça.

— Nunca ouvi falar dele, senhor.

— Provavelmente não porque ele nunca lutou em ringue de competição. Mas dizem grandes coisas dele no oeste, e ele seria capaz de enfrentar qualquer um dos Belcher que usasse luvas de boxe.

— Brigar não é lutar — disse o ferreiro.

— Dizem que ele levou a melhor em uma luta com Noah James, de Cheshire.

— Não há lutador mais forte, senhor, do que Noah James, o soldado da Guarda — disse Harrison. — Eu mesmo o vi voltar à carga cinquenta vezes depois de ter o maxilar partido em três lugares. Se Wilson puder vencê-lo, Wilson irá longe.

— É assim que pensam lá no oeste. Querem até lançá-lo em Londres. Sir Lothian Hume é seu patrocinador e, para encurtar a história, digo que ele me desafiou a encontrar um jovem lutador do mesmo peso para enfrentar seu patrocinado. Eu lhe disse que não conhecia jovem que servisse, mas que sabia de um veterano que não colocava os pés no ringue há anos, mas que poderia fazer com que o jovem atleta dele desejasse nunca ter ido a Londres. "Jovem ou velho", ele me disse. E eu aceitei a aposta por alguns milhares libras e aqui estou.

— Não farei, sir Charles — disse o ferreiro, balançando a cabeça. — Nada me agradaria mais, mas o senhor ouviu minha mulher.

— Bem, se não vai lutar, Harrison, vou procurar um novato. Gostaria de ter uma indicação sua a este respeito. A propósito, vou presidir um jantar à fantasia no *Waggon and Horses*, em St. Martins's Lane, na próxima sexta-feira. Ficaria contente se você estivesse entre meus convidados. Ora, quem é esse? — E ele ajustou o monóculo em seu olho.

Boy Jim tinha vindo de dentro da ferraria, com o martelo na mão. Ele usava, eu me lembro, uma camisa cinza de flanela, aberta no pescoço e com as mangas dobradas. Meu tio percorreu, de cima a baixo, a magnífica figura, com um olhar de entendedor.

— Este é meu sobrinho, sir Charles.
— Ele mora com você?
— Seus pais morreram.
— Ele já esteve em Londres?
— Não, sir Charles. Ele mora comigo desde que tinha a altura do martelo que carrega.

Meu tio virou-se para Boy Jim.

— Então, nunca foi a Londres. Seu tio vai à cidade para o jantar que darei na próxima sexta-feira. Gostaria de juntar-se a nós?

Os olhos negros de Jim brilharam.

— Ficaria feliz em ir, senhor.
— Não, não, Jim — disse o ferreiro, ab-ruptamente. — Desculpe-me se eu o contradigo, rapaz, mas tenho motivos para querer que fique aqui com sua tia.
— Não, Harrison, deixe o rapaz ir também — disse meu tio.
— Não, não, sir Charles. A companhia é perigosa para um rapaz assim impetuoso. E há muito trabalho para ele fazer, enquanto eu estiver fora.

O pobre Jim, com a testa franzida, voltou para a ferraria. Corri atrás dele para consolá-lo e para contar sobre todas as mudanças maravilhosas que estavam acontecendo em minha vida. Eu estava na metade de meu relato e Jim, sendo o bom amigo que era, já meio esquecido de seu aborrecimento, porque ouvia sobre minha boa fortuna, quando meu tio me chamou lá de fora. O cabriolé puxado pelas éguas nos aguardava em frente a minha casa e Ambrose já havia embarcado com a cesta de piquenique, o cãozinho e sua almofada e a preciosa caixa de toalete. O criado já se prostrara de pé, atrás da cabine e eu, depois de receber um caloroso aperto de mão de meu pai e um último abraço soluçante de minha mãe, tomei meu lugar ao lado de meu tio, na parte dianteira do veículo.

— Solte-as! — gritou meu tio ao moço da estrebaria; e com um estalo, uma sacudidela e um chacoalhar partimos em nossa jornada.

Passados tantos anos, posso ver claramente em minha memória aquele dia de primavera, com os verdejantes campos ingleses, o céu inglês de muita ventania e a casinha amarela e de teto triangular na qual eu vivi desde a infância até a juventude. Vejo também as figuras no portão do jardim: minha mãe, o rosto virado de lado acenando com um lenço; meu pai com seu casaco azul e suas calças brancas, apoiado em sua bengala e com uma mão a fazer sombra nos olhos, enquanto nos seguia com a vista. Todo o vilarejo estava na rua para ver o jovem Roddy Stone partir com seu parente importante de Londres para visitar o príncipe em seu palácio. Os Harrisons acenavam para mim em frente à ferraria, John Cummings, dos degraus da hospedaria, e vi Joshua Allen, meu velho professor, apontando para mim como se dissesse que eu havia sido seu aluno. Para completar, quem poderia cruzar conosco quando saímos do vilarejo senão a senhorita Hinton, a atriz de teatro, com seu faetonte puxado pelo pônei, como da primeira vez que a vi, sendo que agora era uma mulher renovada; e pensei que Boy Jim só não via sua juventude desperdiçada naquele lugar porque contava com a amizade daquela mulher. Não duvido que ela ia ao vilarejo para vê-lo, pois os dois estavam mais próximos do que nunca, de modo que ela nem percebeu quando acenei ao passarmos a seu lado. Assim, quando pegamos a curva da estrada, a pequena cidade desapareceu e, depois de passar por Downs, de deixar para trás as construções em forma de pináculos de Patcham e Preston, deparamos com o imenso mar azul e as casas acinzentadas de Brighton com os peculiares domos e minaretes orientais do pavilhão do príncipe despontando em meio à cidade.

Para qualquer viajante aquela era uma visão de beleza, mas para mim era o mundo, o grande, vasto e livre mundo e fiquei com o coração emocionado e trêmulo, como deve ficar o jovem pássaro quando ouve, pela primeira vez na vida, o bater de suas asas em seu voo de estreia, tendo acima o céu azul e abaixo o verde dos campos. E poderá vir o dia em que ele olhará para trás, para o ninho confortável de gravetos, mas isso importa quando a primavera está no ar e a juventude corre nas veias, e os falcões ainda não perturbam a vida com o bater maléfico de suas asas?

# Capítulo VII
## A esperança da Inglaterra

Meu tio dirigiu em silêncio durante algum tempo, mas eu sabia que, a todo momento, seus olhos se voltavam para mim; eu estava convicto de que ele já começara a perguntar-se se podia dar um jeito em mim ou a cogitar se havia se deixado levar ao permitir que minha mãe o convencesse a mostrar-me o mundo elevado em que ele vivia.

— Você não canta, não é, sobrinho? — perguntou ele, de repente.

— Sim, senhor, um pouco.

— Barítono, suponho.

— Sim, senhor.

— Sua mãe me disse que você toca bem o violino. Esse tipo de coisa será útil quando estiver diante do príncipe. A família dele é de músicos. Sua educação, sobrinho, foi a melhor possível estando em uma escola de vilarejo. Bem, ninguém enfrenta testes de grego na sociedade polida, o que é uma sorte imensa para alguns de nós. Basta ter de cor uma ou duas citações de Horácio e de Virgílio: "sub tegmine fagi" ou "habete faenun in cornu", que acrescentam um sabor a uma conversa, tal como um toque de alho a uma salada. Não é de *bon ton* ser erudito, mas é charmoso deixar entrever que você já soube um dia de muitas coisas. Sabe escrever versos?

— Temo que não, senhor.

— Um pequeno dicionário de rimas só custa meia coroa. Os versos de sociedade são de grande ajuda para um jovem. Se conseguir que as damas fiquem de seu lado, pouco importará quem fique contra você. Você deve aprender a abrir uma porta, a entrar em uma sala, a oferecer uma caixa de rapé abrindo a tampa com o dedo indicador da mão com a qual a segura. Deve aprender a cumprimentar os homens curvando-se com um indispensável toque de dignidade; diante de uma mulher, deve curvar-se sem mostrar humildade, embora com um pouco de abandono, com elas deve cultivar um misto de súplica e de audácia. Você tem alguma excentricidade?

A maneira fácil com que ele me fez a pergunta me fez rir, como se fosse a coisa mais natural de ter-se.

— Em todo caso, você tem um riso natural e sedutor. Nesses dias, ter alguma excentricidade é de bom-tom e se você tem alguma inclinação nesse sentido, eu o aconselharia a dar-lhe livre vazão. Petersham teria permanecido para sempre um nobre igual a tantos outros se não tivessem descoberto que ele tinha uma caixa de rapé para cada dia do ano e que ele pegou um resfriado por causa de um engano de seu criado de quarto que o deixou sair em um dia gélido com uma pequenina caixa de rapé de porcelana de Sèvres em lugar de uma robusta caixa de rapé feita de casco de tartaruga. Aquilo o tirou do anonimato, pois todo mundo passou a lembrar-se dele. Até mesmo um hábito como o de ter uma torta de damasco na cabeceira da cama o ano inteiro, ou de guardar a vela apagada debaixo do travesseiro serve para distingui-lo de seu vizinho. No meu caso, é o meu julgamento preciso em matéria de moda e de comportamento que me coloca em destaque. Eu não me coloco como um homem que segue a moda. Eu lanço moda. Por exemplo, estou levando você, que veste um colete amarelo, para conhecer o príncipe. Em sua opinião, qual será a consequência?

Meus temores me levaram a pensar que me apresentar com aquela peça de vestuário seria uma derrota, mas nada falei.

— Ora, o cocheiro da noite vai espalhar a notícia por Londres. Alcançará a Brooker's e a White's amanhã pela manhã. Em uma semana, a St. James's Street e o centro de compras estarão cheios de coletes amarelos. Um incidente muito doloroso me aconteceu uma vez. O nó de minha gravata se desfez na rua, e eu cheguei a ir de Carlton House até Watier's, em Bruton Street, com as duas pontas soltas. Pensa que isso abalou minha posição? Na mesma noite havia dúzias de rapazes andando pelas ruas de Londres com a gravata sem nó. Se eu não tivesse dado nó novamente na minha, não haveria mais nenhuma gravata atada em todo o reino, e a grande arte de atar gravatas teria sido prematuramente perdida. Você já começou a praticá-la?

Confessei que não.

— Deve começar agora, em sua juventude. Vou ensiná-lo pessoalmente o *coup d'archet*. Praticando algumas horas por dia, horas que, de outra forma, não teriam utilidade, você poderá estar perfeitamente engravatado quando alcançar a maturidade. O segredo é você conservar seu queixo apontando para o céu e, depois, atar as duas pontas da gravata enquanto abaixa gradualmente a sua mandíbula.

Quando meu tio falava assim, sempre havia aquela luz dançante e travessa em seus olhos azul-escuros, que me mostrava que o humor dele era uma excentricidade consciente, cuja origem era uma natural exigência por gosto, voluntariamente direcionado para o grotesco pelo mesmo motivo que fazia com que me recomendasse o cultivo de alguma excentricidade própria. Quando pensei na maneira com que se referiu a seu desventurado amigo, lorde Avon, na noite anterior, e na emoção que revelou ao contar sua horrível história, eu fiquei feliz em saber que havia um coração naquele homem ali, embora lhe aprouvesse bastante escondê-lo dos outros.

Aconteceu de eu ter uma breve ocasião de confirmar isso, pois um episódio inesperado nos sucedeu ao estacionarmos em frente ao hotel Crown. Um enxame de moços de estrebaria recebeu-nos e meu tio, largando as rédeas, pegou Fidélio e sua almofada que estavam debaixo do assento.

— Ambrose, você pode pegar Fidélio.

Mas não houve resposta. O assento atrás de nós estava desocupado.

Ambrose desaparecera.

Mal podíamos acreditar em nossos olhos quando desembarcamos e confirmamos o sumiço. Ele havia, com certeza, tomado seu lugar quando estávamos em Friar's Oak, e desde lá viajamos em alta velocidade, mas suportável pelas éguas. Para onde, então, ele poderia ter ido?

— Deve ter passado mal e caiu! — exclamou meu tio. — Eu faria o caminho de volta, mas o príncipe esta à nossa espera. Onde está o senhorio? Aqui, Coppinger, mande seu melhor homem a Friar's Oak, tão rápido quanto seu cavalo possa aguentar, para ter notícias de meu criado Ambrose. Não meça esforços para isso. Agora, sobrinho, devemos almoçar e depois ir ao pavilhão.

Meu tio ficou perturbado com a estranha ausência de seu criado de quarto, até porque era seu hábito o de passar por uma série de toaletes e de troca de roupas depois da mais breve viagem. De minha parte, atento aos conselhos de minha mãe, eu cuidadosamente escovei minhas roupas para tirar a poeira e fiquei o mais asseado que pude. Meu coração estava nas canelas, alcançando as solas de meus sapatos de fivelas prateadas, agora que estava na iminência de encontrar pessoa tão grandiosa e terrível como o príncipe de Gales. Em diversas ocasiões, eu tinha visto sua veloz carruagem amarela atravessar rapidamente por Friar's Oak, e havia saudado e balançado meu chapéu, como os demais habitantes do lugar, durante as rápidas passagens, mas nunca, nem em meus mais desvairados sonhos, tinha passado por minha cabeça a possibilidade de, algum dia, ser chamado a olhar em seu rosto e responder suas perguntas. Minha mãe tinha-me orientado a ser reverente, pois tratava-se de um dos eleitos que Deus havia posto na terra para governar-nos; mas meu tio sorriu quando lhe contei esse ensinamento de minha mãe.

— Você tem idade suficiente para enxergar as coisas como elas são, sobrinho, e a sua percepção correta sobre elas é o distintivo que o habilita para estar no círculo restrito para o qual eu o estou destinando. Não há ninguém que conheça o príncipe mais do que eu e não há ninguém que lhe tenha menos confiança. Nunca um chapéu abrigou tão estranha reunião de atributos contraditórios. Ele é um homem que está sempre a correr, mas nunca tem nada para fazer. Ele se interessa por coisas sem importância e negligencia seus mais óbvios deveres. Ele é generoso com quem não tem crédito com ele, mas já arruinou fornecedores ao recusar-se a pagar pelo que devia. Ele é afetuoso com pessoas que conhece superficialmente, mas tem aversão ao pai, repulsa pela mãe e já não dirige a palavra à mulher. Ele diz ser o principal cavalheiro da Inglaterra, mas os cavalheiros da Inglaterra vetam seus amigos nos clubes, e avisam para que ele se mantenha distante de Newmarket, pois suspeitam de suas trapaças com cavalos. Ele passa os dias a proferir sentimentos nobres, mas se contradiz com atos ignóbeis. Ele conta histórias dos próprios feitos que são tão grotescas que só podem ser explicadas pela loucura a correr em suas veias. E, mesmo assim, com tudo isso, ele pode ser cortês, digno e gentil, segundo a ocasião; já vi nesse homem arroubos de generosidade que me fizeram fechar os olhos para suas faltas. Estas são decorrentes, principalmente, do fato de ele ocupar posição para a qual ninguém nesse planeta tenha sido talhado. Mas isso fica entre nós, sobrinho; agora você vem comigo e vai formar sua opinião por si mesmo.

Nossa caminhada foi curta e, no entanto, tomou-nos algum tempo, pois meu tio seguia na frente com muita dignidade, com um lenço bordado em uma mão, a bengala de cabo incrustado com efígie de âmbar a pender da outra mão. Todos que encontrávamos pareciam conhecê-lo e saudavam-no tirando o chapéu. Ele tomou pouco conhecimento dos cumprimentos, salvo para acenar com a cabeça para um, ou para levantar levemente o dedo indicador para outro. Aconteceu, porém, que, ao virarmos para entrar no andar térreo do pavilhão, encontramos uma magnífica carruagem de quatro cavalos negros como carvão, conduzida por um homem de aspecto grosseiro, de meia-idade, trajando uma capa surrada. Nada havia nele que o pudesse distinguir de um cocheiro profissional, exceto o fato de estar conversando com intimidade com uma pequenina e delicada dama que se encontrava sentada a seu lado, na cabine.

— Alô, Charlie! Fez boa viagem na descida?

Meu tio curvou-se e sorriu para a dama.

— Parei em Friar's Oak. Vim com meu cabriolé puxado por duas novas éguas, meio puro-sangue e meio Cleveland — disse meu tio.

— O que acha dos quatro cavalos negros? — perguntou o outro.

— Sim, sir Charles, o que pensa deles? Não são estupendos? — perguntou a mulher.

— Têm bastante potência. São bons cavalos para o chão barrento de Sussex. As patas são, porém, muito grossas. Prefiro viajar com velocidade.

— Viajar com velocidade! — exclamou a mulher, com veemência — Mas quê... — e ela adotou um linguajar que eu nunca tinha ouvido antes nem da boca de homens — Partimos a toda velocidade, encomendamos seu jantar, que foi cozido, servido e comido, antes que você chegasse para reclamá-lo.

— Por George, sim, Letty tem razão! Você parte amanhã? — perguntou o homem.

— Sim, Jack.

— Façamos uma aposta. Veja bem, Charlie! Vou partir com meus animais às 8h45 de Castle Square. Você se põe na estrada às nove horas. Dobrarei o número de cavalos e, com isso, o peso da carruagem. Se você conseguir ao menos me enxergar antes que passemos pela ponte de Westminster, eu lhe darei cem libras. Se você não conseguir, o dinheiro também fica comigo. É pegar ou largar. Quer apostar?

— Perfeitamente — disse meu tio, tirando o chapéu para o cumprimento de despedida. Enquanto eu o seguia, vi a mulher tomar as rédeas da carruagem, e o homem a observar-nos. Então, ele cuspiu uma saliva escurecida por tabaco por entre os dentes, à maneira dos cocheiros.

— Aquele é sir John Lade — disse meu tio. — É um dos homens mais ricos da Inglaterra e um dos melhores "cocheiros". Não há um profissional nas estradas que esteja à altura de seu linguajar ou de suas rédeas. Apenas sua mulher, lady Letty, é páreo para ele nas duas habilidades.

— Foi estarrecedor ouvi-la falar — disse eu.

— Bem, esta é sua excentricidade. Todos temos uma. O príncipe a adora. Agora, sobrinho, fique perto de mim, conserve os olhos abertos e a boca fechada.

Duas fileiras de lacaios vestidos de vermelho e de dourado que guardavam a porta curvaram-se acentuadamente quando meu tio e eu passamos por eles; ele de rosto erguido e confiante como se fosse o dono do lugar, enquanto eu me esforçava por parecer seguro, embora meu coração batesse rapidamente. No edifício, havia um corredor grande e de paredes altas, ornamentado com objetos orientais, que combinavam com os domos e minaretes do exterior. Um certo número de pessoas andava por ali tranquilamente, juntando-se em grupos e conversando em voz baixa. Um dos homens presentes, que era baixo, muito convencido e agitado, veio apressadamente em direção a meu tio.

— Tenho boas notícias, sir Charles — disse o homem, baixando o tom de voz, como se falasse de negócios muito sérios — *Es ist vollendet*, isto é, tenho tudo pronto.

— Bem, então sirva quente — disse meu tio friamente — e cuide para que os molhos estejam melhores do que os da última vez em que jantei no Carlton House.

— Ah, *mein Gott*, o senhor acha que estou falando de cozinha. É sobre o negócio do príncipe que falo. É sobre um pequeno *vol-au-vent* estimado em cem mil libras. Dez por cento e o dobro a ser reembolsado quando o papai real morrer. *Alles ist fertig*. Goldshmidt de Haia cuida do assunto e acionistas da Holanda subscreveram a quantia.

— Deus ajude os acionistas da Holanda! — murmurou meu tio quando o homem gorducho se afastou agitado para contar as novidades a outro recém-chegado. — Aquele é o famoso cozinheiro do rei, sobrinho. Não há igual a aquele no preparo de um *filet sauté aux champignons*. E ele administra os negócios de dinheiro de seu mestre.

— O cozinheiro! — exclamei espantado.

— Você parece surpreso, sobrinho.

— Pensei que alguma casa bancária respeitável...

Meu tio inclinou seus lábios em direção a meus ouvidos.

— Nenhuma casa respeitável lidaria com isso — ele cochichou. — Ah, Mellish, o príncipe está aí dentro?

— No salão privativo, sir Charles — disse o cavalheiro a quem meu tio lançara a pergunta.

— Há alguém com ele?

— Sheridan e Francis. Ele disse que também o aguarda.

— Então, vamos entrar.

Segui meu tio por uma estranha sucessão de salas, cheias de esplendor exótico, que me impressionaram pela riqueza, embora talvez hoje eu pense de forma diferente. Dourado e vermelho prevaleciam em arabescos desenhados nas paredes, que brilhavam; havia dragões e monstros folheados a ouro nos beirais e nos ângulos das paredes. Para onde quer que eu olhasse, para os painéis das paredes ou para o teto, um fragmento de espelho devolvia a imagem de um homem alto, de rosto claro e orgulhoso tendo ao lado um jovem a caminhar intimidado. Por fim, um criado abriu a porta, e entramos no apartamento privado do príncipe.

Dois cavalheiros estavam sentados, à vontade, em luxuosos sofás e, no canto extremo da sala, um terceiro homem estava de pé, entre eles, com suas pernas fortes e bem formadas meio afastadas, e as mãos cruzadas nas costas. O sol brilhava através de uma janela lateral. Posso rever agora os três rostos: o primeiro na penumbra, outro sob a luz e outro marcado pela sombra das grades da janela.

Dos homens que estavam dos lados da figura em pé, lembro de um rosto com nariz avermelhado e de olhos negros e faiscantes e do outro rosto austero amparado por um colarinho alto e por uma gravata volumosa. Reparei em tudo aquilo em um relance, pois era na pessoa do centro que eu fixava o olhar porque sabia que aquele devia ser o príncipe de Gales.

George tinha então 41 anos e, com a ajuda de seu alfaiate e de seu cabelereiro, passava por um homem mais jovem. A visão dele me deixou à vontade, pois tinha a aparência de um homem feliz, bonito também, robusto, com olhos risonhos e lábios cheios e sensíveis. Ele tinha o nariz arrebitado, o que contribuía para o semblante bem-humorado, em prejuízo à sua dignidade. Suas bochechas eram pálidas e inchadas, como as de um homem que vive muito bem e se exercita pouco. Ele trajava um casaco preto de gola alta inteiramente abotoado, um par de calças de couro coladas às pernas, botas de Hessen bem engraxadas e uma enorme gravata branca.

— Alô, Tregellis! — exclamou ele alegremente, quando meu tio passou pelo limiar da porta; e então, de repente, o sorriso se desfez em seu rosto e seus olhos brilhavam de ressentimento. — O que é isso? — gritou ele, zangado.

Um tremor de medo percorreu meu corpo porque pensei que minha aparência havia causado aquele rompante. Seus olhos, contudo, miravam atrás de nós, e, olhando para trás, vimos que um homem de casaco marrom e usando peruca surrada havia nos seguido tão de perto que o lacaio deu-lhe passagem julgando que estivesse conosco. Seu rosto era muito vermelho, e o papel azul e dobrado que levava na mão tremeu e estalou em razão de sua emoção.

— O quê? É Vuillamy, o comerciante de móveis! — exclamou o príncipe. — Então, sou incomodado em meus aposentos particulares? Onde está Mellish? E Towsend? O que diabos está fazendo Tom Tring?

— O que me torna um intruso, Sua Alteza Real, é a necessidade de dinheiro. Ao menos mil libras de pagamento serviriam.

— Tem necessidade, Vuillamy? Essa é uma boa palavra para usar-se. Pago meus débitos quando decido e não ao ser perseguido. Leve-o daqui, lacaio! Leve-o daqui!

— Se eu não tiver o pagamento até segunda-feira, vou procurar o banco de seu papai — lamuriou-se o homem, enquanto o lacaio o levava para fora, de onde, entre os risos das pessoas presentes no pavilhão, pudemos ouvir ele a repetir "banco do papai".

— Um banco é um ótimo lugar para um comerciante de móveis — disse o homem de nariz vermelho.

— Deveria ser o mais comprido banco do mundo, Sherry, — respondeu o príncipe — pois há muitos súditos querendo sentar nele. Fico feliz em vê-lo de volta, Tregellis, mas deve ter cuidado com o que traz consigo. Foi apenas ontem que tivemos aqui um holandês infernal gritando que queria receber uns pagamentos atrasados. Eu lhe disse "meu bom companheiro, enquanto o Parlamento me mata de fome, eu tenho de fazer o mesmo com você". E assim o assunto morreu.

— Penso, senhor, que o Parlamento talvez fosse receptivo agora se o assunto fosse claramente exposto por Charlie Fox ou por mim — disse Sheridan.

O príncipe explodiu de fúria contra o Parlamento, com uma energia que ninguém suspeitaria existir naquele rosto rechonchudo e bem-humorado.

— Ora, malditos sejam! — exclamou. — Depois de tanto sermão e de jogar em meu rosto a vida-modelo de meu pai, como eles a chamam, eles deveriam pagar a dívida dele que anda na casa de um milhão, enquanto eu não obtenho deles cem mil, que sejam. E veja tudo que fizeram por meus irmãos! York é comandante-chefe. Clarence é almirante. E eu? Coronel do regimento dos dragões, sob as ordens de meu irmão. É minha mãe que está por traz de tudo isso. Ela sempre me prejudicou. Mas o que é isso que você trouxe, Tregellis?

Meu tio pegou-me pela manga e fez-me avançar.

— Este é o filho de minha irmã, senhor. Ele se chama Rodney Stone. Ele veio comigo para Londres, e eu pensei em começar por apresentá-lo à Sua Alteza Real.

— Muito bem! Muito bem! — disse o príncipe com um sorriso benevolente e a dar tapinhas amigáveis em meu ombro. — Sua mãe vive?

— Sim, senhor.

— Se for um bom filho para ela nunca irá mal. E guarde minhas palavras, senhor Rodney Stone, você deve honrar o rei, amar seu país e defender a gloriosa Constituição da Inglaterra.

Ao lembrar da energia que ele acabara de demonstrar ao maldizer o Parlamento, eu mal pude conter um sorriso, e vi Sheridan tapar a boca com a mão.

— Você só tem que agir assim, honrar sua palavra e evitar dívidas para ter uma vida feliz e respeitável. O que faz seu pai, senhor Stone? Marinha Real! Bem, é um trabalho glorioso. Tive experiência por lá. Já contei, Tregellis, como nós abordamos a corveta de guerra francesa *Minerve*?

— Não, senhor — disse meu tio.

Sheridan e Francis trocaram olhares por trás do príncipe.

— A corveta desfilava sua bandeira tricolor bem na vista das janelas de meu pavilhão. Nunca tinha visto imprudência igual em toda a minha vida! Seria preciso um homem com menos energia do que eu tenho para aguentar aquilo. Lá fui eu para fora com meu barco, sabe aquele de sessenta toneladas, Charlie? Aquele com dois canhões de projéteis de quatro quilos em cada lado e um de seis na proa.

— Ora, senhor! Ora, senhor! E o que aconteceu, senhor? — indagou Francis que parecia ser um homem enérgico e áspero.

— Permita-me contar a história do jeito que me convém, sir Philip — disse o príncipe com severidade. — Eu ia dizendo que nossa artilharia era tão leve que, dou-lhes minha palavra, cavalheiros, eu poderia encher um bolso com as balas de bombordo e com as de estibordo o outro bolso. Fomos em direção aos franceses e atiramos em sua direção, apenas arranhando a pintura do casco da corveta, antes que pudéssemos nos posicionar bem para atirar. Mas não adiantou. Pelo rei George, cavalheiros, as balas de nossos canhões apenas grudaram no casco como pedras em uma parede de barro. As redes da corveta estavam recolhidas, mas, mesmo assim, conseguimos abordar o navio, tendo nas mãos martelos e bigornas. Foram vinte minutos de luta intensa, mas nós conseguimos vencer os franceses o os prendemos no porão, com as escotilhas cerradas. Então, rebocamos a corveta até Seaham. Você certamente estava conosco, Sherry?

— Estava em Londres na época — disse Sheridan, sério.

— Você pode atestar o acontecimento, Francis!

— Posso atestar que ouvi Sua Alteza relatar a história.

— Foi uma luta difícil, de cutelo e de pistola. Eu mesmo prefiro a espada que é uma arma de cavalheiros. Já ouviram sobre minha disputa com o cavalheiro d'Eon? Eu o tive na minha mira durante quarenta minutos, no Angelo. Ele era uma das melhores espadas da Europa, mas eu tinha o punho muito ágil para ele. "Agradeço a Deus que haja um protetor na ponta da espada de Sua Alteza"— disse Francis, quando o príncipe fez uma pausa — A propósito, você é um duelista, Tregellis. Quantas vezes você disputou?

— Costumava disputar quando precisava de exercício — disse meu tio, com um tom negligente. — Agora gosto mais de jogar tênis. Um incidente doloroso aconteceu no último duelo e deixou-me muito desgostoso com a prática.

— Você matou o adversário?

— Não, não, senhor, foi pior do que isso. Eu tinha um casaco que Weston nunca soube fazer igual. Dizer que me caía bem não serve para exprimir a verdade. O casaco *era* eu, como o couro e o cavalo. Já tive outros sessenta casacos, nenhum igual àquele. Sua gola impecável levou lágrimas a meus olhos, senhor, da primeira vez que o vi. E seu corte...

— E o duelo, Tregellis?! — gritou o príncipe.

— Bem, senhor, eu usei aquele casaco no tal duelo, como tolo que eu era. Foi com o major Hunter, da Guarda, com o qual eu tivera uma pequena *tracasserie* porque eu sugeri que ele não poderia pisar no Brookers's cheirando a estrebaria. Atirei primeiro e perdi. Ele atirou e eu gritei, em desespero. "Está ferido! Um cirurgião!", gritaram eles. "Um alfaiate! Um alfaiate!", gritei eu, porque havia dois buracos na barra de meu casaco. Não, não houve jeito de reparar aquela obra-prima. O senhor ri, mas nunca verei igual àquele.

Eu estava sentado em um sofá, no canto, a convite do príncipe, e, muito contente, permanecera quieto e despercebido, ouvindo a conversa daqueles homens. Era cheia de extravagâncias, enfeitada de juramentos sem sentido, mas notei uma diferença: enquanto meu tio e Sheridan tendiam a colocar um toque de humor em seus exageros, Francis, tendia à malícia, e o príncipe, à autoglorificação. Depois, a conversa rumou para a música e não estou certo se meu tio, habilmente, fez com que isso acontecesse. Deu-se que o príncipe, ao ouvir de meu tio algo sobre meus gostos, pediu que me sentasse diante de um pequeno piano, todo feito de madrepérola, instalado a um canto da sala, para tocar enquanto ele cantava. A música, como bem me lembro, era "Os ingleses só conquistam para salvar", e ele a cantou com bela voz de baixo, os outros juntando-se a ele em coro e aplaudindo vigorosamente quando ele terminou.

— Bravo, senhor Stone! — disse ele. — O senhor tem mãos excelentes e eu falo de música com conhecimento. Cramer, da ópera, disse-me outro dia que preferia ceder o bastão dele a mim do que a qualquer outro amador da Inglaterra. Ora, é Charles Fox, que maravilha!

Ele avançou em direção ao homem de aparência singular que acabava de entrar na sala e apertou-lhe as mãos. O recém-chegado era um sujeito robusto, sólido, vestido com simplicidade que beirava à negligência, de maneiras rudes e andar bamboleante. Devia ter a idade acima dos cinquenta e seu rosto amorenado, de traços severos, era profundamente marcado por rugas resultantes ou da ação do tempo ou dos excessos. Eu nunca tinha visto um semblante daquele; uma fusão de traços de um anjo com os de um demônio. Na parte de cima do rosto, a testa alta e larga de um filósofo, com olhos perspicazes e bem-humorados a mirar por sob sobrancelhas castanhas e espessas. Na parte de baixo, a protuberante mandíbula de uma criatura sensualizada a curvar-se em uma papada que caía sobre a gravata. A fronte era a do homem público Charles Fox, o filósofo, o filantropo que havia unido e guiado o Partido Liberal durante os vinte anos mais difíceis de sua existência. Aquela mandíbula era de Charles Fox, um homem intimamente aficionado por apostas, um libertino e beberrão. Contudo, a seus pecados, ele nunca acrescentou o da hipocrisia. Seus defeitos eram tão conhecidos quanto suas virtudes. Em um estranho capricho da natureza, dois espíritos haviam-se fundido em um único corpo, e a mesma moldura continha o melhor e o pior homem de sua era.

— Vim correndo de Chertsey, senhor, apenas para apertar sua mão e para ter certeza de que os Tories não o conquistaram.

— Pois apertemos as mãos, Charlie, porque você sabe que nunca abandono os amigos! Comecei como um Whig e como um Whig permanecerei.

Creio ter visto no rosto moreno de Fox que, de forma alguma, ele tinha fé nos preceitos morais do príncipe.

— Ouvi falar que Pitt o visitou, senhor.

— Sim, que o diabo o carregue! Odeio a visão de seu focinho grande, sempre a farejar meus negócios. Ele e Addington têm questionado minhas dívidas novamente. Veja você, Charlie, se Pitt de fato me menospreza ele não poderia agir de maneira diferente.

Concluí, pelo sorriso que surgiu no rosto expressivo de Sheridan, que o príncipe nomeara de maneira certeira o sentimento que Pitt tinha por ele. Mas, imediatamente, todos mergulharam em política, bebericando licor de cereja, que um lacaio levou em uma bandeja de prata. O rei, a rainha, os lordes e o Parlamento foram sucessivamente amaldiçoados pelo príncipe, a despeito do excelente conselho que ele tinha me dado sobre a Constituição inglesa.

— Ora, eles me dão tão pouco dinheiro que eu mal posso cuidar de minha gente. Devo uma dúzia de salários anuais a antigos criados e devo coisas semelhantes e tudo o que posso fazer é catar recursos para lidar com esses pagamentos. Entretanto meu — e ele se endireitou e tossiu de um jeito grave — meu agente financeiro conseguiu um empréstimo a ser pago depois da morte do rei. Esse licor não nos faz bem, Charlie. Estamos engordando.

— Não posso fazer exercícios porque sofro de gota — disse Fox.

— Tiram de mim meio litro de sangue a cada mês: quanto mais tiram, mais fabrico sangue. Olhando para nós, Tregellis, você nem pode imaginar o que já aprontamos. Passamos dias e noites divertidos, Charlie! — disse o príncipe.

Fox balançou a cabeça, concordando.

— Você se lembra de quando chegamos a Newmarket antes das corridas. Para isso, pegamos uma carruagem pública, Tregellis, expulsamos os ocupantes do assento de guiar e sentamos. Eu era o cocheiro e Charlie o postilhão. Um sujeito não quis nos dar passagem em um pedágio, e Charlie saltou e suspendeu-o pela gola do casaco em um minuto. O sujeito pensou que se tratava de um lutador profissional e abriu caminho para nós.

— A propósito, senhor, falando em lutadores, darei um jantar no *Waggon and Horses*, na próxima sexta-feira. Se o senhor estiver na cidade, ficaríamos honrados em tê-lo conosco.

— Não vejo uma luta desde que assisti a Tom Tyne, o alfaiate, matar Earl, há 14 anos. Jurei então nunca mais ir a uma luta. Claro, muitas vezes depois, assisti a disputas, mas sempre incógnito, nunca como príncipe de Gales.

— Ficaríamos imensamente honrados se o senhor fosse incógnito a nosso jantar, senhor.

— Bem, bem, Sherry, anote aí. Estaremos em Carlton House na sexta. O príncipe não pode ir, Tregellis, mas você pode reservar um lugar para o conde de Chester.

— Senhor, ficaremos orgulhosos de ter o conde de Chester conosco.

— A propósito, Tregellis, corre um boato de que você fez uma aposta esportiva com sir Lothian Hume. É verdade?

— É uma pequena aposta de mil libras, com ele ditando as condições. Ele patrocina um lutador novo de Gloucester, Crab Wilson, e eu devo encontrar alguém para vencê-lo. Qualquer um entre vinte e 35 anos e com cerca de noventa quilos.

— Então, tome conselhos de Fox — disse o príncipe. — Se a questão é arranjar um adversário para um cavalo de corrida, para um galo de briga ou se é o caso de escolher uma boa mão de cartas em um jogo, ele tem o melhor julgamento da Inglaterra. Agora, Charlie, quem de nossa lista é o melhor para acabar com Crab Wilson, de Gloucester?

Fiquei espantado com o conhecimento e o interesse que aquelas pessoas importantes tinham em relação aos ringues, porque não apenas eles sabiam de tudo a respeito dos mais famosos lutadores daquele tempo, como Belcher, Mendoza, Jackson e Dutch Sam, como também tinham profundo conhecimento sobre nomes mais desconhecidos. Eles falaram sobre os antigos e sobre a nova geração; sobre o peso e sobre o físico de cada um e sobre a força de seus socos. Ao assistir à discussão acalorada de Sheridan e Fox sobre se Caleb Baldwin, o vendedor de verduras de Westminster, poderia enfrentar Isaac Bittoon, o Judeu, quem poderia imaginar que um deles era um dos principais filósofos políticos da Europa e o outro se tornaria conhecido como autor de uma das comédias mais espirituosas do continente e como o principal orador de sua geração?

O nome de Champion Harrison surgiu rapidamente e Fox, que fazia bom juízo dos poderes de Crab Wilson, era da opinião de que a única chance de meu tio vencer a aposta era colocar o veterano de volta no ringue de luta.

— Ele pode estar mais lento, mas ele luta com o cérebro e seu soco tem a força de um coice de cavalo. Quando ele terminou com Black

Baruk, o homem voou por sobre as cordas do ringue e caiu sobre a plateia. Se ele não estiver muito envelhecido, Tregellis, ele é sua melhor chance.

Meu tio deu de ombros.

— Se o pobre Avon estivesse aqui talvez pudéssemos convencê--lo a voltar às lutas, pois ele foi patrono de Harrison e este era muito devotado ao outro. Mas a mulher dele é muito forte para mim. Agora, senhor, devo deixá-lo, pois tive hoje o infortúnio de perder o melhor criado de quarto da Inglaterra e devo investigar seu desaparecimento. Agradeço, Alteza Real, pela gentileza em receber meu sobrinho de forma tão acolhedora.

— Até sexta, então — disse o príncipe acenando. — Tenho mesmo de ir à cidade, pois um pobre diabo de um oficial da Companhia das Índias me escreveu em seu desespero, pedindo-me ajuda. Se eu conseguir levantar algumas centenas de libras, poderei ajudá-lo. Agora, senhor Stone, o senhor tem a vida inteira pela frente e espero que honre seu tio vivendo-a bem. O senhor vai honrar o rei e respeitar a Constituição, senhor Stone. E, preste atenção, vai fugir das dívidas e colocar na cabeça que sua honra é sagrada.

Assim, carreguei sua imagem: o rosto bem-humorado e sensível, a gravata alta e as pernas grossas nas calças justas. De novo passamos pelas salas exóticas, pelos dragões dourados, pelos esplêndidos lacaios; e foi com alívio que me vi ao ar livre novamente, com o largo mar azul à nossa frente e a brisa marinha tocando nossos rostos.

# Capítulo VIII
## A estrada de Brighton

Meu tio e eu acordamos cedo no dia seguinte. Ele estava de mau humor em razão da falta de notícias sobre seu criado, Ambrose. Meu tio tornara-se igual àquelas formigas, sobre as quais eu tinha lido, que estão habituadas a ser alimentadas por formigas operárias que, quando são abandonadas e ficam sozinhas, morrem de fome. Apenas com a ajuda de um empregado emprestado pelo senhorio e com a do criado de quarto de Fox, enviado com toda a rapidez, sua toalete pôde ser executada.

— Não posso perder essa corrida, sobrinho — disse meu tio, quando terminou o café da manhã. — Não posso permitir que me vençam. Olhe pela janela e veja se os Lades estão lá fora.

— Vejo uma carruagem vermelha com quatro cavalos. Há uma multidão em torno. Sim, e vejo a senhora no assento.

— Nosso cabriolé está pronto?

— Está na porta.

— Então venha. Fará uma corrida como jamais fez na vida.

Ele foi para a porta onde parou para colocar as luvas marrons de dirigir e para dar suas ordens aos rapazes da estrebaria.

— Todo peso fará diferença — disse ele. — Vamos deixar aqui a cesta de piquenique. E você, Coppinger, vai cuidar de meu cãozinho. Você o conhece e o compreende. Como de hábito, dê-lhe seu leite morno com licor de laranja. Olá, minhas queridas, vocês terão sua recompensa antes de chegarem à ponte de Westminster.

— Devo embarcar a caixa de toalete? — perguntou o senhorio. Vi no rosto de meu tio os sinais de uma luta interna; mas ele foi fiel a seus princípios.

— Ponha debaixo do assento dianteiro — disse ele. — Sobrinho, você deve jogar seu peso para a frente, o máximo que conseguir. Para que serve uma peça de estanho? Bem, se não serve para nada, vamos deixar aqui o trompete. Afivele bem esta cilha, Thomas. Você engraxou os eixos, como lhe falei? Bem, suba aqui, sobrinho, e vamos despedir-nos deles.

Uma multidão considerável formou-se na Old Square: homens e mulheres, mercadores vestidos de preto, janotas da corte do príncipe, oficiais de Hove, todos a murmurar entusiasmados. Isso porque sir John Lade e meu tio eram dois dos mais afamados chicotes daquele tempo e uma disputa entre eles era assunto para muito falatório.

— O príncipe vai lamentar por ter perdido a largada — disse meu tio. — Ele nunca aparece antes do meio-dia. Ah, Jack, bom dia! Seu criado, madame! É um belo dia para um passeio na estrada.

Quando nossa carruagem, com as duas belas éguas baias, cujos pelos brilhavam como seda banhada por raios de sol, estacionou ao lado do veículo do adversário, um murmúrio de admiração espalhou-se em meio à multidão. Meu tio, com seu casaco bege de dirigir, com todos os arreios no mesmo tom, era um modelo de elegância, enquanto sir John Lade, com casaco de várias golas e rosto duro e castigado pelas intempéries, poderia sentar-se ao lado de cocheiros profissionais em qualquer cervejaria sem que ninguém pudesse dizer que ele era uma das maiores fortunas da Inglaterra. Aquele tempo era pródigo em excentricidades, mas ele havia elevado seus gostos extravagantes a um nível surpreendente até para os mais atrevidos, ao casar-se com a garota de um ladrão de estradas, quando o castigo da forca colocou-se entre os dois amantes. Ela estava empoleirada ao lado do marido, parecendo muito astuta com seu chapeuzinho ornado de flores e seu vestido de viagem cinza, enquanto, em frente aos dois, quatro esplêndidos cavalos de pelagem negra e reluzente mostravam-se impacientes pelo início da jornada.

— Aposto cem que você, com a vantagem de 15 minutos, não nos vê antes de Westminster — disse sir John.

— Dou-lhe mais cem assim que nós os ultrapassamos — respondeu meu tio.

— Muito bem, é dada a largada. Adeus!

Soco na cara 89

Ele fez um som de estalo com a língua, esticou as rédeas, saudou-nos com o chicote ao estilo dos cocheiros e partiu para frente, virando na curva da praça com uma habilidade que provocou aplausos da multidão. Ouvimos o barulho das rodas diminuindo gradualmente à distância.

Aquele pareceu o mais longo quarto de hora que eu já tinha vivido, até que a primeira badalada das nove horas ecoou a partir do relógio da igreja. Eu me mostrava inquieto em meu assento, mas a calma de meu tio, com seus olhos azuis e o ar tranquilo, faziam com que ele se parecesse com o mais despreocupado expectador da multidão. Ele estava, entretanto, sutilmente alerta, tanto que me pareceu que o soar da primeira badalada do relógio e o comando de seu chicote ocorreram de modo simultâneo, o que, logo após uma pequena chacoalhada, nos pôs a voar, em nossa jornada de oitenta quilômetros. Ouvi um rugido vindo da multidão atrás de nós, vi os rostos espantados nas janelas observando-nos e vi lenços acenando e, logo em seguida, estávamos fora do caminho pavimentado de pedras e já na estrada de terra clara que se estendia à nossa frente, com a relva verde em ambos os lados.

Eu tinha recebido algumas moedas para agilizar nossa passagem pelo pedágio. Meu tio controlou a velocidade das éguas, deixando-as galoparem ao longo de toda a subida que termina em Clayton Hill. Ali ele fez com que tomassem mais velocidade, de modo que passamos com toda rapidez perto de Friar's Oak e através de John's Common e eu só vi de relance a casinha amarela que abrigava quem eu mais amava no mundo. Eu nunca tinha viajado tão velozmente, nunca havia experimentado aquela alegria de sentir o ar frio e revigorante das colinas a bater em meu rosto e nunca tinha estado na situação de ver duas gloriosas criaturas redobrando esforços, fazendo o chão tremer diante de suas passagens, fazendo as rodas da carruagem sacudirem.

— São longos seis quilômetros até Hand Cross — disse meu tio quando voamos através de Cuckfield. — Preciso aliviar a velocidade para elas, pois não posso arrebentar seus corações de cansaço. Corre sangue bom em suas veias e elas poderiam galopar até cair se eu fosse bruto para exigir-lhes um sacrifício assim. Fique em pé no assento, sobrinho, e procure avistá-los no horizonte.

Fiquei em pé nos ombros de meu tio e, embora pudesse ver um bom quilômetro à nossa frente, ou, talvez, um pouco mais, não havia sinal da carruagem vermelha de quatro cavalos.

— Se ele tiver exaurido seus cavalos, fazendo-os correr demais através dessas colinas, eles estarão acabados antes que possam ver Croydon — disse meu tio.

— Eles têm quatro e nós, duas.

— *J'en suis bien sûr*. Os cavalos negros de sir John formam uma bela equipagem, mas não são voadores como essas aqui. Ali está Cuckfield Place, onde ficam as torres, logo acolá. Jogue seu peso adiante, no para-lama, agora que vamos colina acima, sobrinho. Repare no desempenho da égua-líder. Você já viu algo mais natural e bonito?

Subimos a colina em trote seguro, mas, ainda assim, fizemos o pessoal da carruagem dos correios, que andava sobre enormes rodas, à sombra de seu grande vagão coberto de lona, olhar para nós com surpresa. Perto de Hands Cross passamos pela diligência real de Brighton, que deixara a cidade às 7h30, a arrastar-se pesadamente pela encosta, com seus passageiros a lutar com a poeira e que nos saudaram quando os ultrapassamos. Em Hand Cross, avistamos rapidamente o velho proprietário do lugar, correndo com uma garrafa de *gin* e um bolo; agora vinha uma descida e nós passamos a correr tão rápido quanto oito patas das mais valentes podiam correr.

— Sabe dirigir, sobrinho?

— Muito pouco, senhor.

— Não se pode aprender a dirigir na estrada de Brighton.

— Não se pode, senhor?

— A estrada é boa demais, sobrinho. Só tenho de dar o comando e as éguas transportam-me para Westminster. Nem sempre foi assim. Quando eu era muito jovem, podia-se aprender a dirigir por aqui tão bem quanto em qualquer outra estrada. Já não há mais bons lugares para viajar hoje ao sul de Leicestershire. Mostre-me um homem que pode fazer seus cavalos galoparem e frearem em um vale de Yorkshire e eu lhe direi que este é um homem formado em uma boa escola.

Tínhamos corrido através de Crawley Down e da rua principal do vilarejo de Crawley, passando por entre dois vagões de carroças de uma forma que me fez pensar que, mesmo com as estradas mais fáceis, ainda era possível para um condutor mostrar sua habilidade. A cada curva eu fixava o olhar à minha frente, procurando por nossos adversários, mas meu tio parecia preocupar-se muito pouco com eles e ocupava-se em me dar conselhos, mas com tantas palavras do jargão de quem dirige que eu mal podia compreendê-lo.

— Mantenha um dedo de cada mão enrolado em cada rédea ou você corre o risco de perder o controle sobre elas — disse ele. — Quanto ao chicote, quanto menos usá-lo melhor, se você tiver uma boa montaria. Mas, quando quiser um pouco mais de ação, cuide para que o chicote só chegue perto da cabeça do cavalo que precisa do comando, sem tocá-lo, e não deixe que ele corra mais do que deve ao ser atiçado. Vi há pouco o condutor quase atingir o passageiro do banco de trás cada vez que tentava comandar um dos cavalos. Acho que é aquele que provoca aquela poeira ali.

Uma longa estrada reta abriu-se à nossa frente, banhada pelas sombras das árvores que havia em seus dois lados. Através dos campos verdejantes, um rio preguiçoso de água azul corria lentamente, passando sob uma ponte bem à nossa frente. Havia uma plantação de jovens pinheiros e sobre sua linha verde-oliva surgiu um turbilhão branco a flutuar como uma nuvem em dia de brisa.

— Sim, sim, são eles! — gritou meu tio. — Ninguém mais para viajar tão rapidamente. Vamos, sobrinho, estaremos a meio caminho quando atravessarmos o dique de Kimberham Bridge e fizermos tudo em duas horas e quarenta minutos. O príncipe já dirigiu até Carlton House com três carruagens em quatro horas e meia. A primeira meia hora é a pior, e talvez possamos quebrar seu recorde, se tudo der certo. Podemos ganhar entre aqui e Reigate.

E voamos. As éguas baias pareciam saber o que era a nuvem branca lá na frente e correram como cães galgos. Passamos por um faetonte a caminho de Londres que foi deixado para trás como se estivesse parado na estrada. Árvores, pontes, casas, tudo foi ficando para trás. Ouvimos gritos vindos do campo de gente que pensava que estávamos em uma carruagem desgovernada. Mais e mais rápido elas corriam, os cascos batendo no chão como castanholas, as crinas castanho-claro a esvoaçar, as rodas zumbindo e cada rejunte e cada rebite estalando e gemendo, enquanto o cabriolé balançava e agitava-se até que me vi agarrado à barra lateral. Meu tio aliviou a velocidade e lançou um olhar a seu relógio quando avistamos os telhados cinza e as casas vermelhas e sujas de Reigate, lá na escuridão, abaixo de nós.

— Fizemos o último trecho em menos de vinte minutos — disse ele. — Temos tempo agora e um pouco de água para elas no Red Lion lhes fará bem. Ei, ajudante, você viu passar uma carruagem vermelha de quatro cavalos?

— Acabou de passar.

— A qual velocidade?

— A toda velocidade, senhor. Arrancou a roda da carroça do açougueiro na esquina da High Street e já estava fora de alcance antes que o ajudante do açougueiro pudesse perceber que foi ferido no esbarrão.

*Zzzzzack!* Fez o longo chicote e lá estávamos nós a voar novamente. Era dia de feira em Redhill, e a estrada estava cheia de carrinhos de legumes, de rebanhos, de cabriolés de fazendeiros. Foi uma bela visão a de meu tio abrindo caminho entre tudo aquilo. Bem no meio do mercado, fomos atrasados pelos feirantes a berrar suas ofertas, pelo estardalhaço das mulheres, pela confusão de galinhas fugitivas a serem perseguidas, e, então, estávamos novamente livres, no campo, com a longa e íngreme estrada de Redhill à nossa frente. Meu tio fez o chicote cantar no ar e deu um grito estridente.

Lá estava a nuvem de poeira na colina acima de nós e, através dela, vislumbramos o contorno das costas de nossos oponentes, com um lampejo de metal e um leve brilho avermelhado.

— Temos meio jogo já ganho, sobrinho. Temos agora que ultrapassá-los. Avante, minhas belas! Por George! Kitty empacou!

A égua-líder de repente ficara manca. Em um instante, descemos do cabriolé e ajoelhamo-nos ao lado dela. Era uma pedra que havia grudado entre a ferradura e o casco de uma pata anterior, mas, em apenas um ou dois minutos, resolvemos a questão. Quando retomamos nosso lugar no assento, os Lades estavam fazendo a curva da colina e saindo de nossa vista.

— Má sorte! — rosnou meu tio. — Mas eles não podem se livrar de nós! Pela primeira vez ele tocou as éguas com o chicote, pois até então, ele apenas havia feito com que estalasse acima de suas cabeças — Se conseguirmos alcançá-los nos próximos quilômetros, poderemos poupá-las no resto da viagem.

Elas começaram a mostrar sinais de exaustão. A respiração era rápida e rouca e suas belas pelagens estavam foscas de suor. No topo da colina, no entanto, elas recuperaram a velocidade rápida do galope.

— Onde eles foram? Pode vê-los na estrada, sobrinho?

Podíamos ver a longa estrada branca, toda pontilhada de carroças e de carruagens indo de Crayton para Redhill, mas não havia sinal da carruagem vermelha e de seus quatro cavalos.

— Ali estão! Trapaça! Trapaça! — ele exclamou, guiando as éguas para uma curva, em direção a uma estrada lateral que cortava a direita daquela pela qual vínhamos viajando — Eles estão ali, sobrinho! Na base da colina!

De fato, de uma curva surgia a carruagem vermelha, os quatro cavalos correndo ao máximo. Nossas éguas cumpriam seu papel galantemente e a distância entre os dois veículos começou a diminuir. Primeiro pude ver a faixa preta do chapéu branco de sir John, depois pude contar as golas de sua capa e, finalmente, pude enxergar o rosto bonito de sua mulher quando ela olhou para trás.

— Estamos na estrada lateral, em direção a Godstone e Warlingham — disse meu tio. — Imagino que ele pensou que faria melhor se desviasse das carroças da feira. Mas temos uma difícil descida de colina abaixo. Você agora terá diversão, sobrinho, se não estou enganado.

Enquanto ele falava eu vi, de repente, as rodas da carruagem vermelha sumirem e depois a carroceria e, em seguida, as duas pessoas do assento, como se tivessem tropeçado ab-ruptamente nos degraus de uma imensa escada descendente. Um instante depois, chegamos ao mesmo ponto, e ali estava a estrada a descortinar-se íngreme e estreita, serpenteando em curvas pelo vale. A carruagem vermelha descia tão rapidamente quanto podiam galopar seus quatro cavalos.

— Bem sabia! — exclamou meu tio. — Se ele não freou, porque eu deveria frear? Agora, minhas queridas, mais um belo arranco e vamos mostrar a eles a cor de nossa traseira.

Disparamos pelo canto da estrada e voamos loucamente pela descida, com a grande carruagem vermelha rugindo e trovoando em nossa frente. Já havíamos entrado em sua nuvem de poeira, de modo que não víamos nada a não ser uma mancha vermelha em meio à nuvem de pó, mas com seu contorno ficando mais e mais definido. Podíamos ouvir o estalar do chicote à nossa frente, e a voz estridente de lady Lade enquanto ela gritava para os cavalos. Meu tio conservava-se calado e, quando olhei para ele, percebi seus lábios cerrados e seus olhos brilhantes, com uma mancha rosada em cada face. Não havia necessidade de gritar com as éguas, pois elas voavam em tal velocidade que nem poderiam ser controladas e nem mesmo detidas. A cabeça de nossa égua-líder emparelhou com a roda traseira da carruagem vermelha, depois com a dianteira e, então, por quase um quilômetro, não avançamos nenhuma polegada. Mas, com um arranco, a égua-líder ficou pescoço a pescoço com o cavalo negro que liderava a carruagem e nossa roda de trás distante uma polegada da roda da carruagem vermelha.

— Trabalho sujo! — murmurou meu tio.
— Rápido, Jack! Rápido! — gritou a mulher.

Ele se levantou no assento e desceu o chicote com toda força em seus cavalos.

— Cuidado, Tregellis! — gritou ele. — Há uma queda dos diabos para um de nós logo adiante.

Estávamos agora lado a lado, as ancas dos cavalos paralelas e as rodas zumbindo, muito próximas. Nem 15 centímetros separavam-nos dos paredões da colina por onde a estrada passava e, a cada instante, eu sentia que uma das rodas podia quebrar-se de tanta pressão. Mas então, quando saímos da nuvem de poeira, pudemos enxergar o que havia adiante, e meu tio assoviou entre os dentes diante da visão.

Uns duzentos metros à nossa frente havia uma ponte de madeira. A estrada se afunilava em direção à ponte de forma que duas carruagens, lado a lado, não podiam atravessá-la. Alguém teria de desistir. Nossas rodas já estavam então na altura dos cavalos da frente.

— Estou na frente! — gritou meu tio. — Desista, Lade!
— Eu não! — ele rugiu.
— Não, por George! — gritou sua companheira. — Deixe-os para trás, Jack! Continue deixando-os para trás!

Parecia que todos nós rumávamos para a eternidade. Mas meu tio fez a única coisa possível para salvar-nos. Ele ficou de pé e açoitou as éguas à direita e à esquerda e elas, enlouquecidas pela dor desconhecida, arremeteram para frente em frenesi. Disparamos na frente ainda juntos, todos gritando, creio, com toda a força da loucura daquele momento; nós avançávamos com firmeza e já quase tínhamos ultrapassado os cavalos dianteiros da carruagem vermelha quando alcançamos a ponte. Olhei para trás e vi lady Lade, com seus pequenos e brancos dentes cerrados, projetar seu corpo para a frente e agarrar com as duas mãos as rédeas do cavalo mais próximo de nossa roda.

— Bloqueie a passagem, Jack! — gritou ela. — Bloqueie antes que passem!

Se ela tivesse feito a manobra um minuto antes, nós teríamos batido de frente no beiral de madeira da ponte e teríamos sido arremessados barranco abaixo. Mas, quando ela fez o movimento, não foi a anca do cavalo-líder deles que bateu em nossa roda, como ela queria, e sim a do segundo cavalo, que não era suficientemente pesado para desviar-nos da ponte. Vi algo vermelho e úmido jorrar da bela pelagem negra do cavalo que ela tinha empurrado e, o instante seguinte, voávamos sozinhos estrada abaixo, enquanto a carruagem tinha parado e sir John e sua lady desciam ao chão para olhar o cavalo ferido.

— Calma agora, minhas belas! — gritou meu tio, acomodando-se em seu assento novamente e olhando para trás. — Não esperava que sir John Lade fosse capaz de executar tal ardil, ao jogar seu cavalo contra nós. Não admito uma *mauvaise plaisanterie* desta espécie. Vou dizer-lhe isso hoje à noite.

— Foi a mulher! — eu disse.

O rosto de meu tio desanuviou, e ele começou a rir.

— Foi a pequena Letty, então! Eu devia saber. Há um toque na manobra que lembra o finado Jack, o primeiro marido dela, o assaltante de estradas. Bem, em se tratando de uma mulher, minha atitude não será a de tirar satisfação. Agora, vamos retomar nossa jornada e agradecer às estrelas por retornar com os ossos inteiros ao Tâmisa.

Paramos em Greyhound, em Croydon, onde as duas boas éguas foram lavadas, massageadas e alimentadas. Depois, num galope desacelerado, retomamos o caminho, através de Norbury e Streatham. Finalmente, os campos foram rareando e os muros ficaram mais compridos. As casas esparsas foram ficando cada vez mais próximas, até que ficassem lado a lado, até que passamos a atravessar ruas com construções de cada lado e, nas esquinas, lojas de cores berrantes, com um tráfego tão pesado como eu nunca tinha visto, até chegarmos ao barulhento centro. Então, de repente, chegamos a uma enorme ponte com um rio de águas cor de café a correr lentamente por debaixo, com barcaças a deslizar em seu leito. À esquerda e à direita, uma linha irregular de casas multicoloridas estendia-se pelas margens a perder de vista.

— Aquele é o Parlamento, sobrinho, — disse meu tio, apontando com o chicote — e as torres escuras são da Abadia de Westminster.

Como vai, sua graça? Como vai? Aquele é o duque de Norfolk, o homem robusto vestido de azul e montado na égua de cauda trançada. Agora estamos em Whitehall. À esquerda, o Tesouro, e a Guarda Montada, e o Almirantado, com os golfinhos entalhados na pedra do portão.

Como todo rapaz criado no interior, eu pensava que Londres era apenas um aglomerado de construções, então fiquei admirado ao ver despontar, entre as casas, jardins verdejantes e belas árvores de primavera.

— Sim, são os jardins londrinos — disse meu tio — e aquela é a janela da qual Charles deu seu derradeiro passo, aquele que o conduziu ao cadafalso. Você nem diria que as éguas percorreram mais de oitenta quilômetros, diria? Veja como *les petites chéries* trotam ao comando de seu mestre. Olhe aquela caleche de cuja janela espreita aquele homem de semblante severo. Trata-se de Pitt, a caminho do Parlamento. Estamos entrando na Pall Mall, e este grande edifício à esquerda é Carlton House, o palácio do príncipe. Aqui é St. James's, lugar grande e sombrio com seu relógio e dois sentinelas de uniformes vermelhos a guardá-lo. E ali é a rua de mesmo nome, sobrinho, que é o centro do mundo, Jermyn Street, e, finalmente, aqui está meu pequeno lugar e estamos bem porque fizemos, em menos de cinco horas, a viagem desde Brigthon Old Square.

# Capítulo IX
## No Watier

Era pequena a casa de meu tio na Jermyn Street: cinco aposentos e um sótão. "Um cozinheiro e uma casinha é tudo o que um homem precisa", dizia ele. O lugar era mobiliado com bom senso e bom gosto, duas características de meu tio, de modo que seus amigos faustosos encontravam naqueles aposentos algo que os deixava descontentes com suas mansões suntuosas. Mesmo o sótão, convertido em meu quarto, era o lugar mais perfeito que se poderia imaginar. Pequenos e valiosos adornos enchiam cada canto do apartamento, e a morada havia-se tornado um perfeito museu em miniatura com potencial de deleitar um conhecedor de arte. Meu tio explicou a presença de todos aqueles belos objetos encolhendo os ombros e varrendo o ar com as mãos: "São *petits cadeaux*. Seria indiscrição de minha parte dizer algo mais sobre eles."

Encontramos um bilhete de Ambrose que mais aumentou do que explicou o mistério de seu desaparecimento:

"Estimado sir Charles Tregellis,
   Será sempre um motivo de pesar para mim saber que a força das circunstâncias me levou a abandonar seus serviços de modo tão ab-rupto. Algo aconteceu durante nossa viagem de Friar's Oak a Brighton, que me deixou sem alternativa. Confio, no entanto, que minha ausência deva ser temporária. A fórmula da goma de passar os colarinhos das camisas está guardada no cofre do Banco Drummond.
   Obedientemente,
                                                                              Ambrose."

— Bem, suponho que devo colocar outro em seu lugar o mais rapidamente possível — disse meu tio, desanimado. — Mas como é possível ter ocorrido algo que o obrigasse a me deixar no momento em que íamos a toda velocidade, colina abaixo em um cabriolé? Nunca encontrarei ninguém igual na arte de preparar um chocolate quente ou na arte de fazer nós de gravatas. *Je suis desolé*! Agora, sobrinho, chamemos Weston para providenciar suas roupas. Um cavalheiro nunca vai à alfaiataria, é a alfaiataria que vai até o cavalheiro. Até que você tenha suas roupas, deve permanecer *en retraite*.

A tomada de minhas medidas revelou-se uma tarefa solene e crítica, embora não se tenha comparado ao processo de provas das roupas ao qual me submeti dois dias mais tarde, quando meu tio, apreensivo e muito atento ao ajuste de cada detalhe, discutia com Weston sobre bainhas, lapelas e camisas até o ponto de me deixarem tonto de tanto dar voltas para eles apreciarem as vestes. Então, quando pensei que tudo aquilo havia terminado, chegou o jovem senhor Brummell, que se mostrou ainda mais exigente do que meu tio, e toda roupa nova teve de ser reexaminada pelos dois. Era um homem bem-proporcionado aquele Brummell, com um rosto comprido e claro, cabelos castanhos claros e suíças aloiradas. Seus gestos eram lânguidos, sua voz, arrastada, e, embora ele excedesse meu tio no linguajar, faltava-lhe a virilidade e a firmeza que permeavam toda a afetação de meu parente.

— Ora, George — disse meu tio —, pensei que estivesse com seu regimento.

— Dei baixa — disse o visitante.

— Bem que eu pensei que terminaria assim.

— Sim. O décimo recebeu ordens de ir para Manchester, e eu não poderia ir para um lugar daqueles. Além disso, o major era incrivelmente rude.

— O que houve?

— Ele esperava que eu soubesse de cor todas as suas instruções para as paradas militares, como se eu não tivesse coisas mais importantes a fazer, Tregellis, como você bem pode imaginar. Eu não tinha dificuldade alguma em tomar meu lugar nos desfiles, pois havia um soldado da cavalaria que montava um cavalo malhado, e eu reparei que meu lugar era sempre diante dele, e isso me poupava muita dor de cabeça. Um dia, entretanto, quando eu quis tomar meu lugar no regimento, galopei por todos os lados, sem encontrar o diabo do soldado de nariz vermelho! Então, de repente, quando eu já estava perdendo o juízo de tanto procurar, reparei que ele estava sozinho em um dos flancos da formação, e eu me coloquei à sua frente, como sempre. Mas parece que ele estava ali para guardar um lugar, e o major, ao ver-me, ficou possesso e disse-me que eu nada sabia de meus deveres.

Meu tio riu, e Brummell olhou-me de cima a baixo, com olhos intolerantes.

— Essa combinação é até passável — disse ele. — Sépia e azul formam sempre uma boa combinação para cavalheiros. Mas um colete com pequenas estampas teria sido melhor.

— Penso que não — disse meu tio calmamente.

— Meu caro Tregellis, você é imbatível quando o assunto é gravata, mas deve conceder-me o direito de eu ter julgamento próprio a respeito de coletes. Gosto imensamente da vestimenta do jeito que está, mas um toque de pequenas estampas vermelhas teria acrescentado elegância ao conjunto.

Eles discutiram durante uns bons dez minutos, citando exemplos, fazendo analogias, pedindo para eu me virar para examinarem detalhes de minhas roupas com seus monóculos. Foi um alívio para mim quando chegaram a um acordo.

— O senhor não deve deixar que nada do que falei aqui abale sua fé no julgamento de sir Charles, senhor Stone — disse Brummell, com seriedade.

Assegurei-lhe que não.

— Se fosse meu sobrinho, eu esperaria que seguisse meu gosto. Mas fará boa figura assim como está. Eu tinha um jovem primo do interior, enviado a meus cuidados, só que ele não aceitava meus conselhos. Ao fim da segunda semana do tempo em que esteve comigo, eu o encontrei na St. James's Street com um casaco cor de tabaco confeccionado por um alfaiate de sua cidade. Ele me cumprimentou. Claro que eu sabia qual deveria ser minha atitude naquele momento e eu o olhei de cima a baixo, sem falar. Aquilo pôs um fim em seu projeto de vencer em Londres. O senhor é do interior, senhor Stone?

— De Sussex, senhor.

— Sussex! Ora, é para lá que envio minhas roupas para lavar. Há uma excelente tinturaria perto de Hayward's Heath. Envio duas camisas de cada vez, pois, se mandar mais, a mulher anima-se demais e não se concentra em seu trabalho. Não tolero lavagem que não seja a do interior. Mas ficaria péssimo se tivesse de viver por lá. Com o quê pode um homem ocupar-se no interior?

— Você não caça, George? — perguntou meu tio.

— Só se for mulheres. Com certeza, você não caçou com cães, não é, Charles?

— Eu estive fora, em Belvoir, no último inverno.

— Em Belvoir! Você ouviu como eu venci Rutland? A história espalhou-se pelos clubes no mês passado. Apostei com ele que minha sacola pesaria mais que a dele no final de uma disputa de tiro. Ele pegou sete caças, mas eu também matei seu cão *pointer* avermelhado, fiquei na vantagem, e ele teve de me pagar a aposta. Em relação ao esporte da caça, qual é a graça de ficar zanzando em meio a uma multidão de fazendeiros suados? Todo homem tem seu gosto, mas uma ida à Brookes's de dia e um canto confortável em uma mesinha no Watier's à noite, é tudo o que preciso para o corpo e para a mente. Você ouviu como depenei o cervejeiro Montague?

— Estive fora da cidade.

— Ganhei oito mil dele em uma só noite. "Vou beber uma cerveja com o senhor, senhor Cervejeiro", disse-lhe eu. "É o que faz todo canalha de Londres", ele me respondeu. Aquilo foi de uma falta de polidez monstruosa, mas algumas pessoas não sabem perder com estilo. Bem, agora devo partir, vou a Clarges Street dar um pouco de minha atenção a Jew King. Você vai para aquele lado? Bem, então adeus! Verei você e seu jovem amigo no clube ou na avenida Mall, sem dúvida — e ele tomou seu caminho, devagar.

— Aquele jovem homem está destinado a substituir-me — disse meu tio, com gravidade, quando Brummell partiu. — Ele é bastante jovem e sem linhagem, mas abriu seu caminho com uma insolência calculada, com seu bom gosto inato e com um linguajar extravagante. Nenhum outro homem pode ser tão descortês de uma forma tão elegante. Ele tem um meio sorriso e um jeito de elevar as sobrancelhas que vão render-lhe um tiro qualquer manhã dessas. Suas opiniões já têm sido citadas nos clubes como dignas de rivalizar com as minhas. Bem, todo homem tem seu tempo de esplendor e, quando eu me convencer que o meu passou, St. James's Street não mais me verá passar, pois não está em minha natureza ser o segundo. Mas agora, sobrinho, digo que você fará boa figura em qualquer lugar, naquelas roupas sépia e azul; então, se lhe apraz, embarquemos na minha *vis-à-vis* que lhe mostrarei um pouco da cidade.

Como posso descrever tudo o que vi e tudo o que fizemos naquele lindo dia de primavera? Parecia que eu flutuava em um mundo encantado e que meu tio era um mágico de colarinho alto e de casaca a guiar-me. Ele me mostrou as ruas de West End com as belas carruagens, mulheres vestidas com tons primaveris e homens com vestes sóbrias, todos atravessando e correndo e atravessando novamente, como em um formigueiro quando você o remexe com uma vara. Eu nunca imaginara aquelas intermináveis fileiras de casas com uma incessante correnteza de vidas a fluir entre elas. Então, descemos por Strand, mais apinhada ainda de gente, e seguimos para além de Temple Bar e até o centro da cidade, embora meu tio tenha recomendado que eu não mencionasse nossa ida àquela área com ninguém. Então, avistei o Exchange, o Banco e o Lloyd's Coffee House, com seus comerciantes de casaco marrom e de rostos severos, os empregados apressados, os enormes cavalos, os carroceiros atarefados. Era um mundo diferente da parte oeste da cidade, um mundo de energia e de força, no qual não havia lugar para os apáticos e os inativos. Eu era jovem, mas percebi que era ali, na floresta de comerciantes, nos enormes fardos de mercadorias içadas para dentro dos armazéns através das janelas, nas carroças carregadas passando ruidosamente pelas ruas pavimentadas de paralelepípedos, que residia o poder da Grã-Bretanha. Ali, na cidade de Londres, estava a raiz central a partir da qual o império, a riqueza e tantas outras folhas haviam brotado. Moda, maneiras de falar e comportamentos são coisas que podem mudar, mas o espírito empreendedor daquele pedaço de terra não poderia, pois, se um dia perdesse seu viço, tudo que crescera a partir dali também mirraria.

Almoçamos no Stephen's, a hospedaria da moda em Bond Street, onde vi uma fileira de tílburis e de cavalos selados, que se estendia da porta até o final da rua. Dali fomos ao Correio, em St. James's Park, e dali ao Brookes's, o grande clube dos Whig, e depois novamente ao Watier's, onde os homens da moda costumavam jogar a dinheiro. Em todos os lugares, eu encontrava o mesmo tipo de homens, de porte duro e de cintura marcada, todos a mostrar o máximo de deferência a meu tio e, por sua causa, uma tolerância amigável em relação a mim. Os temas das conversas eram sempre iguais aos que eu ouvira no pavilhão: a política, a saúde do rei, as extravagâncias do príncipe, a expectativa pela retomada da guerra, as corridas de cavalos e as lutas de boxe. Pude confirmar que excentricidades eram moda, tal como meu tio explicara. Se as pessoas do continente até hoje nos veem como uma nação de lunáticos, não há dúvida de que isso ocorre em razão do contato que tiveram, naquele tempo, com viajantes ingleses egressos da classe social com a qual eu começava a familiarizar-me.

Foi uma era de heroísmo e de loucura. Por um lado, soldados, marinheiros e homens de Estado da estatura de Pitt, Nelson e, depois, Wellington, tinham sido levados ao *front* pelas ameaças incessantes de Bonaparte. Éramos grandiosos com as armas de guerra e estávamos prestes a tornar-nos célebres na literatura, com Scott e Byron sendo, em seus dias, as mais poderosas forças da Europa. Por outro lado, um toque de loucura, real ou fingida, era o passaporte para as portas que se fechavam para a sabedoria e para a virtude. O homem capaz de entrar em um salão apoiado nas mãos, e não nos pés, o homem que limasse os espaços entre os dentes para poder assoviar como um cocheiro, o homem disposto a falar tudo o que lhe passasse pela cabeça, de modo a deixar seus convidados sempre trêmulos de apreensão, esses eram os homens para os quais a sociedade londrina abria suas portas. Heroísmo e loucura andavam juntos, e pouca gente era capaz de escapar ao contágio de sua época. Em um tempo em que o Premier era um grande beberrão, o líder da oposição era um libertino e o príncipe de Gales as duas coisas, era difícil encontrar um homem cujos perfis público e privado fossem igualmente elevados. Mesmo assim, com todos os defeitos, aquela foi uma era dourada e você será um afortunado se seu tempo produzir cinco nomes como Pitt, Fox, Scott, Nelson e Wellington.

Foi naquela noite, no Watier's, sentado ao lado de meu tio em um dos sofás de veludo vermelho, na lateral do salão, que eu pude ver algumas daquelas personalidades singulares de cujas fama e excentricidade até hoje o mundo não conseguiu esquecer. A sala extensa, cheia de pilares, de espelhos e de candelabros, estava cheia de homens de raça pura, citadinos a falar com voz alta, todos vestindo o mesmo traje de noite: meias de seda branca, camisas de cambraia e o pequeno chapéu de três bicos achatado debaixo do braço.

— O homem de rosto amargurado e de pernas finas é o marquês de Queensberry — disse meu tio. — Seu cabriolé fez uma viagem de trinta quilômetros em uma hora, numa disputa contra o conde de Taafe, e o marquês enviou uma mensagem a oitenta quilômetros, que chegou em meia hora, graças à ideia de arremessar o papel pregado em uma bola de críquete, que passou de mão em mão, até chegar a seu destino. O homem com quem ele conversa é sir Charles Bunbury, do Jockey Club, que baniu o príncipe de Gales do campo de corridas de Newmarket por causa das espertezas de Sam Chifney, o jóquei do príncipe. Aquele é o capitão Barclay, indo em direção aos dois. Ele sabe mais de treinamento militar do que qualquer outro homem vivo e percorreu mais de 144 quilômetros em 21 horas. É só olhar para as panturrilhas dele para perceber que a natureza o talhou para isso. Há outro maratonista presente, o homem de colete florido, de pé perto da lareira. Aquele é Buck Whalley, que andou até Jerusalém apenas com um casacão azul, botas de montaria, e malha de camurça.

— Por que ele fez isso, senhor? — perguntei, espantado.

Meu tio deu de ombros.

— Deu-lhe vontade de fazê-lo. Ele conseguiu acesso à sociedade londrina por causa deste feito, algo muito mais vantajoso que chegar a Jerusalém. Aquele é lorde Petersham, o narigudo. Ele sempre se levanta às seis da tarde e tem o melhor suprimento de rapé da Europa. Foi ele quem ordenou a seu criado de quarto que deixasse meia dúzia de garrafas de xerez na cabeceira da cama e que o acordasse dali a dois dias. Ele está conversando com lorde Panmure, capaz de beber seis garrafas de vinho tinto e de depois debater com um bispo. O homem magro e de joelhos fracos é o general Scott que vive à base de torradas e de água, mas que ganhou duzentas mil libras no jogo de *whist*. Ele fala com o jovem lorde Blandford que pagou 1800 libras por um Boccaccio, outro dia. Boa noite, Dudley!

— Boa noite, Tregellis! — um homem idoso e de olhar vazio parou diante de nós e olhou-me de cima a baixo.

— Algum filhote que Charles Tregellis pegou no interior — murmurou ele. — Ele carece de aparência que lhe faça honra. Esteve fora da cidade, Tregellis?

— Durante alguns dias.

— Sei! — disse o homem, transferindo seu olhar sonolento de mim para meu tio. — Ele parece estar muito mal. Ele vai voltar para o campo algum dia desses se ele não melhorar! — O homem balançou a cabeça e seguiu adiante.

— Não fique tão mortificado, sobrinho — disse meu tio, rindo. — Aquele é o velho lorde Dudley, que tem o hábito de pensar em voz alta. As pessoas costumavam ficar ofendidas, mas já não se importam mais. Na semana passada, quando jantava na casa de lorde Elgin, ele se desculpou com os demais convidados pela comida terrivelmente ruim. Ele pensou que estivesse na própria casa. Este tipo de atitude lhe garante lugar na sociedade. Aquele com o qual ele conversa agora é lorde Harewood. A excentricidade dele é a de imitar o príncipe em tudo. Um dia, o príncipe escondeu seu rabo de cavalo por sob a gola de seu casaco, e Harewood cortou o dele pensando que rabos de cavalo tinham saído de moda. Aqui está Lumley, o homem feioso. *L'homme laid* era como o chamavam em Paris. O outro é lorde Foley, que chamam de número 11, em razão de suas pernas finas.

— Ali está o senhor Brummell, senhor — disse eu.

— Sim, ele chega até nós daqui a pouco. Aquele jovem tem certamente um grande futuro. Notou como ele olha ao redor com suas pálpebras caídas semicerradas, em pose de quem aquiesceu em entrar aqui? Uma pequena dose de presunção é intolerável, mas, quando a pose é levada ao extremo, a pessoa torna-se respeitável. Como vai, George?

— Ouviu sobre Vereker Merton? — perguntou Brummell a um dos janotas que andavam junto a ele, colados a seus calcanhares. — Ele fugiu com a cozinheira de seu pai e até se casou com ela.

— E o que fez lorde Merton?

— Ele congratulou o filho e confessou que sempre subestimara sua inteligência. Ele vai morar com o jovem casal e lhe dará uma bela mesada, sob a condição de a noiva manter-se em seu ofício na cozinha. A propósito, ouvi um rumor sobre você estar prestes a casar-se, Tregellis.

— Penso que não — respondeu meu tio. — Seria um equívoco encher só uma de atenções quando tantas outras podem ter seu quinhão.

— Esta é exatamente minha opinião, e você a explicitou muito bem — falou Brummell — É justo ferir uma dúzia de corações apenas para sobrecarregar um único deles com arrebatamentos? Vou ao continente na semana que vem.

— Foge dos oficiais de justiça? — perguntou um de seus acompanhantes.

— Não, Pierrepoint. Não, não. É prazer e aprendizado combinados. Preciso ir a Paris para pequenos negócios e, como há chance de a guerra estourar novamente, é prudente que eu faça uma provisão.

— Muito certo — disse meu tio, que parecia disposto a ultrapassar Brummell no quesito extravagância — Eu costumava comprar minhas luvas amarelo-enxofre no Palais Royal. Quando estourou a guerra, em 1793, fiquei sem provisão durante nove anos. Se eu não tivesse contratado um pequeno veleiro para contrabandear, eu teria de contentar-me com similares ingleses.

— Os ingleses são ótimos em fazer ferros de engomar e atiçadores de lareiras, mas a fabricação de qualquer coisa mais delicada está acima de suas habilidades.

— Nossos alfaiates são bons, — disse meu tio — mas nossos tecidos carecem de elegância e falta variedade. A guerra fez-nos mais antiquados do que nunca. Por causa da guerra, acabou-se a possibilidade de viajarmos e nada se compara às viagens quando se quer expandir a mente. No ano passado, por exemplo, encontrei um colete diferente na praça San Marco, em Veneza. Era amarelo, com belos detalhes em rosa entrelaçados no tecido. Como poderia ter visto aquilo sem viajar? Trouxe-o comigo e, durante algum tempo, a peça fez furor.

— O príncipe tem um.

— Sim, ele sempre adota minhas escolhas. Nós nos vestíamos de modo tão semelhante no ano passado que nos tomaram um pelo outro em mais de uma ocasião. Não é muito lisonjeiro para mim, mas era o que acontecia. Ele sempre diz que as coisas não caem tão bem nele quanto em mim, mas posso dar-lhe a óbvia resposta? A propósito, George, eu não o vi no baile da marquesa de Dover.

— Sim, estive lá e fiquei apenas uns 15 minutos. Fico surpreso que não tenha me visto. No entanto, não ultrapassei a soleira da porta, pois sei que uma preferência indevida dá lugar ao ciúme.

— Fui cedo — disse meu tio — porque tinha ouvido que estariam presentes algumas debutantes passáveis. Sempre fico encantado quando há ocasião de fazer um cumprimento a alguma delas. É algo que já aconteceu, embora sem muita frequência, pois meu padrão mantém-se elevado.

Assim eles conversavam, aqueles homens singulares. E eu, olhando a todos, imaginava como eles não explodiam de gargalhadas ao olhar um para o outro. A conversa tinha um tom solene e era entremeada por pequenas reverências, por um abrir e fechar de suas caixas de rapé, de um esvoaçar de lenços bordados. Uma pequena multidão havia-se formado em volta dos dois, e percebi que a discussão era tida como uma contenda entre dois homens apontados como árbitros da moda. A discussão terminou quando o marquês de Queensberry tomou Brummell pelo braço e levou-o embora, enquanto meu tio ajeitava sua camisa de cambraia branca e bordada e sacudia os babados de suas mangas, como se estivesse bem satisfeito com seu desempenho. Foi há 47 anos que me vi naquele círculo de dândis e onde, hoje, estão seus graciosos chapéus, seus esplêndidos coletes, suas botas e em que pescoço estariam agora suas gravatas? Aqueles homens viveram vidas estranhas e tiveram mortes estranhas. Uns se suicidaram, outros viraram mendigos, outros foram parar na prisão em razão de dívidas e outros, como o mais brilhante entre eles, terminaram seus dias em hospícios para loucos em terras estrangeiras.

— Esta é a sala de jogos, Rodney — disse meu tio quando passamos por uma porta aberta ao encaminharmo-nos para a saída. Olhando para dentro, vi uma fileira de mesas forradas de tecido verde com pequenos grupos de homens ao redor; do lado oposto, havia uma mesa maior de onde vinha um murmúrio continuado de vozes — Você pode perder tudo aí, menos sua coragem e sua paciência — continuou meu tio. — Ah, sir Lothian, espero que a sorte o tenha acompanhado.

Um homem alto e magro, de rosto duro e austero, saía pela porta da sala. Tinha sobrancelhas grossas, olhos acinzentados e furtivos. Seus traços grosseiros eram profundamente marcados nas bochechas e na testa como uma pedra esculpida pela passagem contínua de filetes de água. Estava inteiramente vestido de negro, e notei que seus ombros balançavam como se ele tivesse bebido bastante.

— Perdi como o diabo — ele rosnou.

— Dados?

— Não, *whist*.

— Não poderia ter pedido muito em um jogo assim.

— Não poderia? — ele grunhiu. — Aposte cem no truco e depois mais mil e perca, sucessivamente, durante cinco horas seguidas. O que pensa disso?

Meu tio estava visivelmente chocado com o olhar desvairado do outro.

— Espero que não tenha sido muito ruim.

— Foi muito ruim. Nem aguento falar a respeito. A propósito, Tregellis, você já encontrou o lutador para aquela disputa?

— Não.

— Você já procura há muito tempo. É jogar ou largar, você sabe. Se não tiver uma solução, posso pleitear uma multa.

— Se fixar uma data, eu levarei um lutador, sir Lothian — disse meu tio, com frieza.

— Se quiser, daqui a quatro semanas.

— Muito bem. Dia 18 de maio.

— Espero ter mudado de nome até lá.

— Como assim? — indagou meu tio, surpreso.

— É possível que eu me torne lorde Avon.

— O quê? Teve alguma notícia? — perguntou meu tio, e eu notei um tremor em sua voz.

— Enviei um agente a Mount Video, e ele diz ter provas da morte de lorde Avon. De qualquer forma, é um absurdo supor que, se um assassino escolha fugir da justiça...

— Não permito que use esta palavra, sir Lothian — disse meu tio, secamente.

—Você estava lá, como eu. Você sabe que ele foi o assassino...

— Já disse para não usar esta palavra.

Os olhos confiantes de sir Lothian baixaram diante da ira imperiosa que brilhou nos olhos de meu tio.

— Bem, deixando este ponto de lado, é monstruoso supor que o título e as propriedades possam permanecer em suspenso para sempre. Eu sou o herdeiro, Tregellis, e tenho meus direitos.

— Sou, como está ciente, o melhor amigo de lorde Avon — disse meu tio, com severidade. — Seu desaparecimento não afetou minha estima por ele e, até que seu destino seja conhecido, vou empenhar-me para que os direitos *dele* também sejam respeitados.

— Seus direitos são uma corda e a coluna quebrada — respondeu sir Lothian e, em seguida, mudando rapidamente os modos, ele pousou a mão na manga da camisa de meu tio.

— Deixe disso, Tregellis, eu também era amigo dele, assim como você. Mas não podemos alterar os fatos e já é tarde para discuti-los novamente. Seu convite ainda vale para a sexta à noite?

— Certamente.

— Levarei Crab Wilson comigo e acertaremos os detalhes da aposta.

— Muito bem, sir Lothian, espero vê-lo.

Eles se curvaram em um cumprimento, e meu tio permaneceu algum tempo a olhar o homem enquanto ele abria caminho entre a multidão.

— Um bom desportista, sobrinho. Um exímio cavaleiro, o melhor tiro de pistola da Inglaterra, mas também... um homem perigoso.

## Capítulo X
## Os homens do ringue

Foi no final de minha primeira semana em Londres que meu tio ofereceu o jantar, como era hábito entre os cavalheiros daquele tempo, se queriam aparecer diante do público como homens requintados e amantes dos esportes. Ele convidara não apenas os principais lutadores de então, como também expoentes da sociedade aficionados pelos ringues: o senhor Fletcher Reid, lorde Say and Sele, sir Lothian Hume, sir John Lade, o coronel Montgomery, sir Thomas Apreece, o honorável Berkeley Craven, entre outros. Os rumores sobre a ida do príncipe já se haviam espalhado pelos clubes e os convites foram muito disputados.

O *Wagon and Horses* era uma conhecida casa de eventos esportivos e seu proprietário era um antigo campeão. A decoração era a mais rústica que um cigano poderia desejar. Essa era uma das peculiaridades em voga, mas que já caíram de moda. Os nobres daquele tempo, acostumados a viver em meio ao luxo e ao conforto, também se rendiam ao apelo picante da vida em recantos decadentes, de forma que as casas noturnas e os antros de jogatina em Covent Garden e Haymarket frequentemente recebiam pessoas ilustres sob seus tetos enfumaçados. Era uma mudança de ares para eles poderem dar as costas para a cozinha de Weltjie e de Ude, ou para o chambertin do velho Q., para comer um churrasco e lavar a garganta com uma caneca de *ale* servida em jarras de estanho.

Um grupo de homens do povo reunira-se na rua para ver a chegada dos lutadores ao estabelecimento. Meu tio havia-me dito para tomar conta de meus bolsos enquanto passávamos no meio deles. Lá dentro havia um salão com cortinas vermelhas e desbotadas, chão de terra batida e paredes cobertas com impressões das mãos de pugilistas e de campeões de corrida de cavalos. O lugar estava cheio de mesas com manchas de bebidas e, em volta, havia meia dúzia de homens enormes sentados, estando o mais impressionante deles empoleirado na mesa, balançando as pernas. Uma bandeja de copos pequenos e de canecas de metal repousava ao lado do grupo.

— Os rapazes estavam com sede, senhor, por isso eu lhes trouxe um pouco de cerveja e de solta-línguas — murmurou o proprietário. — Pensei que o senhor não se importaria.

— Muito acertado, Bob! Como estão todos? Como vai você, Maddox? E você, Baldwin? Ah, Belcher, fico feliz em vê-lo.

Os pugilistas levantaram-se e tiraram os chapéus, exceto o homem sentado à mesa, que continuou a balançar as pernas e olhou meu tio no rosto com frieza.

— Como vai, Berks?

— Levando. E você?

— Diga *senhor* quando for falar com um cavalheiro — disse Belcher que, com uma virada ab-rupta na mesa quase conseguiu jogar Berks nos braços de meu tio.

— Olhe, Jem, pare com isso! — disse Berks, amuado.

— Vou ensinar-lhe boas maneiras, Joe, mais do que seu pai conseguiu. Você não está bebendo porcaria em um lugar qualquer, mas está na companhia de gente nobre e requintada e você deve se comportar direito.

— Sempre me consideraram bem-educado — disse Berks, com a fala pastosa — mas se eu disse ou fiz algo que não devia...

— Não foi nada, não foi nada, Berks, está tudo certo! — disse meu tio, bastante ansioso por desanuviar o ambiente e evitar uma briga logo no início da noite. — Aqui estão outros de nossos amigos. Como vai, Apreece? E o senhor, coronel? Bem, Jackson, você parece muito bem. Como vai, Lade? Espero que lady Lade não tenha passado mal por causa daquela agradável viagem. Ah, Mendoza, você parece esbelto o bastante para arremessar seu chapéu para além das cordas de um ringue. Sir Lothian, estou contente em vê-lo. O senhor encontrará velhos amigos por aqui.

Entre o bando de homens refinados e de boxeadores que lotavam o salão, enxerguei de relance a figura robusta e larga e o rosto regular de Champion Harrison. A visão dele era como uma lufada de ar de South Down a invadir o lugar de teto baixo e com odor de óleo, e eu corri em sua direção para apertar-lhe as mãos.

— Ora, mestre Rodney, ou devo dizer senhor Stone? O senhor mudou muito. Mal posso acreditar que é mesmo o senhor que gostava de encher os foles enquanto eu e Jim trabalhávamos na bigorna. Com certeza, o senhor está bem!

— Quais são as novidades sobre Friar's Oak? — indaguei, ansioso.

— Seu pai foi conversar comigo, mestre Rodney, e disse-me que a guerra está prestes a estourar novamente nos próximos dias; ele vem à cidade para falar com lorde Nelson e para informar-se a respeito de um navio. Sua mãe está bem, eu a vi no domingo, na igreja.

— E Boy Jim?

O rosto bonachão de Champion Harrison ficou taciturno.

— Ele queria muito vir aqui hoje, mas eu tinha razões para proibi-lo de estar conosco e, assim, surgiu uma sombra entre nós dois. É a primeira vez que isso acontece e fico muito pesaroso. Cá entre nós, tenho um bom motivo para querer que ele fique em casa, pois tenho certeza de que ele, com aquelas ideias e aquele gênio dele, nunca se aprumaria novamente se chegasse a sentir o gosto de Londres. Deixei-o com muito trabalho a fazer para mantê-lo ocupado até que eu volte.

Um homem alto, perfeitamente proporcionado e elegantemente vestido vinha em nossa direção. Ele olhou fixamente, mostrou-se surpreso e estendeu a mão para meu acompanhante.

— Ora, Jack Harrison! É uma ressurreição. De onde no mundo você voltou?

— Feliz em vê-lo, Jackson. Você parece tão bem e jovem quanto antes.

— Obrigado. Desisti no cinturão quando não mais conseguia encontrar adversários e então passei a dar aulas de luta.

— Eu trabalho como ferreiro, em Sussex.

— Muitas vezes, cogitei sobre o motivo de nunca termos tido ocasião para enfrentarmo-nos. Digo-lhe, honestamente, de homem para homem, que fico até feliz com isso.

— Ora, muita gentileza sua em dizer isso, Jackson. Eu até pensei em desafiá-lo, mas minha velha foi contrária. Ela tem sido uma boa esposa e não penso em contrariá-la. Agora, sinto-me um pouco solitário aqui. Todos esses jovens apareceram depois de mim.

— Você poderia vencer alguns deles — disse Jackson, apalpando o bíceps de meu amigo. — Não há material melhor do que você que já tenha pisado em um ringue de sete metros quadrados. Seria um prazer raro vê-lo abater um desses lutadores novos. Você quer que eu lhe arranje uma luta com algum deles?

Os olhos de Harrison brilharam diante da ideia, mas ele negou com um menear de cabeça.

— Não farei isso, Jackson. Minha mulher tem minha palavra. Aquele é Belcher, não é? Aquele bem-apessoado e com o casaco brilhante?

— Sim, aquele é Jem. Você ainda não viu nada! Ele é uma joia.

— Assim ouvi. Quem é o jovem ao lado dele? Parece um rapaz promissor.

— Aquele é o novo rapaz do oeste. Crab Wilson é o seu nome.

Harrison olhou para o rapaz com interesse.

— Ouvi falar dele. Estão procurando um adversário para ele, não é isso?

— Sim. Sir Lothin Hume, o cavalheiro de rosto magro que está acolá, é seu patrocinador contra o lutador de sir Charles Tregellis. Vamos saber quem é o homem hoje, pelo que sei. Jem Belcher tem ótima opinião sobre Crab Wilson. Tem ainda o irmão mais novo de Belcher. Ele também procura um oponente. Dizem que é mais rápido no soco do que o irmão, mas que não bate com força igual. Eu falava de seu irmão, Jem!

— O jovem está abrindo seu caminho — disse Belcher, que tinha se juntado a nós — ele é mais um amador do que um pugilista de verdade, mas, quando suas cartilagens virarem ossos, ele poderá enfrentar qualquer um que se apresente. Hoje em dia, Bristol está tão cheia de jovens como ele quanto um caixote é repleto de garrafas de cerveja. Temos mais dois a caminho: Gully e Pearce. Eles farão com que os valentões de Londres desejem que nossos jovens nunca tivessem saído de seus lares do interior.

— Aí vem o príncipe — disse Jackson quando ouvimos um alarido vindo da direção da porta de entrada.

Vi George entrar de maneira esplendorosa, com o sorriso amável e o rosto digno. Meu tio recebeu-o e cuidou de entretê-lo ao apresentar-lhe alguns dos convivas.

— Teremos problemas, chefe — disse Belcher para Jackson. — Ali está Joe Berks a beber *gin* de uma jarra, e você sabe como ele se parece com um porco quando fica bêbado.

— O senhor deve acabar com aquilo, chefe — disseram alguns dos homens presentes. — Ele não chega a ser encantador quando está sóbrio, imagine quando está calibrado.

A valentia e a habilidade em lidar com situações difíceis, características de Jackson, haviam-lhe rendido a posição de organizador de reuniões de pugilistas, a ponto de estes o chamarem de chefe. Ele e Belcher atravessaram o salão em direção a Berks, ainda sentado à mesa. O rosto do valentão já estava corado e seus olhos pesados e vermelhos.

— Você deve se comportar esta noite, Berks — disse Jackson. — O príncipe está presente e...

— Nunca pus os olhos nele — disse Berks, pulando da mesa. — Onde está ele, chefe? Diga-lhe que Joe Berks gostaria de ter a honra de apertar sua mão e...

— Não, Joe — disse Jackson, pousando firmemente sua mão no peito de Berk quando este ameaçou abrir caminho na multidão. — Precisa manter-se em seu lugar, Joe, ou o colocaremos em um lugar onde possa fazer livremente todo o barulho que quiser.

— Onde fica isso, chefe?

— No olho da rua, através da janela. Teremos, a todo custo, uma noite pacífica, pois eu e Jem Belcher lhe mostraremos caso você insista em seus jogos de Whitechapel.

— Sem violência, chefe — resmungou Berks. — Eu sempre tive a fama de ser um homem de paz.

— Disso eu sei, Joe Berks, e espero que prove que é verdade. A ceia já está servida e o príncipe e lorde Seale estão indo para a mesa. Vão de dois em dois, rapazes, e não se esqueçam que estão em boa companhia.

O jantar estava posto em uma grande sala com paredes cheias de bandeiras da Grã-Bretanha e de cartazes com lemas patrióticos. As mesas foram arrumadas em três dos quatro lados do aposento, e meu tio ocupava o centro da mesa principal, tendo o príncipe à sua direita e lorde Sele à sua esquerda. Por precaução, os lugares haviam sido definidos com antecedência, de modo que os cavalheiros se encontravam sentados entre os pugilistas, eliminando-se o risco de dois adversários ficarem lado a lado ou de um homem que tivesse perdido uma luta recentemente se sentasse em companhia de quem o vencera. Eu tinha Champion Harrison de um lado e um sujeito gordo e de rosto corado do outro e ele me disse que se chamava Bill Warr, proprietário da taverna One Tun, em Jermyn Street, e que era um dos homens mais valentes entre os presentes.

— Minha perdição é a gordura, senhor, que avança em meu corpo com uma velocidade surpreendente. Eu devia pesar 82 quilos e aqui estou perto dos 107. É meu trabalho que me deixa assim, zanzando atrás do bar o dia inteiro, temendo recusar um copo e ofender um freguês. Essa foi a ruína de muitos lutadores dos bons que fizeram o que faço antes de mim.

— O senhor deveria fazer como eu — disse Harrison. — Como sou ferreiro, não engordei nem meio quilo nos últimos 15 anos.

— Cada um escolhe seu caminho, mas a maioria de nós tenta ser proprietário de uma taverna. Veja Will Wood, a quem venci em quarenta minutos durante uma tempestade de neve lá pelos lados de Navestock. Ele hoje dirige uma carruagem de aluguel. Já Young Firby, o valentão, é garçom hoje em dia. Dick Humphries vende carvão, mas ele sempre foi muito cavalheiro. George Ingleston é carroceiro de uma cervejaria. Todos nós achamos nossas ocupações. Mas você mora no interior e se livra de uma coisa: ver esses jovens da alta-sociedade eternamente a provocá-lo.

Eu não esperava ouvir esse tipo de reclamação de um famoso pugilista profissional, nem tampouco assistir ao balançar de cabeças em sinal de concordância da parte de muitos de seus companheiros presentes à mesa.

— Você está certo, Bill — disse um deles. — Ninguém deve ter mais problemas do tipo que eu. Eles chegam à noite no bar, com a cabeça cheia de vinho e perguntam: "Você é Tom Owen, o boxeador?" E eu digo: "A seu serviço, senhor." E eles dizem: "Então, tome isso!" E, em uma ocasião, um me dá um golpe no nariz, de outra vez, outro me dá um tapa com as costas da mão. E então eles podem se vangloriar pelo resto da vida ao sair dizendo que bateram em Tom Owes.

— E o que você faz com eles, como recompensa? — indagou Harrison.

— Eu não discuto com eles. Eu digo: "Ora, cavalheiro, lutar é meu trabalho e não luto só por amor, assim como um médico não cura só por amor e assim como um açougueiro não entrega a alguém um pedaço de costela só por amor. Coloque dinheiro no balcão, mestre, e eu retribuirei com orgulho. Só não espere entrar aqui e provocar um pugilista a troco de nada.

— Eu também faço isso, Tom — disse meu vizinho corpulento. — Se eles colocam um guinéu no balcão, coisa que fazem quando estão muito bêbados, dou-lhes um soco que penso valer um guinéu e pego o dinheiro.

— E se eles não aceitam?

— Ora, se fazem isso, praticam uma violência gratuita, veja bem, é uma ofensa contra William Warr, fiel súdito do rei. Na manhã seguinte, bem cedo, eu levo o sujeito ao juiz, e isso lhes custa uma semana na cadeia ou então vinte xelins.

Enquanto isso, o jantar transcorria. Era uma daquelas refeições sólidas e substanciais que estavam em voga no tempo de nossos avós, e isso poderá explicar, a alguns dos que vivem hoje, porque nunca chegaram a conhecê-los.

Grandes pedaços de carne vermelha, lombos de carneiro, línguas defumadas, tortas de presunto e de vitela, perus e galinhas, gansos, com muita variedade de verduras e um desfile de vinhos secos e de cervejas fortes eram a base do banquete. Era a mesma cozinha e o mesmo preparo de seus ancestrais germânicos e escandinavos de 14 séculos antes. De fato, quando olhei ao redor, para a fileira de pratos cheios de comida, para os rostos fortes e rudes e para os ombros poderosos que se inclinavam para a mesa, imaginei que estava em um daqueles festins da antiguidade sobre os quais eu havia lido e nos quais selvagens roíam pedaços de carne até os ossos e depois, com uma grosseria assassina, jogavam os restos para seus prisioneiros. Aqui e ali, o rosto pálido e as feições afiladas de um cavalheiro requintado e amante dos esportes faziam-me lembrar do tipo com ascendentes normandos, mas prevaleciam os rostos obstinados, de mandíbulas fortes, pertencentes aos homens cujas vidas inteiras eram de batalhas, e que também lembravam piratas e corsários dos quais também descendiam.

Ainda assim, quando olhei atentamente para cada um daqueles homens sentados à minha frente, pude perceber que os ingleses puros, embora fossem dez contra um, não tinham a primazia do jogo, pois outras raças haviam provado que também produziam lutadores capazes de figurar entre os melhores.

Não havia, é certo, ninguém melhor ou mais corajoso naquela sala do que Jackson e Jem Belcher, o sujeito de figura esplêndida, de cintura estreita e de ombros hercúleos. Outro era elegante como uma estátua grega, com uma cabeça que muito escultor gostaria de copiar, e com tórax e membros de linhas longas e firmes que lhes davam a leveza e a agilidade de uma pantera. Quando olhei bem para ele, percebi que parecia haver a sombra de uma tragédia em seu rosto, numa premonição sobre o dia em que levaria um golpe deformante, cuja sequela seria a perda da visão de um olho, incidente que aconteceu alguns meses depois daquele jantar. Se ele tivesse parado ali sua carreira, como um boxeador invicto, então o encerramento de sua vida profissional teria sido tão glorioso como o alvorecer. Mas seu coração orgulhoso não permitiu que o título de campeão lhe fosse tirado sem luta renhida. Ainda hoje você pode ler sobre como aquele sujeito corajoso, incapacitado pela cegueira parcial a ponto de não poder avaliar bem a distância de seu adversário no ringue, lutou durante 35 minutos contra um jovem e formidável pugilista e sobre como, na amargura da derrota, seu único lamento foi o de estar ciente da ruína de um amigo que perdera tudo o que tinha para patrociná-lo. Se ao ler essa história, você não ficar comovido, então deve faltar em você algo de indispensável para torná-lo um homem.

Se havia gente naquela mesa que não seria páreo para Jackson ou Jem Belcher, havia outros de raças e de tipos diferentes com qualidades que os tornavam pugilistas perigosos. A uma certa distância na mesa, vi o rosto negro e duro de Bill Richmond, com seu uniforme de cores púrpura e dourada, destinado a ser o predecessor de Molineaux, de Sutton, e de toda aquela linhagem de pugilistas negros que demonstraram que a insensibilidade à dor e a força muscular, características dos africanos, lhes dão uma vantagem peculiar nos esportes dos ringues. Ele podia jactar-se da elevada honra de ser o primeiro americano de nascimento a ganhar prêmios no ringue britânico. Ali também, pude ver as feições de Dada Mendoza, o judeu, recém-aposentado do trabalho ativo e tendo atrás de si uma reputação de elegância e de dominação da ciência da luta que até hoje não foi suplantada. A pior falta apontada por seus críticos era a presença de um certo gosto pelo poder em seus golpes, uma observação que não poderia ser feita a respeito de seu vizinho de mesa, cujo rosto comprido, nariz curvado e olhos negros e faiscantes evidenciavam que ele era da mesma raça antiga. Era o formidável Dutch Sam, que, com 57 quilos, lutou e mostrou ter uma tal capacidade de bater, que seus admiradores, depois de anos, estavam ansiosos por apoiá-lo em uma luta contra Tom Cribb, de 89 quilos, sob a condição de que os dois estivessem amarrados pelas pernas a um banco. Meia dúzia de outros rostos semitas mostravam toda a energia que os judeus de Houndsditch e de Whitechapel haviam levado para a terra de adoção e que, em matéria de luta, como em outros campos que exigem esforços, o desempenho foi o melhor possível.

Foi meu vizinho de mesa, Warr, que, bem-humorado, indicou todas as celebridades presentes, pessoas cujos ecos da fama tinham chegado até mesmo em nosso pequeno vilarejo lá em Sussex.

— Aquele é Andrew Gamble, o campeão irlandês. Foi ele quem venceu Noah James, o soldado da guarda, e depois quase morreu nas mãos de Jem Belcher, no moinho de Wimbledon, perto da forca de Abbershaw. Os dois ao lado também são irlandeses: Jack O'Donnell e Bill Ryan. Quando se encontra um bom irlandês não se pode melhorá-lo, pois eles são terrivelmente mal-humorados. Aquele pequeno sujeito de rosto ardiloso é Caleb Baldwin, o vendedor ambulante, que eles chamam de Orgulho de Westminster. Ele só tem um metro e sessenta de altura e 59 quilos, mas tem também o coração de um gigante. Ele nunca foi vencido por alguém de peso parecido e só quem poderia fazê-lo seria Dutch Sam. Ali está George Maddox, outro da mesma raça, um dos melhores homens que já vestiu o calção do ringue. O cavalheiro que come usando garfo, coisa que o faz parecer um dos refinados aqui presentes, exceto pelo fato de o osso de seu nariz não ser como deveria, esse é Dick Humphries, que era o Galo Mandão dos pesos médios até Mendoza cortar sua crista. Vê aquele de cabeça grisalha e com o rosto cheio de cicatrizes?

— Ora, é o velho Tom Faulkner, o jogador de críquete! — exclamou Harrison, depois de seguir a direção apontada pelo dedo atarracado de Bill Warr. — Ele é o jogador mais ágil do interior, e, em seu tempo, não havia muitos lutadores capazes de enfrentá-lo.

— Você está certo, Jack Harrison. Ele é um dos três homens que veio lutar quando os melhores de Birmingham desafiaram os melhores de Londres. Ele se manteve jovem, esse Tom. E tinha feito 55 anos quando desafiou e venceu, depois de cinquenta minutos, Jack Tornhill, que era forte o bastante para enfrentar muito jogador jovem. É melhor apostar depois de avaliar o peso do que pensando na idade.

— A juventude terá sua vez — disse uma voz fraca, do outro lado da mesa. — Ei, mestres, a juventude terá sua vez.

O homem que falara era o mais extraordinário entre todos naquela sala. Ele era muito, muito velho, tão velho que ultrapassava toda possibilidade de comparação e ninguém, ao reparar em sua pele de múmia e em seus olhos de peixe, poderia adivinhar sua idade. Alguns poucos cabelos acinzentados espalhavam-se por seu couro cabeludo amarelado. Quanto a suas feições, elas pouco tinham de humanas, de tão deformadas, pois as rugas profundas e a pele flácida da extrema velhice tinham-se juntado a uma figura que sempre fora grotesca e feia, além de horrivelmente marcada por socos. Eu havia notado essa pessoa logo no início do jantar, pois ela encostava o peito na mesa à procura de um apoio indispensável e, com uma mão trêmula, servia-se de pedaços da comida colocada diante dele. Pouco a pouco, enquanto seus vizinhos o faziam beber copiosamente, seus ombros e suas costas endireitaram-se, seus olhos brilharam e ele olhou ao redor de si, primeiro com ar de surpresa, como se não se recordasse como havia chegado ali e, depois, com expressão de profundo interesse, com a mão em concha no ouvido para acompanhar melhor a conversa dos outros.

— Aquele é o velho Buckhorse — sussurrou Champion Harrison. — Ele está igual ao tempo em que entrei no ringue, há vinte anos. Ele já foi o terror de Londres.

— Era mesmo — disse Bill Warr. — Ele podia lutar como um bicho e era tão forte que até deixava que alguns o derrubassem em troca de meia coroa. É que ele não tinha motivo para poupar seu rosto, veja bem, pois ele sempre foi o homem mais feio da Inglaterra. Ele tem estado encostado, na prateleira, nos últimos seis anos. Custou muito até ele perceber que a força abandonava seu corpo com o passar dos anos.

— A juventude terá sua vez, mestres — repetiu o velho homem, sacudindo a cabeça com força.

— Encha o copo dele — disse Warr. — Ei, Tom, dê um grande gole ao velho Buckhorse. Aqueça seu coração.

O velho derramou um copo de *gin* pela garganta enrugada, e o efeito da bebida foi extraordinário. Uma luz brilhou em cada um de seus olhos baços, um pouco de cor tomou conta de suas bochechas de cera e, abrindo a boca desdentada, ele, de repente, emitiu um grito peculiar e musical como a badalada de um sino. Um bramir rouco de gargalhadas foi a resposta de todos os presentes, e faces avermelhadas adiantaram-se na mesa para dar uma olhada no veterano.

— É Buckhorse! É Buckhorse que está voltando!

— Vocês podem rir, se quiserem, mestres — disse ele, com sotaque de Lewkner Lane e levantando suas mãos magras e cobertas de veias saltadas. — Não vai demorar até que vocês possam ver meus ganchos fortes, os mesmos que enfiei no nariz de Figg, no de Jack Broughton e no de Harry Gray, e nos de muitos outros lutadores que já trabalhavam para viver antes que seus papais tivessem dentes para comer.

A audiência gargalhou novamente, encorajada pelos gritos zangados do velho.

— Isso mesmo, Buckhorse, dê-lhes o que merecem! Diga como os rapazes de seu tempo faziam.

O velho gladiador olhou ao redor com grande desdém.

— Ora, pelo que vejo — gritou com sua voz aguda e cansada — alguns de vocês nem servem para matar uma mosca pousada em um pedaço de carne. Vocês seriam ótimas criadas de quarto, a maioria de vocês, e erraram de caminho quando foram para o ringue.

— Alguém limpe sua boca — gritou uma voz rouca.

— Joe Berks — disse Jackson —, eu pouparia o trabalho de um carrasco de quebrar o seu pescoço se Sua Alteza Real não estivesse presente nesta sala.

— Que assim seja, chefe — disse o valentão bêbado, tentando equilibrar-se e ficar de pé. — Se fosse eu que tivesse dito coisas assim, tão mal-educadas...

— Sente-se, Berks! — disse meu tio com um comando tão imperioso que o sujeito desmoronou em sua cadeira.

— Ora, quem de vocês encararia Tom Slack bem na cara? — sibilou o velho camarada. — Ou Jack Broughton? Ele, que disse ao velho duque de Cumberland que tudo o que queria era lutar com a guarda do rei da Prússia, dia após dia, ano após ano, até que tivesse eliminado o regimento inteiro, sendo que o prussiano mais baixo tinha um metro e oitenta. A maioria de vocês é mole como manteiga, capazes de tombar com apenas um ou dois tapas. Quem de vocês poderia levantar do chão depois de tomar um soco como o que o Gondoleiro Italiano deu no companheiro Bob Whittaker?

— Do que está falando, Buckhorse? — muitas vozes questionaram.

— Ele veio de terras estrangeiras e era tão grande que ficava de lado para atravessar as portas. Ele era tão forte, dou-lhes minha palavra, que, por onde andava, batia para quebrar ossos e, quando feriu assim umas duas ou três mandíbulas, a gente começou a pensar que não haveria ninguém no país capaz de vencê-lo. Então, o rei enviou um de seus cavalheiros para falar com Figg. O cavalheiro falou da existência do sujeito quebrador de ossos que ameaçaria a credibilidade dos rapazes de Londres, se ele fosse embora do país sem ter tido sequer uma lição. Então, Figg levantou-se e disse ao cavalheiro que o homem poderia até quebrar os ossos da cara dos rapazes do interior, mas que ele arranjaria um londrino para enfrentar o estrangeiro e que o estrangeiro não conseguiria quebrar a cara desse homem nem se usasse uma marreta. Eu estava com Figg, na estalagem Slaughter, e ouvi essa conversa.

Neste ponto do relato, o velho emitiu novamente o curioso grito parecido com o badalar de um sino, e os cavalheiros e os pugilistas gargalharam e o aplaudiram.

— Sua Alteza Real, quer dizer, o conde de Chester, ficaria contente em ouvir o final da história — disse meu tio, com quem o príncipe acabara de falar em voz baixa.

— Bem, Sua Alteza, aconteceu assim: quando chegou o dia da luta, todo o povo foi ao anfiteatro de Figg, lá em Tottenham Court, e Bob Wittaker estava lá e o Gondoleiro Italiano também, e os pugilistas, e os cavalheiros, povo, todos juntos dando umas vinte mil pessoas. A plateia estava em volta do ringue. Eu subi no ringue para ajudar a levantar Bob, entende? E Jack Figg ficou ali como árbitro, para ajudar a explicar ao estrangeiro quais eram as regras da disputa. No meio da plateia, havia uma passagem e, através dela, os nobres chegavam às suas cadeiras, em frente ao ringue. O ringue era feito de madeira e ficava à altura das cabeças das pessoas. Bem, quando Bob ficou frente a frente com o enorme italiano, eu disse: "Bata no nariz, Bob, porque reparei que ele tem a respiração curta como a de um bolo de queijo com furos de ar. E assim fez Bob, pois quando o estrangeiro avançou ele lhe deu um soco direto na venta. Ouvi um baque surdo, senti um vento passar perto de mim e, quando reparei, o estrangeiro estava no meio da plateia a apalpar seus músculos. Quanto a Bob, não havia sinal dele no ringue, era como se nunca tivesse estado ali.

A audiência em torno da mesa de jantar estava de olhos vidrados no velho.

— Ora, e então, Buckhorse? Ele engoliu o sujeito ou o quê? — gritou alguém.

— Bem, rapazes, isso foi o que eu pensei naquele instante. Até que enxerguei duas pernas para o ar, no meio da plateia, e eu soube que eram do Bob porque ele usava calças amarelas amarradas nos joelhos com fitas azuis. Azul era a sua cor. E o povo levantou-o, depois lhe deu passagem e aplaudiu-o para encorajá-lo, embora coragem nunca tenha faltado a ele. Num primeiro momento ele estava tão atordoado que não sabia se estava em uma igreja ou na prisão de Horsemonger. Então mordi suas orelhas, e ele voltou ao normal. Ele disse: "Muito bem, tentarei de novo, Buck!" E eu disse: "Ele marcou você". E ele piscou a parte boa de seu olho inchado pela pancada que levara. Então, o italiano arremessou seu punho novamente, mas Bob desviou para o lado e revidou com toda a força que Deus lhe deu e atingiu em cheio o adversário.

— E, então? E, então?

— Então, o italiano, atingido na venta, dobrou o corpo em dois de tanta dor. Depois ele se endireitou com um "glória, aleluia" que foi o mais horrível que já se ouviu. Daí ele pulou do ringue, abriu passagem na multidão com toda a rapidez de suas patas. E o povo foi atrás dele, dando gargalhadas. Havia gente até nas sarjetas de Tottenham Court rindo desbragadamente. Nós o seguimos pela Holborn, pela Fleet Street, por Cheapside, em frente ao Exchange e a gente só alcançou o homem no escritório de embarcações, onde ele foi se informar sobre uma passagem na primeira partida para o estrangeiro.

Diante do final da história do velho Buckhorse, ouviram-se mais gargalhadas e o tilintar de copos em brindes, e vi o príncipe de Gales dar algo ao garçom que se dirigiu ao velho e que colocou o presente do príncipe na mão enrugada. O velho cuspiu no objeto em sinal de satisfação e enfiou-o no bolso. Os pratos tinham sido retirados da mesa, agora cheia de garrafas e de copos, enquanto distribuíam cachimbos de barro e caixas de rapé. Meu tio nunca fumava, pois achava que o tabaco lhe renderia dentes escuros, mas a maioria dos refinados, e o príncipe entre eles, deu o exemplo acendendo um cachimbo. Toda reserva de modos já se fora e os pugilistas, corados por causa do vinho, berravam nas mesas uns com os outros, ou gritavam saudações a amigos em outros extremos da sala. Os novatos, seguindo o humor dos veteranos, eram igualmente barulhentos e debatiam ruidosamente acerca dos lutadores, criticavam o estilo de cada um na presença dos criticados e faziam apostas para futuras disputas.

No meio da confusão, meu tio deu uma batida resoluta na mesa e ficou de pé para falar. Quando ele se levantou, o rosto claro e controlado, o porte elegante, percebi que nunca o tinha visto em maior destaque, pois ele parecia, com todo seu requinte, ter um certo poder de dominância entre aqueles homens abrutalhados. Ele lembrava um caçador andando descuidadamente por entre uma matilha saltitante e barulhenta. Ele falou de seu prazer em ver tantos desportistas sob um mesmo teto e reconheceu a honra experimentada por ele e por seus convidados em razão da presença naquela noite da ilustre figura do conde de Chester. Ele se desculpou pelo fato de a temporada não haver permitido o acréscimo de jogo na mesa, mas ressaltou que a presença espirituosa de todos supria bem aquela lacuna. Houve aplausos e sorrisos. Ele prosseguiu dizendo que os esportes do ringue tinham contribuído para o desenvolvimento, entre os ingleses, de uma certa dose de destemor diante do perigo e da dor e que isso ajudou, no passado, a manter o país a salvo de inimigos. Essa disposição para a luta poderia ser novamente necessária. Se o inimigo viesse a desembarcar em nossa costa, então, com nosso Exército de tamanho reduzido, seríamos obrigados a acionar a força nativa, cuja coragem era bem treinada pela prática e pela apreciação dos esportes viris. Em tempo de paz, as regras dos ringues também serviam para fixar nos corações os princípios da lealdade nos jogos e para tornar pública a opinião contrária ao uso de facas e de chutes com botas, práticas tão comuns em outros países. Ele pediu então que brindássemos ao sucesso do modelo ideal de lutador, e, naquela altura, falou do nome de John Jackson, um homem que poderia ser apontado como a encarnação de tudo o que existe melhor no boxe da Inglaterra.

Jackson respondeu com uma rapidez e com tal propriedade que muitos homens públicos teriam invejado e, então, meu tio ficou de pé novamente e disse:

— Estamos aqui não apenas para celebrar vitórias passadas, mas também para cuidar do futuro dos ringues. Seria fácil, agora que patrocinadores e lutadores estão sob o mesmo teto, acertar algumas disputas. Eu mesmo dei o exemplo ao apostar com sir Lothian Hume, sob as regras escolhidas por ele e que serão apresentadas agora.

Sir Lothian levantou-se com um papel em mãos.

— As regras, Sua Alteza Real, cavalheiros, são estas: o meu lutador, Crab Wilson, de Gloucester, nunca lutou valendo prêmio e ele está preparado para encontrar, em 18 de maio deste ano, qualquer lutador, de qualquer peso, escolhido por sir Charles Tregellis. A escolha de sir Charles Tregellis será de um homem acima dos 20 e abaixo dos 35 anos de idade, de modo a excluir Bob Belcher e outros candidatos às honras do campeonato. Os limites são de duas mil libras contra mil libras, devendo duas mil libras serem pagas pelo ganhador da aposta ao pugilista vitorioso.

Foi interessante para mim observar a imensa gravidade de todos eles, patrocinadores e lutadores, enquanto franziam a testa ao avaliar as condições da aposta.

— Fui informado — disse sir John Lade — que Crab Wilson tem idade de 23 anos e que, embora nunca tenha disputado uma luta oficial, ele já esteve em ringues muitas vezes.

— Eu o vi lutar meia dúzia de vezes — disse Belcher.

— É justamente por isso, John, que estabeleci dois para um, em favor dele.

— Posso perguntar qual é o peso exato e a altura precisa de Wilson? — indagou o príncipe.

— Um metro e oitenta de altura e 83 quilos, Alteza Real.

— Alto o suficiente e forte o bastante para qualquer um que fica em pé em duas pernas — disse Jackson, com o assentimento dos profissionais presentes.

— Leia as regras da luta, sir Lothian.

— A disputa acontecerá na terça-feira, 18 de maio, às dez horas, em lugar a ser definido. O ringue deverá ter seis metros quadrados. Nenhum dos lutadores poderá se retirar, depois de caído, sem o consentimento dos juízes. Estes serão em número de três, escolhidos no local, dois para apreciar as faltas e um com direito a voto de desempate. As regras coincidem com as expectativas do senhor, sir Charles?

Meu tio assentiu.

— Tem algo a dizer, Wilson?

— O jovem pugilista, de aparência curiosa e esguia e de rosto ossudo, passou os dedos pelos cabelos cortados rente ao couro.

— Se não se importa, senhor — disse ele, com um leve sotaque do oeste —, um ringue de seis metros quadrados é pequeno para um homem de 83 quilos.

Houve um murmúrio de concordância profissional.

— Qual é o tamanho que prefere, Wilson?

— Sete metros e meio, sir Lothian.

— Tem alguma objeção, sir Charles?

— Nenhuma.

— Algo mais, Wilson?

— Se não se importa, senhor, eu gostaria de saber quem será meu adversário.

— O senhor ainda não divulgou o nome de seu lutador, não é, sir Charles?

— Só pretendo fazê-lo na manhã da luta. Acredito ter essa prerrogativa, tendo em vista os termos de nossa aposta.

— Certamente que pode exercê-la.

— É o que pretendo. E ficaria imensamente satisfeito se o senhor Berkeley Craven consentisse em ser o depositário do dinheiro que colocamos na aposta.

Tendo o cavalheiro em questão aceitado de bom grado a incumbência, as regras finais da modesta aposta foram acertadas.

E então, à medida que aqueles homens corados e fortes ficavam mais aquecidos pelo vinho, olhos hostis começaram a destacar-se na mesa e, em meio à névoa de fumaça de tabaco, a luz de lamparina caiu sobre os ferozes lutadores judeus de traços aquilinos e sobre os selvagens saxões de faces ardentes. A velha disputa sobre se Jackson havia ou não cometido uma falta ao agarrar Mendoza pelos cabelos, por ocasião da disputa entre os dois em Hornchurch, oito anos antes, veio à tona novamente. Dutch Sam arremessou um xelim na mesa e ofereceu-se para lutar contra a glória de Westminster se este ousasse dizer que Mendoza tinha sido vencido em uma luta leal e justa. Joe Berks, cada vez mais barulhento e briguento, à medida que a noite passava, tentou escalar a mesa, proferindo horríveis blasfêmias, até avançar em cima de um velho judeu chamado Fighting Yussef, que também mergulhara na discussão. Faltava muito pouco para o jantar converter-se em uma batalha feroz e generalizada e apenas o empenho de Jackson, de Belcher, de Harrison, entre outros homens estáveis e racionais, livrou-nos do tumulto.

Então, quando a questão foi colocada de lado, emergiu outra, referente a visões opostas sobre os diferentes pesos nos campeonatos e, novamente, as palavras raivosas e as provocações encheram o ar. Não havia limites precisos entre os pesos leve, médio e pesado e, no entanto, fazia enorme diferença para um pugilista o fato de ser classificado como o mais pesado entre os pesos-leves ou o menos pesado entre os pesos-pesados. Um dos presentes argumentou que era um campeão entre os que estavam perto dos 63 quilos; outro disse que podia enfrentar qualquer um perto dos setenta quilos, mas que não competiria com quem tivesse mais de 75 quilos, afirmação que poderia ter como consequência uma disputa com o invencível Jem Belcher. Faulkner disse ser o campeão entre os mais velhos. Até que o velho Buckhorse desanuviou o clima tenebroso ao provocar gargalhadas assim que lançou o desafio de lutar contra qualquer coisa que tivesse entre quarenta e quinhentos quilos.

A despeito desta pequena pausa de descontração, permaneceu no ar o risco de trovoadas, e Champion Harrison sussurrou em meio ouvido que ele estava certo de que a noite terminaria em briga, de modo que me aconselhava a refugiar-me debaixo da mesa, caso o pior de fato acontecesse. Foi então que o proprietário do estabelecimento entrou apressadamente e entregou um bilhete a meu tio.

Ele o leu e passou-o ao príncipe que o devolveu com um levantar de sobrancelhas e um gesto de surpresa. Então, meu tio levantou-se com o pedaço de papel na mão e um sorriso no rosto.

— Cavalheiros, — disse ele —, há um forasteiro lá fora que deseja lutar com o melhor pugilista desta sala.

## Capítulo XI
## A luta na cocheira

Ao anúncio conciso seguiu-se um silêncio de surpresa e, em seguida, vieram gritos e risadas. Até podia haver divergência sobre quem era campeão em cada categoria de peso, mas não havia dúvidas sobre o fato de estarem naquela mesa todos os campeões de todas as categorias Um desafio tão audacioso, dirigido a cada um e a todos, sem atenção a pesos e a idades, não podia ser visto senão como uma piada. E era uma piada que poderia custar caro ao brincalhão que era o autor.

— Isso é verdade? — perguntou meu tio.

— Sim, sir Charles. O homem espera lá embaixo — respondeu o proprietário do estabelecimento.

— É um garoto — disseram alguns. — Alguém deve estar pregando uma peça em nós.

— Não creio nisso — disse o proprietário. — Ele parece ser um homem decente, a julgar por suas roupas, e ele foi sério ao fazer o desafio, ou eu muito me engano ao julgar os homens.

Meu tio conversou em voz baixa com o príncipe de Gales durante um momento e, finalmente, disse:

— Bem, cavalheiros, a noite ainda é uma criança e, se algum de vocês quiser mostrar suas habilidades aos companheiros, a ocasião é a mais propícia.

— Qual é o peso dele, Bill? — perguntou Jem Belcher.

— Tem pouco mais de um metro e oitenta e cerca de oitenta quilos, sem as roupas e sem calçados.

— Peso pesado! — gritou Jackson. — Quem o enfrentará?

Todos queriam, a começar por Dutch Sam. O ar encheu-se de gritos roucos, cada um a argumentar por que motivo deveria ser o escolhido. Lutar no momento em que estavam animados pelo vinho e prontos para desatinos e, acima de tudo, lutar em frente a um grupo tão seleto, na presença do príncipe, era uma ocasião a ser aproveitada. Apenas Jackson, Belcher, Mendoza e mais um ou dois do grupo dos mais velhos e famosos permaneceram em silêncio, a cogitar se deveriam aceitar uma luta tão irregular.

— Bem, não é possível que todos vocês lutem — observou Jackson, quando a balbúrdia arrefeceu. — Quem decidirá é quem preside a mesa.

— Talvez Sua Alteza Real tenha a preferência — disse meu tio.

— Por Júpiter, eu lutaria com ele se minha posição fosse diferente — disse o príncipe cujo rosto se tornara mais vermelho e os olhos, mais brilhantes. — Você já me viu lutar, Jackson! Você sabe de minha capacidade!

— Já vi Sua Alteza lutar e senti seu valor real — disse Jackson, com cortesia.

— Talvez Jem Belcher possa mostrar-nos suas habilidades — disse meu tio.

Belcher negou com a cabeça e disse:

— Temos aqui meu irmão Tom que não lutou ainda em Londres, senhor. Ele seria um adversário mais justo.

— Deixe que lute comigo! — gritou Joe Berks. — Esperei por meu momento a noite inteira e lutarei com qualquer um que queira aparecer mais do que eu. Ele é minha caça, mestres. Deixem-no comigo se quiserem ver como se prepara uma boa cabeça de novilho. Mas, se me colocarem diante de Tom Belcher, eu o enfrentarei, como também posso enfrentar Jem Belcher ou Bill Belcher ou qualquer outro Belcher de Bristol.

Estava claro que Berks havia chegado a ponto de ter de enfrentar alguém. Seu rosto abrutalhado mostrava voracidade, e as veias saltavam de sua testa, enquanto seus olhos acinzentados encaravam com ferocidade cada um dos lutadores para provocar brigas. Suas mãos enormes estavam cerradas, e ele brandiu uma delas ameaçadoramente no ar enquanto seus olhos de bêbado passeavam pela mesa.

— Penso que todos concordam comigo, cavalheiros, que Joe Berks precisa de exercício e de ar fresco — disse meu tio. — Com a anuência de Sua Alteza Real e de todos os demais presentes, eu o escolho nosso campeão para esta luta.

— Os senhores me deixam orgulhoso — disse um cambaleante Berks, ao pegar seu casaco. — Se eu não acabar com ele em cinco minutos, eu nunca mais verei Shropshire novamente.

— Espere um pouco, Berks — alguém gritou —, onde será a luta?

— Onde quiserem, mestres. Luto com ele em cima de uma ponte estreita ou no teto de uma carruagem, se preferirem. Ponham-nos de igual para igual e deixem o resto comigo.

— Eles não podem lutar aqui dentro, com toda essa bagunça — disse meu tio. — Onde poderia ser?

— Pela minha alma, Tregellis — disse o príncipe. — Acho que nosso amigo desconhecido deve ter uma palavra a dizer sobre o assunto. Ele pode sentir-se explorado caso você não lhe conceda a escolha de alguma condição.

— O senhor está certo. Devemos chamá-lo aqui.

— Coisa fácil de se fazer porque aí vem ele entrando — disse o proprietário do lugar.

Olhei em direção à porta e vi um rapaz alto e bem-vestido, com um sobretudo marrom e um chapéu preto. No instante em que ele ficou de frente, agarrei o braço de Champion Harrison com as duas mãos. E falei, aflito:

— Harrison, é Boy Jim!

Por algum motivo a possibilidade ou a probabilidade de vê-lo ali ocorreu-me desde o início e acredito que o mesmo tenha acontecido com Harrison, pois eu já havia notado seu rosto se tornando mais grave e perturbado desde o momento do anúncio do forasteiro. Assim que passou o espanto com a entrada de Jim na sala, Harrison se levantou e gesticulou de maneira agitada.

— É meu sobrinho Jim, cavalheiros — gritou ele. — Ele ainda não tem 20 anos e veio aqui contra minha vontade.

— Deixe-o em paz, Harrison — gritou Jackson. — Ele é grande o suficiente para cuidar de si!

— Esse assunto já avançou — disse meu tio. — Penso, Harrison, que você é um desportista bom o suficiente para não querer deixar que ele mostre se puxou a você.

— Ele é bem diferente de mim — falou Harrison, aflito. — Mas lhes digo o seguinte, cavalheiros: nunca pensei em subir em um ringue novamente, mas enfrentarei Joe Berks com prazer, apenas para que apreciem um pouco de esporte.

Boy Jim avançou em direção ao tio e pousou a mão em seu ombro.

— Tenho de fazer isso, tio — ouvi-o sussurrar. — Lamento contrariá-lo, mas eu já decidi e tenho de seguir em frente.

Harrison deu de ombros.

— Jim, Jim, você não sabe o que está fazendo! Mas já vi você se decidir assim antes e sei que nada mais posso fazer.

— Acredito, Harrison, que sua oposição caiu por terra — disse meu tio.

— Não posso tomar seu lugar?

— O senhor quer que digam que eu lancei um desafio e que deixei que outro tomasse meu lugar? — disse Jim, em voz baixa. — Esta é minha única chance. Em nome do céu, não fique em meu caminho.

Uma luta de emoções conflitantes era visível no rosto habitualmente sereno do ferreiro. Por fim, ele bateu o punho na mesa com força.

— Não é minha culpa! Se era para ser, será. Jim, garoto, em nome de Deus, lembre-se de manter as distâncias e saiba se portar diante de um lutador que poderia lhe dar um soco potente.

— Estava certo de que Harrison não seria um empecilho ao esporte — disse meu tio. — Estamos felizes que tenha vindo aqui para combinarmos as condições, tendo em vista seu desafio que é digno de um desportista.

— Com quem devo lutar? — perguntou Jim, olhando ao redor da sala.

— Jovem, você verá quem é seu adversário o quanto antes — gritou Berks ao abrir espaço em meio aos colegas, com passadas irregulares. — Você vai precisar de um amigo que o reconheça depois que eu acabar com você.

Jim olhou para ele com profundo desagrado.

— Certamente vocês não querem que eu lute com um homem bêbado! Onde está Jem Belcher?

— É meu nome, jovem.

— Ficaria feliz em enfrentá-lo.

— Você precisa treinar para isso, meu rapaz. Você não pode subir a escada de um só salto, é preciso galgar degrau por degrau. Mostre ser digno de me enfrentar e eu lhe darei uma chance.

— Ficaria agradecido.

— Gosto de seu jeito e lhe desejo o bem — disse Belcher, apertando a mão de Jim.

Os dois pareciam-se tanto de rosto quanto de corpo, embora o homem de Bristol fosse alguns anos mais velho. Ouviu-se um burburinho de frases de admiração e comparações entre os dois homens altos, ágeis e bem-proporcionados.

— Tem alguma preferência por local da luta? — perguntou meu tio.

— Estou em suas mãos, senhor.

— Vamos para Five's Court? — sugeriu sir John Lade.

— Sim, vamos para o Five's Court.

A sugestão, no entanto, não agradou o proprietário do estabelecimento que viu naquele incidente inesperado a chance de lucrar mais um pouco ao reter aqueles desportistas perdulários.

— Se for conveniente para todos, não há necessidade de ir tão longe. Minha cocheira, lá no fundo do quintal, está vazia e um lugar melhor apara o embate os senhores não encontrarão — disse ele.

Houve aprovação geral diante da sugestão da cocheira e os que estavam perto da porta começaram a sair, na esperança de tomar os melhores lugares do lugar escolhido. Meu robusto vizinho de mesa, Bill Warr, puxou Harrison para um lado.

— Eu colocaria um ponto final nisso, se fosse você — cochichou ele.

— E eu de bom grado colocaria, se pudesse. Não é desejo meu vê-lo lutar. Mas ninguém consegue fazer com que desista de algo quando ele se decide.

A soma de todas as lutas que já enfrentara não havia levado o pugilista Harrison a um estado de agitação como o daquele momento.

— Então, encarregue-se dele e pegue o valentão, quando as coisas derem errado. Você conhece o recorde de Joe Berks?

— Ele é do meu tempo.

— Bem, ele é um terror, e isso é tudo. Só o Belcher pode dominá-lo. Você viu o homem por si mesmo: 1m82, 88 quilos e muita maldade. Belcher o venceu duas vezes, mas, na segunda, teve trabalho.

— Bem, teremos de pagar para ver. Você não viu Boy Jim mostrar a força de seus músculos, do contrário teria mais fé em sua sorte. Ele só tinha 16 anos quando cortou a crista do Galo de South Downs e tem evoluído muito desde então.

Os convivas se dirigiam para a porta e tagarelavam escada abaixo e, então, seguimos a corrente. Caía uma chuva fina, e as luzes amareladas que saíam das janelas iluminavam os paralelepípedos do quintal. Foi bom sentir o ar úmido e limpo depois de deixar a atmosfera fétida da sala de jantar. Na outra extremidade do quintal, havia uma porta muito iluminada pelas lamparinas do interior do lugar e, através dela, eles passaram, amadores e pugilistas, acotovelando-se uns aos outros na ânsia de conseguir um bom lugar. Sendo eu um rapaz de pequeno porte, nada teria visto se não tivesse achado um grande balde emborcado em um canto que me serviu bem quando subi nele e encostei as costas em uma parede para escorar-me.

Era um galpão com chão de madeira e um quadrado aberto na parte central do teto, em cujas beiras viam-se as cabeças dos moços de estrebaria e dos cocheiros olhando para a sala de arreios, logo abaixo. Lanternas de estábulo estavam suspensas em cada canto e uma enorme lamparina pendia de uma viga central. Trouxeram uma corda enrolada, e quatro homens prontificaram-se a segurá-la em quatro extremidades, sob as ordens de Jackson que improvisou assim a delimitação de um ringue.

— Qual será o espaço para eles? — indagou meu tio.

— Sete metros e meio, pois eles são grandes, senhor.

— Muito bem. E meia hora entre os *rounds*, suponho. Serei árbitro, se sir Lothian Hume fizer o mesmo, e você pode controlar o tempo e apitar, Jackson.

Com grande rapidez e exatidão todos os preparativos foram completados por aqueles homens experientes. Mendoza e Dutch Sam foram designados para dar assistência a Berks, enquanto Belcher e Jack Harrison fariam o mesmo por Boy Jim.

Toalhas, esponjas e um odre com conhaque passaram de mão em mão e por cima das cabeças dos integrantes da pequena multidão até chegar aos assistentes.

— Eis nosso homem — disse Belcher — Venha cá, Berks, ou iremos aí buscá-lo.

Jim surgiu com o peito nu e com um lenço grande e colorido servindo de cinto para o calção. Gritos de admiração explodiram em meio à audiência quando viram as linhas de seu corpo, e eu me vi berrando junto aos demais. Seus ombros eram mais inclinados do que volumosos, seu tórax não era muito inflado, mas com a quantidade ideal de músculos, em curvas longas e suaves que se prolongavam pelo pescoço e pelos ombros, e dos ombros para os cotovelos. O trabalho com bigorna, na ferraria, havia desenvolvido ao máximo seus braços, e seu estilo saudável de viver, típico do interior, proporcionou-lhe um bom viço para sua pele de marfim que brilhava à luz das lamparinas. Sua expressão era espirituosa e confiante, e ele tinha um meio sorriso ameaçador, do tipo que eu vira algumas vezes em nossa infância e significava, eu bem sabia, que seu orgulho sempre prevaleceria e que era mais fácil ele perder os sentidos do que a coragem.

Enquanto isso, Joe Berks entrava muito convencido de si, e postava-se de pé e com braços cruzados entre seus assistentes, no canto oposto. Seu rosto não era alerta como o de seu oponente e sua pele, de um branco amarelado, com músculos saltados no tórax e nas costelas parecia, até para meus olhos desacostumados, terem sido moldados em treinamentos. Uma vida passada a tomar copos e mais copos de bebida tinha deixado seu corpo um pouco flácido e pesado. Por outro lado, ele era conhecido pela impetuosidade e pela potência de seu soco, de modo que, mesmo com a vantagem da juventude e do bom condicionamento, as apostas eram de três contra um, em seu favor. Seu maxilar enorme e seu rosto sem barba mostravam ferocidade e coragem, e ele olhava para Jim com raiva em seus olhos pequenos e injetados de sangue, projetando seus músculos saltados para frente, como um cão de caça esperando que seu dono o solte para atacar.

O som resultante do tumulto de apostas superava qualquer outro som. Homens gritavam seus palpites de um extremo ao outro da cocheira e levantavam as mãos para atrair a atenção ou como sinal de que tinham fechado uma aposta. Sir John Lade, de pé bem diante de mim, gritava suas razões contra aqueles que preferiam a aparência do desconhecido.

— Já vi Berks lutar — disse ele ao honorável Berkeley Craven — Nenhum palerma do interior vai vencer um homem com desempenho comprovado.

— Ele pode até ser um palerma do interior — o outro respondeu — mas sou um juiz bem treinado na avaliação de qualquer coisa que fique de pé em duas pernas ou, se preferir, em quatro. E vou dizer-lhe o seguinte, sir John: nunca vi um homem tão promissor em minha vida. Ainda aposta contra ele?

— Três contra um.

— Cada unidade valendo cem libras.

— Muito bem, muito bem, Craven! Aí vão eles! Berks! Berks! Bravo! Berks! Bravo! Penso, Craven, que você me pagará esse dinheiro.

Os dois lutadores estavam de pé, frente a frente, Jim tão leve sobre seus pés quanto um bode, com sua mão esquerda meio recuada e sua direita mais adiantada, na altura de seu tórax, enquanto Berks tinha os dois braços meio estendidos e seus pés quase na mesma linha, fincados no chão, de modo a poder atacar com qualquer mão. Durante um instante eles se olharam. Então Berks inclinou a cabeça, avançou por baixo e desferiu seu soco atingindo Jim de raspão. Foi mais um soco desajeitado do que um golpe de verdade, mas uma gota de sangue apareceu no canto de sua boca, e ele cambaleou. Rapidamente os assistentes pegaram os lutadores e levaram-nos cada um para seu lado do ringue.

— Importa-se em dobrar nossa aposta? — indagou Berkeley Craven, que esticava o pescoço para avistar Jim.

— Quatro contra um em favor de Berks! Quatro contra um! — gritaram alguns.

— Veja você, as apostas subiram. Quer apostar quatro a um, em centenas?

— Muito bem, sir John.

— Você parece gostar ainda mais dele depois que foi atingido.

— Ele foi empurrado e aguentou o golpe. Além disso, gostei de seu olhar ao se endireitar novamente.

— Eu prefiro o veterano. Aí vão eles novamente! O rapaz tem um belo estilo, sabe se defender bem, mas não ganhará pela beleza.

A luta recomeçara, e eu pulava em cima do balde emborcado, de tanto entusiasmo. Era evidente que Berks queria acabar com a disputa o quanto antes, enquanto Jim, aconselhado por dois dos mais experientes homens da Inglaterra, estava ciente de que a tática correta era a de levar o valentão ao esgotamento de suas forças e de seu fôlego. Havia algo de terrível na energia que Berks colocava em seus socos, pois ele grunhia em cada ataque. Nesses instantes, eu fixava o olhar em Jim, da mesma forma que eu costumava fazer ao mirar algum barco encalhado na costa de Sussex quando ondas sucessivas batiam em seu casco até que fosse tristemente estraçalhado. No entanto, a luz das lamparinas iluminava o rosto alerta e claro do rapaz, e eu via seus olhos bem abertos e sua boca bem firme, enquanto os golpes raspavam seus antebraços ou, diante de seu rápido desvio de cabeça, passavam zunindo acima de seus ombros. Mas Berks, além de violento, era ardiloso. Gradualmente ele levou Jim para um ângulo das cordas onde não havia espaço para desvios e então, quando o rapaz estava encurralado, ele voou sobre ele como um tigre. O que aconteceu em seguida foi tão rápido que eu não sei descrever a sequência de movimentos, tudo o que lembro foi de ver Jim parar de desviar e de ouvir um golpe seco, sonoro, e então lá estava Jim dançando no meio do ringue e Berks curvado e com um joelho no chão do ringue, com uma mão no olho.

Quantos gritos! Pugilistas, cavalheiros, príncipe, rapazes da estrebaria, proprietário, todos gritavam a plenos pulmões. O velho Buckhorse saltitava perto de mim, fazendo críticas e dando opiniões em um jargão tão obsoleto que ninguém entendia suas palavras. Seus olhos baços brilhavam, seu rosto de textura de pergaminho tremia de agitação e seu estranho grito musical sobressaiu-se na balbúrdia. Os dois lutadores haviam corrido para seus cantos, um dos assistentes esfregava seus corpos com esponjas e outro dava batidas leves de toalha em seus rostos. Enquanto isso, eles, de braços pendentes e com as pernas estendidas, tentavam inspirar todo o ar que podiam para dentro de seus pulmões no breve espaço de tempo a que tinham direito.

— Onde está o palerma do interior agora? — perguntou Craven, com jeito triunfante. — Você já tinha testemunhado golpe tão magistral?

— Certamente ele não é nenhum inexperiente — disse sir John, balançando a cabeça — Qual é sua aposta em Berks, lorde Sole?

— Dois contra um.

— Aposto cem contra cada unidade.

— Aí está sir John Lade tentando se garantir! — disse meu tio, sorrindo sobre os ombros para mim.

— Tempo! — disse Jackson, e os dois lutadores avançaram para o centro do ringue novamente.

Aquele *round* foi bem mais curto do que o anterior. Berks tinha sido orientado a bater e a acertar a qualquer custo para fazer bom uso de seu excesso de peso e de sua força extraordinária e, assim, anular rapidamente o bom condicionamento físico de seu adversário. Por seu lado, Jim, diante da experiência no *round* precedente, estava menos disposto a fazer grandes esforços para manter-se longe do outro. Ele mirou na cabeça de Berks quanto este avançou com toda força e perdeu o soco, recebendo, em troca, um golpe violento que deixou a marca de quatro falanges raivosas em suas costelas. Ao aproximarem-se, Jim conseguiu segurar a cabeça esférica do adversário debaixo de um dos braços e deu-lhe dois golpes com o cotovelo do outro braço dobrado, mas, graças a seu peso, o veterano soltou-se e os dois rolaram pelo chão, sem fôlego, lado a lado. Jim levantou-se rapidamente e rumou para seu canto, enquanto Berks, aturdido pelos excessos do jantar, foi para seu lado amparado pelos dois assistentes.

— Vamos encher este fole! — gritou Jem Belcher. — Quem agora se arrisca a apostar quatro contra um?

— Dê-nos tempo para arrancar a tampa da caixa de pimenta — disse Mendoza. — A noite será nossa.

— Até parece! — disse Jack Harrison. — Ele já tem um dos olhos fechado. Aposto todo o dinheiro que trago comigo que meu garoto vence.

— Quanto? — perguntaram várias vozes.

— Duas libras, quatro xelins e três pences — gritou Harrison, contando toda a riqueza que tinha consigo.

— Tempo! — gritou Jackson novamente.

Em um instante estavam os dois no meio do ringue. Jim com a confiança jovial de sempre, e Berks com um sorriso congelado em sua cara de buldogue e um brilho iracundo no olho aberto que lhe restava. O meio minuto de descanso não havia sido suficiente para restaurar seu fôlego e seu peito enorme, peludo, arfava de modo barulhento como o som emitido por um cão de caça extenuado.

— Vai lá, garoto! Atropele o homem! — gritaram Harrison e Belcher.

— Respire fundo, Joe! Respire fundo! — gritavam os judeus.

Naquele ponto, houve uma inversão de tática, pois Jim avançou com todo o vigor e com toda a força enérgica de sua juventude, enquanto Berks pagava toda sua dívida com a natureza em razão de tantos danos que havia imposto a seu corpo. Ele arfou, gorgolejou, seu rosto ficou roxo pelo esforço de tomar fôlego, enquanto, em posição de defesa, tentava desviar dos ataques de seu duro antagonista.

— Abaixe-se enquanto ele bater! Abaixe-se para se poupar! — gritou Mendoza.

Mas não havia mudança no estilo de luta de Berks. Ele sempre fora um valentão destemido e recusava-se a curvar-se diante de um adversário enquanto suas pernas pudessem sustentá-lo. Ele afastou Jim com seu braço comprido e, embora o rapaz saltitasse em sua volta à procura de uma abertura para atacar, Berks manteve-se firme, como se houvesse uma barra de ferro para separá-lo do outro. O tempo agora estava em favor de Berks, pois ele se recuperava, respirava melhor e a coloração azulada já ia sumindo de seu rosto. Jim percebeu que sua chance de obter uma vitória rápida escapava-lhe e tentou novamente avançar rápido como um raio sem, contudo, ser capaz de furar a defesa passiva do pugilista veterano. Era em um momento como aquele que a ciência da luta nos ringues deveria manifestar-se e, para a sorte do rapaz, dois de seus mestres estavam a seu lado.

— Acerte nele com a esquerda, garoto, e, depois, dê um soco em seu rosto com a direita — eles gritaram.

Jim ouviu e agiu imediatamente. *Plunk!* Foi o barulho do soco ali nas costelas do adversário. O soco forte foi parcialmente sustentado pelo antebraço de Berks, mas serviu ao propósito de projetar sua cabeça levemente para a frente. *Spank!* Foi o som produzido pelo petardo que era a direita de Jim, um som seco como o da batida de bolas de bilhar. Berks cambaleou, soltou os braços, girou e seu corpanzil foi ao chão com todo seu peso. Ele ainda levantou o tronco e ficou sentado durante alguns segundos. Então, sua cabeça balançou para os lados, e ele caiu para trás com o queixo apontando para o teto. Dutch Sam encostou o odre de conhaque entre os dentes do lutador, enquanto Mendoza o sacudia com força e gritava insultos em seus ouvidos, mas nem o álcool nem as ofensas puderam quebrar aquela serena insensibilidade.

— Tempo! — gritaram os judeus, sendo que a luta já acabara. Depois, soltaram a cabeça de seu homem, que estalou ao bater no chão, e ele ali ficou, com seus enormes braços e pernas estatelados, enquanto cavalheiros e pugilistas pulavam por cima dele para apertar as mãos do ganhador.

Quanto a mim, também tentei avançar em meio à multidão, tarefa nada fácil para um dos homens mais fracos e menores do lugar. De todos os lados, eu ouvia discussão animada a respeito do desempenho de Jim e de suas perspectivas para o futuro.

— Ele é o melhor material que vi desde que Jem Belcher fez sua primeira luta contra Paddington Jones em Wormwood Scrubbs há quatro anos — disse Berkeley Craven — Vocês o verão com o cinturão de campeão antes que ele complete 25 anos, ou eu não entendo de lutas.

— Aquele rosto bonito me custou quinhentas libras — resmungou sir John Lade — Quem podia pensar que ele é tão hábil nos golpes?

— É por isso que penso que, se Joe Berks estivesse sóbrio, ele teria engolido o garoto — disse outro homem — Além do mais, o novato vinha treinando, e o outro estava prestes a explodir como uma batata cozida em excesso ao ser tocada. Nunca vi um lutador tão mole e com fôlego tão ruim. Treine um homem e você terá um cavalo contra uma galinha no ringue.

Alguns concordaram com o homem, outros discordaram, e uma discussão acalorada foi travada perto de mim. Nesse momento, o príncipe bateu em retirada, e este foi o sinal para que a multidão começasse a dirigir-se para a porta de saída. Assim, pude finalmente chegar ao canto onde Jim terminava de vestir-se e onde Champion Harrison, com lágrimas de alegria a brilharem em seu rosto, ajudava-o com o sobretudo.

— Em quatro *rounds*! — ele repetia, em uma espécie de êxtase — Joe Berks vencido em quatro *rounds*! E Jem Belcher fez o mesmo em 14!

— Bem, Roddy — disse Jim, estendendo sua mão para mim. — Eu lhe disse que viria a Londres e que seria famoso.

— Foi esplêndido, Jim!

— Querido Roddy, meu velho! Eu vi seu rosto branco a me acompanhar. Você não muda, nem com suas roupas elegantes, nem com seus amigos londrinos.

— Você mudou, Jim. Quase não o reconheci quando entrou na sala.

— Nem eu — disse o velho ferreiro — Onde arrumou essas vestes caras, Jim? Estou certo de que não foi sua tia quem o ajudou a subir no ringue.

— Foi a senhorita Hinton, que por sinal é a melhor amiga que já tive.

— *Hump!* Eu bem que pensei que fosse ela — resmungou o ferreiro — Bem, não foi meu desejo, Jim, e você vai ouvir umas boas quando voltar para casa. Não sei. Mas, então, se está feito, não se pode mudar. Depois de tudo ela é... Epa, que os deuses calem minha boca desastrada.

Eu não sabia se era o vinho que ele tinha bebido no jantar ou se era a alegria da vitória de Jim que afetava Harrison. O fato é que seu rosto sempre sereno estava com uma expressão perturbada e seus gestos traíam a alternância de embaraço e de júbilo. Jim olhou para ele com curiosidade, imaginando, evidentemente, o que havia por trás das frases cortadas e dos silêncios repentinos. A cocheira já estava vazia. Berks, entre imprecações, já havia cambaleado para a porta e saído amparado por dois companheiros, enquanto Jem Belcher conversava seriamente com meu tio.

— Muito bem, Belcher — ouvi meu tio dizer.

— Seria um grande prazer para mim encarregar-me disso, senhor — disse o famoso campeão, enquanto os dois vinham em nossa direção.

— Gostaria de perguntar-lhe, Jim Harrison, se quer ser meu lutador na disputa contra Crab Wilson, de Gloucester. — disse meu tio.

— É o que desejo, sir Charles, uma chance de abrir meu caminho no pugilismo.

— Há condições pesadas, muito pesadas, acertadas para essa luta — acrescentou meu tio — Você receberá duzentas libras, se ganhar. Este prêmio o satisfaz?

— Eu lutaria apenas pela honra de fazê-lo porque quero me qualificar para lutar com Jem Belcher.

Belcher sorriu, bem-humorado.

— Você vai pelo bom caminho, rapaz — ele disse — Mas você teve uma barbada hoje ao lutar com um bêbado fora de forma.

— Eu não quis lutar contra ele — disse Jim, corando.

— Ora, eu sei que você tem coragem suficiente para lutar contra qualquer coisa que se sustente em dois pés. Soube disso no instante em que pus os olhos em você. Mas quero lembrar-lhe que, ao lutar com Crab Wilson, você enfrentará o homem mais promissor do oeste e que o melhor de lá é provavelmente o melhor da Inglaterra. Ele é tão rápido quanto você e vai treinar cada grama de seus músculos. Digo-lhe isso agora, pois serei seu treinador...

— Meu treinador!

— Sim — disse meu tio. — Belcher consentiu em treiná-lo para a batalha que você anseia travar.

— Fico-lhe imensamente agradecido — disse Jim, emocionado. — A menos que meu tio queira ser meu treinador, não há mais ninguém que me agrade mais.

— Não, Jim. Ficarei com você durante alguns dias, mas Belcher sabe muito mais sobre treinos do que eu. Onde será o alojamento?

— Pensei que seria conveniente para vocês se escolhêssemos o Hotel George, em Crawley. Depois, se tivermos escolha, poderemos optar por Crawley Down, pois, tirando Molesey Hurst e, talvez Smitham Bottom, não há local no interior mais conveniente para lutas. Você concorda?

— Com todo meu coração — disse Jim.

— Então você é meu lutador para esta briga, entende? — disse Belcher. — Sua comida será a minha, sua bebida também, seu sono será meu, e tudo o que terá de fazer é seguir minhas instruções. Não temos nem uma hora a perder, pois Wilson já treina há um mês. Você viu seu copo vazio, hoje à noite.

— Jim seria capaz de lutar pela vida no momento atual — disse Harrison. — Mas iremos para Crawley amanhã. Então, boa noite, sir Charles.

— Boa noite, Roddy — disse Jim. — Você irá à Crawley para ver-me treinar, não é?

Prometi com veemência que iria.

— Você precisa ser mais cuidadoso, sobrinho — disse meu tio ao voltarmos para casa em seu *vis-à-vis* — *En première jeunesse* é comum que fiquemos inclinados a guiar-nos pelo coração e não pela razão. Jim Harrison parece ser um rapaz distinto, mas, antes de tudo, ele é o sobrinho de um ferreiro e um candidato a campeão. Há uma grande lacuna entre a posição dele e a de um parente com meu sangue, e você deve fazer com que ele sinta que você é superior.

— Ele é o amigo mais antigo e mais querido que tenho no mundo, senhor. Desde crianças, nunca tivemos segredos um para o outro. Quanto a mostrar-lhe que sou superior, não sei como fazê-lo, pois sei que ele é superior a mim.

— Hum! — grunhiu meu tio, secamente.

E aquele foi o último som que ele proferiu para mim naquela noite.

Capítulo XII
O Café Fladong

Assim Boy Jim foi para o Hotel George, situado em Crawley, sob os cuidados de Jem Belcher e de Champion Harrison, para treinar para a grande luta contra Crab Wilson, de Gloucester, enquanto, em cada clube e em cada taverna da cidade, comentava-se sobre como ele apareceu no jantar dos aristocratas e sobre como venceu o formidável Joe Berks em quatro *rounds*. Lembrei-me da tarde, em Friar's Oak, em que Jim me falou de sua intenção de tornar seu nome conhecido, e suas palavras transformaram-se em realidade mais cedo do que ele esperava pois, onde quer que fosse, o assunto predominante era a aposta entre sir Lothian Hume e sir Charles Tregellis, e também as perspectivas para os dois combatentes. As apostas eram ainda amplamente favoráveis a Wilson, pois ele tinha disputado muitas lutas e Jim tinha uma única vitória para mostrar ao mundo. Os especialistas em lutas que viram Wilson em ação acreditavam que sua singular tática defensiva, que lhe rendera a alcunha de Crab, poderia desconcertar seu antagonista. Em altura, peso e condicionamento, a diferença era pouca entre os dois adversários, mas Wilson havia sido posto à prova mais vezes.

Poucos dias antes da luta, meu pai fez sua esperada visita a Londres. O marinheiro não morria de amores por cidades. Ele era mais feliz se podia andar por dunas e dirigir sua luneta para a primeira vela de barco que despontasse no horizonte e tinha dificuldade em orientar-se pelas ruas tomadas por multidões nas quais, ele reclamava, era impossível manter o curso com o auxílio do sol e bastante difícil escolher as direções na base de cálculos. Os rumores sobre a guerra seguiam no ar e, assim, ele precisava usar de sua influência com lorde Nelson para conseguir um posto para ele ou para mim.

Como de hábito, meu tio havia-se vestido para a noite com sua roupa de passeio de botões prateados, com suas botas de pelica, seu chapéu redondo, para exibir-se ao longo da avenida Mall. Eu tinha ficado em casa porque já percebera minha falta de gosto pelo mundo das aparências. Aqueles homens, com seus trajes justos, de gestual afetado, com aquela maneira artificial de mostrar-se, haviam se tornado enfadonhos para mim e até meu tio, com seu jeito frio e protetor, enchia-me de sentimentos contraditórios. Meus pensamentos voltavam-se para Sussex, e eu sonhava com os modos simples do interior quando ouvi batidas na porta e, em seguida, uma voz familiar. Foi então que vi o rosto sorridente e curtido pela vida no mar e os olhos azul-claros e cheios de rugas.

— Ora, Roddy, você está mesmo distinto! Mas eu preferia vê-lo com o uniforme azul dos marinheiros do rei a todos esses babados e pregas.

— Eu também preferiria, pai.

— Ouvir isso aquece meu coração. Lorde Nelson prometeu-me que vai achar uma função para você e amanhã vamos visitá-lo para avivar sua memória. Onde está seu tio?

— Passeando pela avenida Mall.

Um olhar de alívio surgiu em seu rosto franco, pois ele nunca ficava à vontade na presença do cunhado.

— Fui ao Almirantado — disse ele — e creio que embarcarei em um de nossos navios quando a guerra for declarada. Ao que tudo indica, não deve demorar muito. Lorde Saint Vincent em pessoa contou-me isso. Estou hospedado no Fladong, Rodney e, se vier jantar comigo, você terá a oportunidade de conhecer alguns dos companheiros que serviram comigo no Mediterrâneo.

Quando se pensa no último ano da guerra, tínhamos 140 mil marinheiros embarcados, sob o comando de quatro mil oficiais, e que metade de todos eles ficou à deriva quando o tratado de paz de Amiens levou seus navios para os ancoradouros de Hamoaze e de Portsdown, é fácil de entender que Londres, assim como todas as cidades portuárias, estava repleta de gente do mar. Não se podia andar pelas ruas sem encontrar alguns desses homens com jeitos de boêmios, de olhos alertas, cuja simplicidade dos trajes denunciava a escassez de dinheiro em seus bolsos, assim como seus ares distraídos atestavam o peso de uma vida de inação forçada, tão contrária a seus hábitos. Ali nas ruas escuras, entre casas de tijolos, aqueles homens estavam fora de lugar, tal como gaivotas, levadas pelo mau tempo, eventualmente são avistadas nos condados da região central da Inglaterra. Enquanto o governo não lhes pagava seus prêmios de guerra, eles se agarravam à chance de mostrar seus rostos bronzeados no Almirantado, iam seguidamente a Whitehall ou encontravam-se à noite para discutir os acontecimentos da última guerra e as perspectivas de o conflito estourar novamente. Os encontros noturnos aconteciam no Fladong, em Oxford Street, que era reservado para o pessoal da Marinha, assim como o Slaughter era para a gente do Exército, e Ibbetson para a Igreja da Inglaterra.

Não fiquei surpreso ao constatar que o salão no qual iríamos jantar estava apinhado de marinheiros, mas lembro-me de impressionar-me de verdade ao observar que todos aqueles homens, que haviam servido nas mais diferentes circunstâncias e em todos os quadrantes do globo terrestre, do Báltico às Índias Orientais, eram moldados na mesma forma a ponto de parecerem-se mais do que muitos irmãos de sangue. As regras de conduta ditavam que todo rosto tinha de estar barbeado com perfeição, toda cabeça empoada, e, na altura do pescoço, um pequeno rabo de cavalo de cabelos naturais que era atado por uma fita de seda negra. A combinação de ventos fustigantes e de calores tropicais fez com que a pele de seus rostos ficasse curtida. Ao mesmo tempo, o hábito de receber comandos e a ameaça recorrente de perigos haviam incutido em todos eles a mesma expressão de autoridade e de alerta permanente. Havia alguns semblantes joviais, mas os oficiais veteranos, com seus rostos marcados por rugas profundas, com seus narizes erguidos, pareciam, em sua maioria, ascetas e austeros, endurecidos pelas intempéries da mesma forma que acontece com a gente dos desertos. Longas vigílias solitárias e a rígida disciplina eram impeditivas de uma verdadeira camaradagem e, tudo junto, deixara naqueles homens a fixidez do olhar que é característica dos índios Pele Vermelha. De tanto observá-los, quase não comi minha refeição. Eu era um jovem, mas sabia que, se havia alguma liberdade na Europa, era àqueles homens que a devíamos. E parecia que eu podia ver o registro, naqueles rostos duros e ásperos, de longos dez anos de lutas que haviam varrido a bandeira tricolor dos mares.

Quando terminamos o jantar, meu pai levou-me ao salão de café, onde uma centena ou mais de oficiais reuniam-se, bebendo vinho e fumando seus longos cachimbos, até que o ar ficou tão pesado quanto o convés de um navio durante uma batalha. Ao entrarmos, ficamos face a face com um oficial veterano que estava de saída. Ele era um homem de olhos grandes e pensativos e de rosto cheio e plácido, o tipo de rosto que se espera ver em um filósofo ou em um filantropo, não em um marinheiro combatente.

— Aqui está Cuddie Collingwood — sussurrou meu pai.

— Olá, tenente Stone! — disse o almirante famoso, alegremente. — Quase não tive ocasião de vê-lo desde que desembarcou do *Excellent*, depois de St. Vincent. Você também teve a sorte de ter estado no Nilo, pelo que ouvi.

— Eu era o terceiro no comando no *Theseus*, sob as ordens de Millar, senhor.

— Quase morri do coração por ter perdido aquilo. Ainda não superei. Pensar em uma expedição tão formidável, enquanto eu estava encarregado de perseguir barcos cheios de verduras e de repolhos em St. Luccars!

— Seu quinhão foi melhor do que o meu, sir Cuthbert — disse uma voz atrás de nós e um homem grande trajado com uniforme completo de capitão avançou para reunir-se a nosso círculo. Seu rosto de mastim estava cheio de emoção, e ele balançava a cabeça com tristeza ao falar.

— Sim, sim, Troubridge, posso entender e simpatizo com seus sentimentos.

— Vivi um tormento naquela noite, Collingwood. Fiquei tão marcado que só esquecerei quando morrer e for jogado ao mar dentro de um saco de lona de velas. Ver minha bela *Culloden* encalhada em um banco de areia, bem perto do local da batalha! Ouvir e assistir às lutas a noite inteira, sem poder atirar e nem mesmo apontar os canhões. Duas vezes abri minha caixa de pistola para estourar meus miolos, e foi apenas a ideia de um dia Nelson vir a mim com uma incumbência que me impediu de fazê-lo.

Collingwood apertou a mão do desafortunado capitão.

— O almirante Nelson não tardou em dar-lhe uma tarefa, Troubridge — disse ele. — Todos nós ouvimos a respeito de seu cerco a Capua e sobre como posicionou seu barco de maneira brilhante e disparou sua canhoneira de modo certeiro.

A melancolia desapareceu do rosto intenso do grande marinheiro e sua gargalhada encheu a sala.

— Não fui nem tão inteligente nem tão lerdo para saber lidar com as manobras de zigue-zague dos inimigos — disse ele. — Nós apenas nos posicionamos de frente e atiramos em suas torres de vigia até que eles perdessem as forças. Mas onde o senhor esteve, sir Cuthbert?

— Estive com minha esposa e minhas duas filhas em Morpeth, no norte. Eu as vi apenas uma vez em dez anos e é bem possível que outra década transcorra até que eu possa vê-las novamente. Mas enquanto estive por aquelas bandas prestei serviços para a frota.

— Pensei que fosse no interior — disse meu pai.

Collingwood tirou um pequeno saco preto de seu bolso e o balançou.

— Era no interior — disse ele. — E mesmo de lá fiz um bom trabalho para a frota. O que pensa que trago neste saco?

— Munição — disse Troubridge.

— Algo de que um marinheiro precisa mais do que munição — respondeu o almirante, ao mesmo tempo que abria e virava o saco na palma de sua mão onde despejou algumas bolinhas. — Eu as carrego comigo em meus passeios ao ar livre e onde quer que eu veja um local propício, planto uma destas enterrando-a bem fundo com o auxílio da ponta de minha bengala. Os carvalhos que planto serão de ajuda contra os patifes nas lutas no mar muito depois que eu tiver caído no esquecimento. Você sabe, tenente, quantos carvalhos são necessários para construir um barco com oitenta canhões?

Meu pai negou com um balançar de cabeça.

— Nada menos do que dois mil. Cada nau de duas pontes ostentando a flâmula branca significa um bosque a menos na Inglaterra. Como poderão nossos netos vencer os franceses se não lhes deixarmos árvores para construir seus barcos?

Ele recolocou o saquinho no bolso, pousou o braço sobre o de Troubridge e os dois se dirigiram juntos para a porta.

— Aí está um homem que pode lhe servir de exemplo quando você abrir seu próprio caminho pela vida — disse meu pai, ao sentarmos em uma mesa vaga. — Ele é sempre o mesmo cavalheiro tranquilo, com pensamentos direcionados ao bem-estar de sua tripulação e com o coração voltado para a esposa e as filhas que raramente consegue ver. Comenta-se na frota que nunca se ouviu uma imprecação de seus lábios, Rodney, embora seja difícil acreditar que isso não tenha acontecido quando ele era tenente no comando de uma tripulação xucra. Todos amam Cuddie, pois sabem que ele é uma espécie de anjo combativo. Como vai, capitão Foley? Meus respeitos, sir Edward! Ora, há tantos oficiais por aqui que seria possível tripular uma corveta só com eles.

E meu pai prosseguiu:

— Há muitos homens aqui, Rodney, cujos nomes talvez jamais figurem em nenhum livro, exceto no diário de bordo do próprio barco, embora tenham agido de forma tão exemplar quanto qualquer um dos almirantes, seus superiores. Nós os conhecemos e falamos deles nos barcos, mas seus nomes não são pronunciados nas ruas de Londres. Há tanta necessidade de domínio da arte náutica na direção de um simples veleiro durante uma luta quanto no controle de um barco de combate de primeira linha, embora não seja possível obter honra do Parlamento estando em um veleiro. Veja Hamilton, por exemplo, aquele homem de aspecto tranquilo e de rosto pálido que está apoiado naquela pilastra. Foi ele que, com apenas seis barcos a remos, impediu que a fragata de 44 canhões *Hermione* batesse em retirada em Puerto Cabello quando esta foi atacada por duzentos canhões instalados em terra. Foi a ação mais arrojada de toda a guerra. Ali está Jaheel Brenton, aquele com suíças. Foi ele que atacou 12 navios espanhóis de guerra com seu pequeno brigue e forçou quatro dos barcos inimigos a renderem-se. Ali está Walker, do veleiro *Rose* que, com 13 homens atacou três navios mercantes franceses cujas tripulações totalizavam 146 pessoas. Ele afundou um, capturou outro e perseguiu o terceiro. Como vai, capitão Ball? Espero que esteja bem.

Dois ou três conhecidos de meu pai que estavam por perto aproximaram-se mais de nós com suas cadeiras e logo um círculo formou-se, todos falando alto sobre assuntos do mar. Eles brandiam seus longos cachimbos de bocal vermelho uns na direção dos outros enquanto falavam. Meu pai sussurrou em meu ouvido que o homem a seu lado era o capitão Foley, do *Goliath*, que liderou a linha de frente no Nilo, e que o homem alto, magro e de cabelos castanhos era lorde Cochrane, o mais impetuoso capitão de fragata da Marinha. Mesmo em Friar's Oak nós ouvíamos como, no pequeno *Speedy*, de 14 pequenos canhões e com tripulação de 54 homens, ele havia tomado a fragata espanhola *Gamo*, com tripulação de trezentos homens. Era fácil notar que ele era um homem ágil, irascível e sanguíneo, pois ele conversava sobre suas queixas, tendo o rosto sardento constantemente inflamado de emoção.

— Só faremos algo de bom para o oceano quando enforcarmos os negociantes dos estaleiros — ele disparou. — Eu teria a cabeça de um deles como escultura de proa em cada barco de primeira classe da frota e, para cada fragata, colocaria um fornecedor de provisões. Eu os conheço bem, são pessoas rudes, feitas com parafusos do diabo, capazes de arriscar as vidas de quinhentos homens para que possam obter lucro ao roubar umas poucas libras de cobre. O que aconteceu com o barco *Chance,* e com o *Martin,* e com o *Orestes*? Naufragaram em alto-mar e nunca mais soubemos deles, e eu digo que suas tripulações foram assassinadas.

Lorde Cochrane parecia expressar a opinião de todos porque, em seguida, ouviu-se um murmúrio de concordância, seguido de imprecações dos marinheiros de nosso círculo.

— Os patifes do outro lado do mar lidam melhor com essa gente — disse um capitão caolho que usava a fita azul e branca de St. Vincent no terceiro botão do uniforme. — Eles jogam longe suas cabeças quando eles fazem alguma tolice. Alguém já viu algum barco sair de Toulon em estado parecido ao de minha fragata de 38 canhões ao deixar Plymouth no ano passado? Seus mastros estavam tão ruins que, de um lado, as velas ficavam rígidas como chapas de ferro e, do outro, frouxas como grinaldas esvoaçantes. O pior veleiro que já deixou um porto francês podia ganhar em rapidez, mas quem se arriscou a terminar em uma corte marcial fui eu e não o trapalhão de Devonport.

Os veteranos gostavam de resmungar e bastava um deles se queixar para seu vizinho acrescentar outra desventura, cada um mais amargo do que o outro.

— Reparem em nossas velas! — disse o capitão Foley. — Coloque ancorados, lado a lado, um barco inglês e um barco francês. Como se pode dizer qual é qual?

— O francês tem a vela da proa e a vela principal bem parecidas — disse meu pai.

— Nos barcos antigos, talvez. Mas quantos dos barcos novos são feitos no modelo francês? Não! Quando estão ancorados, é impossível distinguir. Mas, quando levantam velas, como é que se pode distingui-los?

— Os franceses têm velas brancas — disseram várias vozes.

— E as nossas são enegrecidas e apodrecidas. Esta é a diferença. Não é à toa que navegam mais rápido do que nós se o vento passa através de nossas velas.

— No *Speedy* — disse Cochrane — as velas eram tão finas que, quando fazia meus cálculos, eu sempre determinava o meridiano através da vela da gávea e o horizonte através da vela de traquete.

Houve gargalhadas diante dessa observação e, logo em seguida, eles recomeçaram a ladainha, deixando fluir em suas conversas todas as ninharias desgastantes e as queixas represadas e acumuladas durante anos de serviço, pois uma rígida disciplina proibia que se expressassem enquanto seus pés estivessem pisando no convés de um barco. Um deles reclamou da pólvora ao dizer que precisava de nada menos do que um quilo e setecentos gramas para atirar uma bala de canhão a uma distância de 914 metros. Outro amaldiçoou as cortes do almirantado, onde era comum o prêmio referente à captura de um barco com mais de três mastros converter-se em prêmio equivalente ao da captura de uma escuna. O velho capitão falou das promoções resultantes de interesses de parlamentares que colocavam rapazolas na cabine de capitão quando eles deveriam estar, no máximo, na sala de munição. Então, voltaram a falar sobre as dificuldades de montar tripulação para seus navios, e todos falaram ainda mais alto e perderam-se na confusão de lamúrias.

— De que serve construir novos barcos — argumentou Foley — se mesmo com um subsídio de dez libras não se pode atrair gente para os barcos que já temos?

Lorde Cochrane não concordou neste quesito.

— Atrairia marinheiros, senhor, se os tratasse bem — disse ele. — O almirante Nelson consegue tripular seus barcos. O mesmo acontece com o almirante Collingwood. Por quê? Porque eles se preocupam com suas tripulações e suas tripulações se preocupam com eles. Deixe que eles e os oficiais se conheçam e respeitem uns aos outros e então não haverá dificuldades em manter uma tripulação. É esse plano infernal, que consiste em transferir tripulações de um barco para outro, deixando para trás seus oficiais, que desgraça a Marinha. Eu nunca tive dificuldades e ouso jurar que, se eu içar bandeira amanhã mesmo, com certeza terei meus *speedies* de volta além de tantos outros voluntários quanto eu queira.

— Isso é certo, lorde — disse o velho capitão, de maneira calorosa. — Quando os marujos ouvirem que o *Speedy* capturou cinquenta barcos em 13 meses, certamente se apresentarão como voluntários. Todo bom cruzador preenche sua quota de homens com rapidez. Mas não são os cruzadores que entram nas batalhas nem que efetuam os bloqueios dos portos inimigos. Sustento que todo prêmio de guerra deveria ser dividido entre toda a frota e que até que se tenha esta regra os melhores homens sempre estarão servindo onde são menos úteis para a nação mas onde têm esperanças de obter maiores proveitos.

Esse argumento provocou protestos entre os oficiais que serviam em cruzadores e, ao mesmo tempo, manifestações de concordância entre aqueles que serviam na linha de frente e que eram mais numerosos naquele círculo. A julgar pelos rostos afogueados e pelos olhares contrariados, era evidente que aquela questão provocava sentimentos intensos em ambos os lados.

— Ao cruzador o que é do cruzador — disse um capitão de fragata.

— O senhor quer dizer — disse Foley — que os deveres de um oficial em um cruzador requerem mais cuidado e maior habilidade profissional do que entre os oficiais cuja tarefa é fazer bloqueios, com os ventos de oeste a fustigá-los e a imagem dos mastros de esquadrões do inimigo sempre presente?

— Não digo que sejamos mais hábeis, senhor.

— Então, por que deveria reclamar um prêmio maior? O senhor vai negar que um marinheiro cuidando de um mastro presta mais serviços em uma fragata veloz do que um tenente parado em uma nau de guerra?

— No ano passado — disse um oficial de jeito aristocrático que passaria por citadino não fosse a pele acobreada por raios de sol — no ano passado, eu trouxe de volta do Mediterrâneo o velho *Alexander*, flutuando como um barril vazio e tendo como carga apenas a glória de ter servido à Inglaterra no bloqueio. No Canal, encontramos a fragata *Minerva*, vinda do oceano Atlântico, quase submersa a bombordo e com as escotilhas mal fechadas em razão da quantidade de pilhagem que carregava, o que a tornava valiosa demais. Havia lingotes e bandejas de prata por toda parte e até pendurados nos mastros. Meus marujos estiveram a ponto de abrir fogo para apropriar-se de tudo aquilo, mas foram dissuadidos. Eles ficaram loucos em pensar em todo sacrifício que tinham feito no sul para depois verem aquela fragata desfilar sua riqueza diante de seus olhos sem nada ganharem.

— Não entendo a mágoa deles, capitão Ball — disse Cochrane.

— Talvez possa entender quando for promovido a capitão de um barco com dois deques, senhor.

— O senhor fala como se um cruzador não fizesse mais nada além de pilhar navios inimigos. Se esta é sua opinião, permito-me dizer que o senhor entende pouco do assunto. Já comandei um *sloop*, uma corveta e uma fragata e em cada uma havia uma grande variedade de tarefas a serem cumpridas. Tive de driblar barcos de combate do inimigo e de lutar contra cruzadores. E também perseguir e capturar corsários e impedir fugas quando buscavam abrigo perto da artilharia instalada em terra. Tive de tomar fortalezas e desembarcar meus homens para destruir canhões e cortar comunicações. Tudo isso, além de fazer escoltas, reconhecimento de áreas, colocando-nos em risco para conhecer os movimentos do inimigo. Tudo isso é tarefa para um cruzador. Digo com ênfase que o homem que realiza essas coisas com sucesso merece obter mais do governo do que o oficial de um barco de guerra que só fez navegar para lá e para cá, de Ushant a Black Rocks, e daqui para lá novamente, a ponto de formar recifes apenas com os ossos de costelas de suas refeições que vai jogando ao mar.

— Senhor — disse o veterano, injuriado —, o oficial que o senhor descreve não corre o risco de ser confundido com um corsário.

— Fico surpreso, capitão Bulkeley — respondeu Cochrane, com vivacidade — que o senhor chegue ao ponto de igualar os termos oficial do rei e corsário.

Uma tempestade formava-se entre aqueles lobos do mar de cabeças quentes e de falas cortantes, e foi então que o capitão Foley encaminhou a discussão para o assunto dos barcos novos em construção nos portos da França. Eu me interessava bastante em escutar aqueles homens que passavam suas vidas a combater nossos vizinhos e a esmiuçar seus métodos e personalidades. Você, que vive em tempos de paz e de concórdia, não pode imaginar o ódio da Inglaterra em relação à França e, acima de tudo, em relação a seu líder. Era muito mais do que simples preconceito ou antipatia. Era uma aversão profunda, agressiva, da qual você pode fazer uma ideia se folhear os jornais ou reparar nas caricaturas da época. A palavra "francês" só era pronunciada juntamente com os epítetos "patife" ou "canalha". Em todos os níveis sociais e em todas as partes do país o sentimento era igual. Os marujos de nossos navios lutavam ferozmente contra os franceses, com uma agressividade que nunca teriam demonstrado caso os inimigos fossem dinamarqueses, holandeses ou espanhóis.

Se hoje, passados cinquenta anos, você me pergunta a razão de um sentimento tão virulento contra os franceses, digo que era o medo. Não medo deles individualmente, é claro. Nossos depreciadores mais venenosos nunca puderam chamar-nos de covardes. Era medo da estrela deles, medo do futuro deles, medo do pensamento sutil cujos planos pareciam sempre bem-sucedidos, e medo da mão pesada que derrubava uma nação atrás da outra. Nosso país era pequeno, com uma população, no início da guerra, correspondente a pouco mais da metade da população da França. E, então, a França avançou a grandes passadas, alcançando, ao norte, a Bélgica e a Holanda e, ao sul, a Itália, enquanto nós nos enfraquecíamos com as dissensões internas entre católicos e presbiterianos na Irlanda. O perigo era iminente e óbvio até para o homem mais incapaz de refletir. Não se podia passar pela costa de Kent sem reparar nas torres de vigia erguidas para alertar o país sobre um eventual desembarque do inimigo e, se o sol brilhava lá pelos lados da Bolonha, até dava para avistar os reflexos de seus raios nas baionetas dos veteranos franceses em suas manobras militares. Não é de admirar que o medo do poderio francês estivesse incrustado no coração do homem mais valente, e um medo daqueles, como sempre ocorre, gera o ódio mais profundo.

Assim, os oficiais começaram a falar mal do inimigo. Eles odiavam os franceses sinceramente e, seguindo o costume de meu país, diziam bem alto o que se passava em seus corações. Dos oficiais franceses eles falaram de modo cavalheiresco, mas, em relação ao país, exprimiram todo seu horror. Os mais velhos haviam lutado contra os franceses na América e depois, novamente, durante uma década, o desejo mais ardente de seus corações era passar o resto de suas vidas a combatê-los. Se fiquei surpreso ao perceber a virulência da animosidade contra os franceses, fiquei ainda mais ao notar como tinham seus antagonistas em alta conta. A longa sucessão de vitórias inglesas que, ao final, obrigou os franceses a recuarem para os próprios portos, no desespero, e a renunciar à luta, fez os ingleses acreditarem que, pelas regras da natureza, um inglês no mar era sempre superior a um francês no mar. Mas aqueles homens que tinham ido às batalhas não pensavam assim. Eles elogiavam a valentia do adversário e apontavam as razões de sua derrota. Lembravam que os oficiais da Marinha francesa haviam sido, no passado, aristocratas e lembravam como a Revolução tinha-os varrido de seus navios e de como a força naval, em consequência, tornara-se insubordinada e carente de comando. Essa frota sem liderança havia sido rudemente empurrada de volta para seus portos pela frota inglesa que era bem treinada e bem comandada, de modo que os franceses não tiveram oportunidade de aprender a arte náutica. Sua ação e sua artilharia em terra de nada lhes serviriam quando tivessem de içar velas ou de atirar em um barco de combate que desfilava sobre as ondas do Atlântico. Mas era só deixar que uma de suas fragatas alcançasse o oceano e navegasse livremente durante alguns anos para que sua tripulação pudesse ganhar experiência e aí então um oficial inglês teria de lidar com uma força igual à sua.

Tais eram as considerações dos oficiais veteranos. Eles citavam exemplos de bravura do inimigo, como quando a tripulação do *L'Orient* insistiu em disparar seus canhões durante uma batalha, no momento em que o convés abaixo de onde estavam ardia em chamas, com os marinheiros expondo-se ao risco certo de explodirem pelos ares. A opinião prevalecente entre os oficiais daquela sala era a de que a expedição à Índia Ocidental, ocorrida no período de paz, estava sendo um bom treinamento para boa parte da frota francesa e que os franceses estariam prontos a avançar pelo Canal caso a guerra viesse a ser declarada novamente. Mas a guerra recomeçaria? Nós tínhamos gasto somas descomunais e feito esforços imensos para barrar o poderio de Napoleão e para evitar que ele se tornasse o déspota de toda a Europa. O governo inglês se empenharia tanto mais uma vez? Ou seria contido pela dívida monstruosa que penalizaria gerações de ingleses ainda por nascer? Pitt estava lá e, certamente, ele era o tipo de homem que não deixava um trabalho pela metade.

Então, de repente, houve uma agitação na porta do salão. Em meio à nuvem espessa de fumaça de tabaco, vislumbrei um uniforme azul com dragonas douradas e uma pequena multidão formando-se em torno da imagem, enquanto um murmúrio rouco e generalizado dava lugar a aplausos. Todos ficamos de pé, perguntando aos mais próximos o que acontecia afinal. E ainda mais a multidão se agitava e o clamor se inflamava.

— O que é? O que aconteceu? — alguns perguntaram.

— Levante-o! Erga-o! — gritou alguém.

Um instante depois, vi o capitão Troubridge surgir em cima dos ombros de alguns. Seu rosto estava vermelho, como se sob o efeito de muito vinho, e ele parecia escrever uma carta no ar. O clamor desapareceu e veio um tal silêncio que eu podia ouvir o farfalhar da papelada que ele tinha em mãos.

— Grandes novidades, cavalheiros! — ele gritou — Novidades gloriosas! O contra-almirante Collingwood me encarregou de comunicá-las a vocês. O embaixador francês recebeu sua papelada nesta noite. Todos os nossos barcos operantes vão receber suas ordens. O almirante Cornwallis deve deixar a baía de Cawsand e partir em direção a Ushant. Um esquadrão vai rumar para o mar do Norte e outro para o mar da Irlanda.

Ele tinha mais a dizer, mas a audiência não pôde esperar. Como gritaram! Como pularam! Que delírio! Veteranos severos, graves capitães de armas, jovens tenentes, todos gritavam como garotos na escola quando as férias começavam. Nem lembrança havia das muitas queixas de há pouco. O tempo ruim havia passado, e os pássaros do mar, cativos em terra, iriam voar sobre as ondas uma vez mais. As notas do hino *God Save the King* dominaram o ambiente. Eu ouvi os antigos versos entoados com tanto ardor que até esqueci de suas rimas pobres e de sua banalidade. Talvez você nunca os escute outra vez daquela forma: aqueles homens fortes cantando com lágrimas correndo em suas faces marcadas e segurando o fôlego. Dias sombrios viriam antes que pudesse ouvir tal canção ou ter outra visão daquela. Aqueles que falam da fleuma de meus compatriotas nunca os viram quando a crosta de lava parte-se e, por um instante, a chama ardente e duradoura do norte mostra-se por completo. Eu pude vê-los, e, se não os vejo mais hoje, isso não significa que sou velho ou tolo o bastante para pensar que aquela chama esteja extinta.

## Capítulo XIII
## Lorde Nelson

O encontro de meu pai com lorde Nelson era logo cedo e ele estava ainda mais ansioso em ser pontual porque sabia que os compromissos do almirante certamente seriam afetados pelas novidades que ouvíramos na noite anterior. Eu mal pude tomar meu café e meu tio nem tinha-se levantado para tomar seu chocolate quando meu pai foi buscar-me na Jermyn Street. Fizemos uma caminhada curta e chegamos ao edifício alto e de tijolos descoloridos em Piccadilly, que servira aos Hamiltons como casa na cidade e que depois Nelson passou a utilizar como quartel-general quando negócios ou prazeres o tiravam de Merton. Um lacaio recebeu-nos e fomos levados para um estúdio de desenho com móveis sóbrios e cortinas melancólicas. Meu pai disse qual era seu nome, nós nos sentamos olhando para as brancas estatuetas italianas nos cantos do aposento e para o quadro do Vesúvio na baía de Nápoles, pendurado bem em cima do cravo. Lembro-me do tique-taque de um relógio negro acomodado na cornija e que, de vez em quando, entre os sons vindos de fora da casa, em meio ao rumor dos cocheiros e do tráfego de carruagens, era possível ouvir gargalhadas sonoras vindas dos aposentos internos.

Quando a porta se abriu, meu pai e eu ficamos de pé esperando encontrar-nos face a face com o mais grandioso inglês da época. Uma pessoa bem diferente, no entanto, entrou na sala.

Era uma dama alta e, para mim, extremamente bela, embora outros mais experientes e mais críticos do que eu pudessem pensar que seu charme já ficara no passado. Seu corpo majestoso era de linhas generosas e nobres e seu rosto, embora apresentasse os primeiros sinais do peso do tempo, era ainda excepcional pela frescura de sua pele, pela beleza dos grandes olhos azuis e pelo matiz de seus cabelos negros que emolduravam a testa branca com seus cachos. Ela se movia da maneira mais elegante possível, de modo que, ao reparar em sua entrada e na pose que ela adotou ao encontrar meu pai, eu me lembrei da rainha dos peruanos interpretada pela senhorita Polly Hinton de forma tão verossímil que incitou Boy Jim e eu à rebeldia.

— Tenente Anson Stone? — perguntou ela.

— Sim, minha senhora — respondeu meu pai.

— Ah, — disse ela com voz afetada — então o senhor me conhece?

— Vi a senhora em Nápoles.

— Então, com certeza, o senhor viu também meu pobre sir William... Meu pobre, pobre sir William! — Ela agarrou a saia com seus dedos enluvados de branco, como se para chamar nossa atenção para o fato de ela estar no mais profundo luto.

— Ouvi sobre sua triste perda — disse meu pai.

— Morremos juntos — disse ela. — Minha existência agora será uma morte lenta e prolongada.

Sua voz era bonita e melodiosa, com um certo tremor de tristeza, mas não pude evitar a constatação de que ela era uma das pessoas mais fortes que eu já vira e fiquei surpreso ao perceber que ela me lançava olhares interrogadores como se sentisse prazer em ver que despertava minha admiração, mesmo sendo eu um indivíduo tão insignificante. Meu pai, com seu jeito franco de marinheiro, balbuciou algumas condolências de praxe, mas os olhos da dama não se fixaram em seu rosto moldado pelas intempéries do mar; ela fixava os olhos em mim para apreciar o encanto que lançara.

— Eis o quadro do anjo protetor desta morada — disse ela, apontando com um gesto grandioso para a pintura pendurada na parede onde um cavalheiro de rosto fino e de nariz proeminente ostentava inúmeras condecorações no uniforme. — Mas chega de mostrar meu luto! — disse ela, enxugando lágrimas inexistentes de seu rosto. — O senhor veio aqui ver lorde Nelson. Ele me encarregou de dizer que o verá em um instante. Sem dúvida, o senhor soube do recomeço das hostilidades

— Ouvimos a notícia na noite passada.

— Lorde Nelson vai comandar a frota do Mediterrâneo. Acredita que em um momento assim... Espere, não são os passos do almirante que ouço agora?

Minha atenção estava tão fixa nos gestos curiosos da dama e nos trejeitos que acompanhavam sua fala que nem vi o grande almirante entrar na sala. Quando me virei, ele estava a meu lado, um homem moreno e de compleição esbelta como a de um adolescente. Ele estava sem uniforme, trajava um casaco marrom e de gola alta, com a manga direita vazia e pendente. A expressão de seu rosto era, lembro-me bem, muito triste e gentil e as rugas profundas revelavam as lutas travadas em sua alma. Um de seus olhos fora deformado em uma batalha, mas o olho sadio olhava para meu pai e para mim com uma expressão alerta e vivaz. De fato, todo seu jeito, seus olhares agudos e rápidos, a pose elegante de sua cabeça, revelavam energia e prontidão para agir, a ponto de me fazer lembrar, se posso comparar algo grandioso com algo simples, um *terrier* bem treinado, dócil e diminuto, mas perspicaz e pronto a agir segundo as circunstâncias.

— Ora, tenente Stone — disse ele, muito amigável, ao apertar a mão de meu pai com sua mão esquerda. — Fico muito feliz em vê-lo. Londres está cheia de homens do Mediterrâneo, mas creio que em uma semana não haverá nenhum oficial como o senhor com os pés em terra seca.

— Vim perguntar-lhe, senhor, se vou servir em um de nossos barcos.

— Vai sim, Stone, se é que minha palavra vale algo no Almirantado. Quero todos os homens que lutaram no Nilo comigo. Não posso prometer-lhe lugar de primeira classe, mas, pelo menos, um barco de 64 canhões. E digo-lhe que é possível fazer muita coisa com um barco desses quando é bem capitaneado.

— Quem duvidaria disso depois de tudo o que se ouviu sobre o *Agamemnon*? — indagou lady Hamilton. E ela emendou com uma lista de feitos do almirante, descritos com tanta extravagância e tantos cumprimentos e tantos epítetos que meu pai e eu não sabíamos para onde olhar, de tanta vergonha e pesar pelo almirante que era obrigado a ouvir tudo aquilo. Mas, quando arrisquei a olhar para lorde Nelson, reparei, com surpresa, que longe de sentir embaraço, ele sorria de prazer, como se os elogios da dama fossem a coisa mais maravilhosa de ouvir-se em todo o mundo.

— Ora, ora, querida senhora — disse ele. — A senhora exagera ao contar meus méritos.

Diante desse encorajamento, ela recomeçou, tecendo mais elogios em tom teatral ao favorito da Grã-Bretanha, ao filho mais velho de Netuno, e ele se submeteu a mais aquilo com gratidão e até contentamento. O fato de um cidadão do mundo, de 45 anos de idade, perspicaz, honesto, bem relacionado, poder ser enganado por homenagens tão primárias deixou-me perplexo, da mesma forma que deixava a todos os que o conheciam. Mas você, se já viveu o bastante, não se espantará ao perceber que a natureza mais nobre e forte também tem fraquezas inexplicáveis, que se destacam exatamente por contrastar com as virtudes, assim como acontece quando um lençol muito branco ganha uma mancha negra.

— Você é um oficial do mar do tipo que aprecio, Stone — disse ele, quando a dama se cansou de elogiá-lo. — Você é um daqueles da velha escola! — Enquanto falava ele andava pela sala com passos curtos e impacientes, virando-se rapidamente de vez em quando, como se seguisse por um trilho invisível. — Estamos ficando mal-acostumados com essa profusão de dragonas e de tombadilhos muito arrumados. Quando ingressei na Marinha, era fácil encontrar um tenente disposto a cuidar por si mesmo do cordame do gurupés ou, até, a subir nos mastros com ganchos e cordas para repará-lo, porque queria dar o exemplo aos seus subordinados. Hoje em dia, os tenentes mal se prestam a segurar o sextante ao olhar através da escotilha. Quando você embarca, Stone?

— Hoje à noite, senhor.

— Ótimo, Stone, ótimo! Esse é o espírito do qual precisamos! Trabalha-se em turno dobrado nos estaleiros, mas não sabemos quando nossos barcos estarão prontos. Vou hastear bandeira no *Victory* na próxima quarta-feira e navegaremos em seguida.

— Não, não! Não tão cedo! O barco não estará inteiramente pronto para enfrentar o mar — disse lady Hamilton, com voz lamuriosa, batendo as mãos e revirando os olhos enquanto falava.

— O barco estará pronto porque é preciso que esteja pronto — disse Nelson, com veemência. — Pelos céus! Se o diabo está à nossa porta, navegarei na quarta-feira. Quem sabe o que aqueles patifes já fazem na minha ausência? Fico louco ao imaginar as maldades que estão maquinando. Neste exato momento, querida senhora, a rainha, *nossa* rainha, deve estar assustada por saber que as velas de Nelson ainda não foram içadas.

Quando ele disse aquilo, eu cogitei se ele se referia à nossa velha rainha Charlotte, e não entendi direito sua fala. Depois meu pai explicou que tanto Nelson quanto lady Hamilton tinham grande afeição pela rainha de Nápoles e que se preocupavam muito com os interesses de seu pequeno reino. Deve ter sido minha expressão de aturdimento que atraiu o olhar de Nelson para mim, pois, de repente, ele parou de marchar e olhou-me de cima a baixo com um olhar rigoroso.

— Olá, jovem cavalheiro! — disse ele, bruscamente.

— Este é meu filho único, senhor — disse meu pai. — Meu desejo é que ele entre para a Marinha, se houver um lugar para ele, porque temos sido todos oficiais do rei há muitas gerações.

— Então o senhor quer se juntar a nós para ter seus ossos quebrados! — disse Nelson, com rudez, olhando com desagrado para as roupas chiques que tinham custado tanto debate entre meu tio e o senhor Brummel. — O senhor teria de trocar este casaco bonito por uma jaqueta de marinheiro, se quisesse servir sob minhas ordens.

Fiquei tão desconcertado com aquela indelicadeza que só pude gaguejar que eu esperava poder cumprir meu dever. Então, seu rosto tomou uma expressão mais amigável. Ele sorriu e tocou meu ombro com a mão morena.

— Ouso dizer que se sairá muito bem — disse ele. — Vejo que tem jeito para a coisa. Só não pense em trabalho fácil, jovem cavalheiro, ao entrar para a Marinha de Sua Majestade. A profissão é penosa. O senhor já ouviu bastante sobre os bem-sucedidos, mas o que sabe sobre os que não conseguiram nem sobreviver? Veja meu destino: éramos duzentos na expedição de San Juan, sendo que 145 morreram em uma única noite. Estive em 180 missões e perdi, como percebe, meu olho e meu braço, sem falar de outros ferimentos graves que tive. Escapei por sorte e aqui estou com minha flâmula de almirante. Porém, lembro-me de muitos homens como eu que não tiveram a mesma sorte no destino. Sim — ele continuou, enquanto a senhora tentava intervir —, muitos viraram comida de tubarão e de caranguejo. Mas um marinheiro não tem valor se não arrisca a vida todos os dias, e a nossa vida está nas mãos Dele que sabe bem quando reclamá-las.

Naquele instante, seu olhar sério e o tom religioso de sua fala revelaram o âmago do verdadeiro Nelson, homem do leste do país, imbuído do viril puritanismo surgido naquela região, nos condados de ferro, habitados pela gente que alcançaria o coração da Inglaterra e que, como peregrinos, cuidaria de espalhar pelo mundo a sua fé. Ali estava o Nelson que assegurou ter visto a mão de Deus pesar sobre os franceses e que rezou ajoelhado na cabine de seu barco de almirante até que chegasse a hora de lutar contra o inimigo. Ele também falava de maneira afetuosa de seus camaradas mortos, o que me fez entender o motivo pelo qual todos que haviam servido sob suas ordens o amavam tanto. Mesmo sendo duro como ferro quando navegava e quando combatia, havia em sua natureza complexa um traço inexistente na maioria dos ingleses, que era a capacidade de mostrar sentimentos de maneira apaixonada, que se mostrava por meio de lágrimas quando se emocionava. Ele era capaz de impulsos, como quando ferido mortalmente e agonizando na cabine do *Victory*, tempos depois, pediu ao capitão que o abraçasse.

Meu pai já se tinha levantado para sair, mas o almirante, com uma delicadeza que sempre mostrava aos mais jovens e que tinha sido momentaneamente embaçada diante da visão de meus trajes, seguia a marchar pela sala diante de nós, soltando frases curtas de exortação e de conselhos.

— É de ardor que precisamos na Marinha, jovem cavalheiro — disse ele. — Precisamos de homens inquietos e sempre insatisfeitos. Nós os tivemos no Mediterrâneo e nós os teremos novamente. Éramos uma fraternidade! Quando me pediram a indicação de apenas um para uma missão especial, respondi que poderiam escolher qualquer um deles, pois o mesmo espírito animava a todos. Se tomássemos 19 naus inimigas, não nos satisfazíamos caso soubéssemos que a vigésima continuava a navegar pelos mares. O senhor sabe como era conosco, Stone. Tem experiência suficiente no Mediterrâneo e não preciso lhe ensinar mais nada.

— Espero estar sob suas ordens, senhor, em nosso próximo encontro.

— Assim será. Pelos céus! Não terei descanso até que os vença. O canalha do Bonaparte quer humilhar-nos. Deixe que ele tente e que Deus ajude quem tem razão!

Ele falava com tanto entusiasmo que a manga vazia de seu uniforme balançava no ar, dando-lhe uma aparência estranha. Vendo meu olhar fixo nela, ele se virou para meu pai com um sorriso e disse:

— Ainda posso assustar os outros com minha nadadeira — disse ele, colocando a mão no coto de seu braço amputado — O que diziam na frota a esse respeito?

— Que era um sinal, senhor, de que não era uma boa hora para cruzar seu caminho.

— Eles me conhecem, os patifes. O senhor pode ver, jovem cavalheiro, que nem um pouco do ardor com o qual sirvo a meu país foi amputado. Um dia você pode se achar navegando no próprio barco e, quando esse tempo chegar, lembre-se de meu conselho aos oficiais: que não façam nada pela metade, nada de meias medidas. Cumpra sua tarefa com vontade e, se você perder uma batalha sem que seja o culpado, o país lhe confiará outras missões. Nunca tema suas missões! Mergulhe nelas! Tudo o que precisa saber é como se colocar diante do inimigo. Lute sempre e você sempre terá razão. Não pense em seu conforto e nem em sua vida porque esta já não lhe pertence quando passa a vestir o uniforme azul. O país poderá dispor de sua existência se com isso estiver prestes a obter o menor ganho. Como está o vento na manhã de hoje, Stone?

— Leste, sudeste, senhor — disse meu pai, sem hesitar.

— Então Cornwallis está, sem dúvida, navegando rapidamente em direção a Brest, embora, por mim, seria preferível enfrentar os franceses em mar aberto.

— Isso é o que todo oficial e todo marujo da frota preferiria, senhor — disse meu pai.

— Eles não gostam de fazer bloqueios, e não é de se admirar, pois nem dinheiro nem honra se pode obter ao executar tal tarefa. Você se lembra dos meses de inverno, em frente a Toulon, Stone, quando não tínhamos nem fogo, nem vinho, nem carne, nem farinha nos barcos, e nem reserva de cordame ou de lonas. Nós reforçamos os cascos com cabos, e Deus sabe que sempre que soprava o Levante eu esperava que algum de nossos barcos fosse parar no fundo. Mas nós aguentamos com firmeza. Mesmo assim, tememos que ali não tenhamos feito muito pela Inglaterra, Stone. Por aqui, os ingleses acendem uma vela na janela a cada batalha ganha, mas o que não entendem é que é mais fácil lutarmos seis batalhas do Nilo que nos manter parados em bloqueios durante um inverno. Rezo a Deus para que possamos encontrar logo a frota deles e resolver nosso assunto numa batalha das boas.

— Quero estar com o senhor nessa hora — disse meu pai, com franqueza. — Mas já tomamos muito de seu tempo, então só me resta agradecer por conceder gentilmente sua presença e desejar-lhe um bom dia.

— Bom dia, Stone — disse Nelson. — Terá seu navio e, se eu puder fazer deste jovem um de meus oficiais, eu o farei. Mas percebo, pelas suas roupas — ele prosseguiu, olhando novamente para mim — que o senhor, Stone, teve mais sorte do que seus camaradas com os prêmios de guerra. De minha parte, nunca pude nem pensar em ganhar dinheiro.

Meu pai explicou que eu estava aos cuidados de meu tio, sir Charles Tregellis, com o qual eu passara a morar recentemente.

— Então não precisa de minha ajuda — disse Nelson, com uma sombra de amargura — Se tem dinheiro e ambição pode pular acima das cabeças de veteranos do mar, embora não consiga diferenciar um tombadilho da cozinha do barco ou uma caronada de um canhão *longnine*. Em todo caso... Mas que diabos temos aqui?

O lacaio tinha entrado apressadamente na sala, mas se detivera diante do olhar caolho do almirante.

— O senhor ordenou que lhe entregasse isso assim que chegasse — ele explicou, mostrando um grande envelope azul.

— Pelos céus! São minhas ordens! — disse Nelson, pegando o envelope e esforçando-se para quebrar seu selo com sua única mão. Lady Hamilton correu para ajudá-lo e, assim que pôs os olhos no que havia escrito no papel, deu um grito agudo, colocou as mãos nos olhos e caiu para trás, desmaiada. Observei, no entanto, que a queda foi cuidadosamente executada e que ela foi ágil o bastante, a despeito de sua insensibilidade, em arrumar o drapeado de seu vestido de modo a cair com uma atitude clássica e graciosa. Mas ele, o honesto lobo do mar, tão incapaz de falsidades ou de afetação a ponto de não suspeitá-la nos outros, correu para acionar a sineta, gritando pela criada, pelo médico, pelos sais, com palavras incoerentes de tanta preocupação e tão cheias de emoção que meu pai teve a ideia de puxar-me pela manga com discrição para sairmos daquela sala. Nós o deixamos, então, naquele salão sombrio de Londres, perdendo a cabeça de tão emocionado diante daquela mulher superficial, enquanto na rua, no meio-fio de Piccadilly, a carruagem negra aguardava-o para levá-lo rumo à sua longa caçada à frota francesa, num percurso de pouco mais de 11 mil quilômetros pelos mares, até que ele a encontrasse e a vencesse. A vitória que seria por ele obtida no mar, limitaria as ambições de Napoleão às conquistas continentais, mas custaria a vida a nosso grande marinheiro. Sua morte aconteceria no momento mais glorioso de sua vida e morrer no ápice de sua existência é algo que eu desejaria a todos nós.

Capítulo XIV

Na estrada

O dia da grande luta aproximava-se. Até mesmo a guerra iminente e as ameaças renovadas de Napoleão eram secundárias aos olhos dos desportistas. E os desportistas eram, naqueles dias, pelo menos a metade da população. Nos clubes dos aristocratas, nas tavernas dos plebeus, nos cafés frequentados pelos comerciantes, nos quartéis dos soldados, em Londres e no resto do país, o assunto era um só. Todo cocheiro que vinha do oeste trazia novidades sobre o ótimo condicionamento de Crab Wilson. Ele havia retornado para sua terra natal para treinar e recebia orientações do capitão Barclay, um especialista em pugilismo. De outro lado, embora meu tio não tivesse divulgado o nome de seu lutador, ninguém duvidava de que fosse Jim, e as notícias que circulavam sobre seu preparo físico e sobre seu desempenho já atraíam um bom número de apostadores. No geral, no entanto, as apostas eram favoráveis a Wilson, pois Bristol em peso, assim como todo o oeste do país, apostava nele, enquanto apenas em Londres as opiniões dividiam-se. Dois dias antes da disputa, as apostas eram de três contra dois, em favor de Wilson, em todos os clubes de West End.

Fui duas vezes a Crawley para ver Jim treinando no ginásio e ali o encontrei sob um regime severo, como seria de hábito. Do nascer do dia até o cair da noite, ele corria, pulava, atacava o saco de socos pendurado em uma viga e exercitava-se com seu excepcional treinador. Seus olhos brilhavam e sua pele tinha um viço que era característico de uma saúde de ferro. Ele estava tão confiante em sua vitória que minhas apreensões sumiram ao ouvir suas palavras, reveladoras de uma coragem serena.

— Fico surpreso que venha me ver agora, Rodney, que me tornei um pugilista pago por seu tio, enquanto você se tornou um aristocrata que vive na capital — disse ele, procurando sorrir. — Se você não fosse o melhor e mais leal jovem cavalheiro do mundo inteiro, deixaria de ser meu amigo e iria querer tratar-me como se fosse meu patrão.

Ali, diante de sua figura valente e distinta, de seus traços finos e das belas qualidades e impulsos generosos que eu enxergava nele, pensei como era absurdo que ele visse em minha amizade por ele uma condescendência. Então, soltei uma gargalhada.

— Muito bonito de sua parte, Rodney — disse ele, encarando-me fixamente. — Mas o que pensa seu tio de nossa amizade?

Aquela pergunta deixou-me um pouco desconcertado e limitei-me a responder que, por maior que fosse minha dívida em relação a meu tio, eu tinha feito amizade com ele antes e que eu era suficientemente adulto para escolher meus amigos.

Claro, as desconfianças de Jim tinham fundamento, pois meu tio opunha-se tenazmente a qualquer proximidade entre nós. Ocorre que havia tantos outros pontos em minha conduta que meu tio desaprovava, que minha insistência em manter aquela amizade passou para segundo plano. Eu me recusava a desenvolver algum tipo de excentricidade, embora meu tio sugerisse várias atitudes que poderiam "distinguir-me das pessoas comuns", como ele dizia, e, assim, atrair as atenções no estranho mundo pelo qual ele circulava.

— Você é um rapaz ágil, sobrinho — disse-me ele um dia. — Acha que poderia fazer um *tour* por um salão, pulando de um móvel para o outro, sem pisar no chão? Uma pequena demonstração de força deste gênero seria de bom gosto. Conheci um capitão da guarda que alcançou considerável sucesso na sociedade ao apostar uma pequena soma que conseguiria escalar móveis. Lady Lieven, que é extremamente exigente, até passou a convidá-lo a frequentar seus saraus apenas para que ele se exibisse.

Fui obrigado a assegurar-lhe que era incapaz de tal façanha.

— Você é meio *difficile* — disse ele, dando de ombros. — Como meu sobrinho deveria assumir uma posição que desse continuidade a meu gosto pessoal. Se você elegesse o mau gosto como seu inimigo, o mundo da moda o veria como um árbitro digno da tradição de sua família, e poderia, sem nenhum esforço, tomar o lugar que o jovem iniciante Brummell aspira tomar. Mas você não tem o instinto correto. É incapaz de gastar um minuto de seu tempo para caprichar nos detalhes. Veja seus sapatos! Repare em sua gravata! E a corrente de seu relógio! Você só deve deixar dois elos da corrente de seu relógio à mostra. Eu até já deixei aparecerem três elos, mas foi uma indiscrição de minha parte. Neste momento, vejo, pelo menos, cinco elos da sua corrente. Sinto muito em dizer, sobrinho, que não penso que você esteja talhado para ocupar a posição que tenho o direito de esperar que você, meu parente de sangue, pudesse alcançar.

— Sinto muito em desapontá-lo, senhor — disse eu.

— É uma desgraça que você não tenha vindo morar comigo quando era mais jovem — disse ele. — Eu poderia ter moldado você de forma satisfatória. Meu irmão caçula era muito parecido com você. Fiz o que pude por ele, mas ele insistia em usar sapatos com cadarços e até confundiu, em público, vinho da Borgonha com vinho do Reno. No final, o pobre rapaz caiu de amores pelos livros e foi viver e morrer em uma paróquia do interior. Era um ótimo rapaz, mas um tipo muito comum e não há lugar para gente comum na boa sociedade.

— Então, senhor, temo que não haja lugar também para mim — disse eu. — Mas meu pai espera que lorde Nelson possa me encaixar na frota. Fui um fracasso na sociedade, mas reconheço e agradeço sua gentileza em tentar assegurar meu progresso e espero, assim que ingressar na Marinha, poder honrá-lo de outra forma.

— Sim, é possível que você ganhe projeção social, embora por esta outra via, diferente da que imaginei — disse meu tio. — Muitos homens na cidade, como lorde St. Vincent, lorde Hood e outros, frequentam os mais respeitáveis círculos, embora nada tenham de extraordinário a recomendá-los além do serviço prestado na Marinha.

Essa conversa aconteceu na tarde anterior à luta, no santuário dos dândis que era sua casa de Jermyn Street. Meu tio vestia, lembro-me bem, um amplo roupão de brocado, como costumava fazer antes de aprontar-se para ir ao clube, e tinha um dos pés sobre uma banqueta, pois Abernethy acabara de fazer-lhe uma visita para tratar de uma incipiente crise de gota. A dor da doença e, talvez, seu desapontamento em relação às minhas aspirações, faziam com que estivesse mais irritável do que de costume e notei um certo sorriso de escárnio quando ele falou de minhas deficiências. Fiquei um pouco aliviado com sua observação final sobre a possibilidade de eu me projetar na Marinha, pois meu pai deixara Londres convicto de que conseguiria uma vaga para ele e outra para mim, e a única coisa que pesava em minha consciência era o temor de deixar o convívio de meu tio afetando suas elevadas aspirações para meu futuro. Eu estava farto de seu estilo de vida sem sentido, para o qual eu era tão inadequado, e farto também das conversas de seu círculo social que colocava mulheres frívolas e almofadinhas idiotas como centro do universo. Assim, quem não pôde evitar um sorriso de escárnio fui eu ao ouvi-lo falar com descaso da presença, em sua sacrossanta sociedade, dos homens que haviam evitado a destruição do país ao servir à Marinha.

— A propósito, sobrinho — disse ele, mudando de assunto —, com gota ou sem gota, e o médico Abernethy gostando ou não, temos de ir a Crawley hoje à noite. A disputa será em Crawley Downs e Sir Lothian Hume e seu lutador estão em Reigate. Reservei um quarto para nós no Hotel George. O combate, espera-se, será formidável como nunca se viu antes. O cheiro dessas hospedarias do interior é sempre ofensivo para mim, *mais, que voulex-vous?* Berkeley Craven disse no clube, na noite passada, que não há mais leito vago em um raio de mais ou menos trinta quilômetros de Crawley e que já se cobram três guinéus por apenas uma noite de estadia. Espero que seu jovem amigo, se é que devo descrevê-lo assim, cumpra a promessa de vencer, pois apostei mais no evento do que posso perder. Sir Lothian também se comprometeu bastante porque fez uma aposta suplementar no Limmer, ontem, de cinco mil contra três mil que Wilson vence. Pelo que ouvi sobre seus negócios, ele estará em maus lençóis se nós vencermos a aposta. Sim, Lorimer?

— Uma pessoa deseja vê-lo, sir Charles — disse o novo criado.

— Sabe que jamais recebo alguém se não estou devidamente trajado.

— Ele está à porta e insiste em vê-lo, senhor. Ele até forçou sua entrada.

— Forçou! Como assim, Lorimer? Por que não o expulsou?

Um sorriso delineou-se no rosto do criado. No mesmo instante, ouvimos uma voz grossa no corredor.

— Leve-me a seu patrão agora mesmo, jovem, entendeu? Ou será pior para você!

Achei a voz familiar e, quando olhei por cima do ombro do criado, percebi o rosto largo, inchado e vermelho, com um nariz achatado de Michelangelo bem no meio, e reconheci meu vizinho de mesa no jantar.

— É Warr, o pugilista, senhor — disse eu.

— Sim, senhor — disse nosso visitante, avançando o corpanzil pela sala — Sou eu, Bill Warr, proprietário da taverna *One Ton*, em Jermyn Street, e um dos maiores lutadores que já se viu. Só uma coisa me derrota, sir Charles, e é minha gordura que está sempre a avançar em meu corpo, de modo que tenho sempre uns 25 quilos sobrando pelos lados. Ora, senhor, meu peso extra bastaria para lutar no peso pena. O senhor mal poderia perceber, ao me olhar, que mesmo depois de Mendoza ter-me derrotado fui capaz de pular por cima das cordas do ringue com a agilidade de um garoto, mas hoje, se eu jogasse meu chapéu dentro do ringue, eu não poderia passar por debaixo da corda para pegá-lo e só o teria de volta se fosse empurrado por um vento. Meus cumprimentos, jovem rapaz, espero que esteja em boa saúde.

O rosto de meu tio mostrava desgosto em ver sua privacidade invadida, mas sua posição obrigava-o a estar sempre em bons termos com os pugilistas e então ele se conteve e apenas perguntou ao lutador o motivo que o levara até ali. Então, vimos o homem lançar um olhar desconfiado para o criado.

— É assunto importante, sir Charles, coisa de homem para homem — disse ele.

— Pode retirar-se, Lorimer. Então, Warr, qual é o problema?

O pugilista sentou-se calmamente, a cavalo, em uma cadeira da sala e colocou seus braços cruzados em cima do encosto.

— Tenho uma informação, sir Charles.

— O que é? — indagou meu tio, com impaciência.

— É informação de valor.

— Fale logo, então.

— É informação que vale dinheiro — disse Warr, franzindo os lábios.

— Entendo. Você quer ser pago pelo que sabe.

O lutador sorriu, em assentimento.

— Bem, não compro nada no escuro. Você me conhece bastante para tentar tais jogos comigo.

— Conheço, sir Charles, e sei que é um nobre e um aristocrata de primeira. Mas, se eu tivesse de usar a informação contra o senhor, eu ganharia centenas. Porém, meu coração me impede, pois Bill Warr sempre esteve do lado dos desportistas leais. Mas, se eu ofereço ao senhor a informação, também não quero sair perdendo.

— Faça o que bem entender. Saiba, no entanto, que se sua informação me for útil, eu saberei recompensá-lo.

— O senhor não poderia ser mais franco. Suas palavras me bastam, pois sei que será generoso como sempre. Então, aqui vai: nosso homem, Jim Harrison, luta amanhã contra Crab Wilson, de Gloucester, em Crawley Downs.

— Sim. E daí?

— O senhor sabe qual era a cotação da aposta ontem?

— Três contra dois, em favor de Wilson.

— Certo, chefe. Era isso que se apostava lá no balcão de minha taverna. Sabe qual é a cotação de hoje?

— Ainda não saí de casa.

— Então eu lhe digo: sete contra um, contra seu lutador.

— O quê?

— Sete contra um, chefe. Isso mesmo.

— Está falando besteira, Warr! Como as apostas podem ter subido tanto?

— Fui em outras tavernas, na *Hole in the Wall*, na *Waggon and Horses*, e em todas elas a aposta é de sete contra um. Há toneladas de dinheiro contra seu lutador. É como se apostassem um cavalo contra uma galinha em todas as tavernas, daqui até Stepney.

Naquele instante, a expressão no rosto de meu tio fez-me perceber o quanto a luta era assunto sério para ele. Mas então ele deu de ombros e sorriu de maneira incrédula.

— Pior para os idiotas que apostam contra nós — disse ele. — Meu lutador está preparado. Você o viu ontem, sobrinho?

— Ele estava bem ontem, senhor.

— Se algo estivesse errado eu saberia.

— Mas talvez nada tenha acontecido a ele, *ainda* — disse Warr.

— O que quer dizer?

— Vou explicar, senhor. Lembra-se de Berks? O senhor sabe que ele não é de confiança e que ele odeia seu lutador porque este o venceu lá na luta na cocheira. Ora, ontem à noite, lá pelas dez horas, ele entrou em minha taverna acompanhado de três dos maiores patifes de Londres. Eram eles Red Ike, que foi expulso dos ringues por trapacear em luta contra Bittoon, o outro era Fighting Yussef, que venderia a própria mãe por uma moeda de sete xelins. O último era Chris McCarthy, um ladrão de cães profissional que tem um canil lá pelos lados de Haymarket Theatre. Não se vê três belezuras como eles juntas com frequência, ainda mais bebendo mais do que podiam, exceto Chris que é finório demais para embebedar-se quando tem um trabalho a fazer. Eu os levei para um canto no salão, não porque eles merecessem bom tratamento, mas porque sabia bem que eles iam começar a provocar os outros fregueses e aí eu podia até perder minha licença de funcionamento. Servi a eles bebidas e fiquei com eles apenas para ter certeza de que não passariam a mão em meu papagaio empalhado e em meus quadros. Bem, chefe, para encurtar a história: eles começaram a conversar sobre a luta e todos riram da ideia de Jim ganhar. Todos, menos Chris, que fazia sinais e caretas para os outros, até que Joe Berks se irritou tanto que quase lhe deu um tabefe. Percebi que havia algo no ar e não foi difícil descobrir o que era, principalmente porque Red Ike quis, de todo o jeito, apostar cinco contra um que Jim Harrison jamais lutaria. Então fui buscar outra garrafa de solta-línguas e fui para perto da portinhola através da qual costumamos passar as bebidas do balcão para o salão. Quando fui abrir a tal portinhola para passar a garrafa, eu me detive e deixei-a entreaberta porque podia ouvir tudo o que eles falavam, sem que eles percebessem.

Lá estava Chris McCarthy brigando com os outros por não segurarem a língua. E lá estava Joe Berks jurando que o socaria se ele não parasse de fazer caretas. Então, Chris baixou o tom porque estava com medo de Berks e perguntou a eles se estariam prontos para fazer o trabalho na manhã seguinte e se o chefe deles pagaria pelo serviço se soubesse que eles andaram bebendo e que não eram discretos. Isso os deixou meio sóbrios, todos os três. Yussef perguntou a que hora eles deveriam começar. Chris disse que tão logo chegassem a Crawley, que era antes que o hotel George fechasse, e então eles fariam o trabalho. Ouvi Red Ike dizer que o "trabalho era mal pago para eles usarem a corda". E Chris disse: "Ao diabo a corda", e pegou um pequeno cassetete de ferro em seu bolso. E Chris falou ainda: "Enquanto vocês o derrubam e o seguram, eu quebro o braço dele com isso e a gente ganha nosso dinheiro e não se arrisca a pegar mais do que seis meses de prisão se nos prenderem". E Berks disse: "Mesmo assim ele vai lutar". E Chris respondeu: "Bem, então será a última luta que ele conseguirá". E isso foi tudo o que ouvi. Hoje de manhã, eu saí e foi quando soube de todo o dinheiro que estão apostando em Wilson. E então é isso, chefe, e o senhor sabe o que isso significa.

— Muito bem, Warr — disse meu tio, levantando-se — Muito obrigado por ter-me contado tudo. Cuidarei para que seja recompensado. Penso que tudo não passa de bravata de rufiões bêbados, mas, mesmo assim, você foi muito prestativo ao chamar minha atenção para o que acontece. Suponho que o verei em Crawley amanhã?

— O senhor Jackson me encarregou de ser um dos assistentes.

— Muito bom. Espero que tenhamos uma luta justa e boa. Passe bem e obrigado.

Meu tio havia conservado a postura confiante todo o tempo em que Warr esteve na sala, mas, assim que a porta se fechou após sua saída, ele se virou para mim com o semblante muito alterado.

— Devemos ir a Crawley imediatamente, sobrinho — disse ele, tocando a sineta para chamar o criado —, não temos nem um momento a perder. Lorimer, mande atrelar as éguas baias ao cabriolé. Embarque os itens de toalete e diga a William para estacionar o veículo na porta o mais rapidamente possível.

— Eu cuido disso, senhor — disse eu e imediatamente corri para as cavalariças na Little Ryder Street, onde meu tio mantinha seus cavalos.

O cavalariço não estava. Enviei um garoto a sua procura enquanto, com o auxílio de um criado, arrastei o cabriolé para a cocheira e tirei as duas éguas do estábulo. Levei meia hora, talvez 45 minutos, para aprontar tudo, e Lorimer já esperava em Jermyn Street com as indispensáveis cestas, enquanto meu tio aguardava em pé na porta de casa, vestido com seu casaco de viagem marrom, sem sinal em seu rosto plácido do tumulto que eu sabia estar revirando seu espírito.

— Temos de deixá-lo, Lorimer, pois será difícil encontrar um leito para você pernoitar. Segure-a, William! Pule aí, sobrinho. Olá, Warr, qual é o problema agora?

O lutador corria em nossa direção tão rápido quanto seu corpanzil permitia.

— Apenas uma palavra antes que saia, sir Charles — disse ele, ofegante — Acabei de ouvir lá na taverna que aqueles homens sobre os quais falei partiram por volta de uma hora da manhã.

— Muito bom, Warr — disse meu tio, com o pé no degrau.

— ... e as apostas subiram para dez contra um.

— Solte-a, William!

— Só mais uma coisa, chefe, se me permite a liberdade: se eu fosse o senhor, levava as pistolas.

— Obrigado. Eu as tenho aqui.

O chicote comprido estalou acima da cabeça da égua-líder, o cavalariço afastou-se para a calçada e Jermyn Street virou St. James e depois Whitehall, pois as éguas estavam tão impacientes quanto seu dono. O relógio do Parlamento marcava 16h30 quando atravessamos a ponte de Westminster. As águas soltavam reflexos de luz abaixo de nós e, logo em seguida, corríamos entre as duas fileiras de casas sombrias que compunham a avenida de acesso a Londres. Meu tio tinha os lábios cerrados e as sobrancelhas franzidas. Quando chegamos a Streatham, ele quebrou o silêncio.

— Apostei alto, sobrinho.

— Eu também, senhor.

— Você! — disse ele, surpreso.

— É meu amigo, senhor.

— Ah, sim, eu tinha esquecido. Você tem uma excentricidade, afinal, sobrinho. Você é um amigo leal, coisa muito rara em nossos círculos. Só tive um amigo de verdade sendo quem sou, mas ele... bem, você ouviu quando contei sua história. Temo que seja noite quando chegarmos a Crawley.

— Eu também.

— Se assim for, estaremos atrasados.

— Rezo a Deus que não, senhor!

— Temos as melhores montarias da Inglaterra, mas temo que as estradas para Crawley estejam bloqueadas. Você notou, sobrinho, que os quatro canalhas disseram que havia um chefe por trás deles e que ele os estava pagando para que praticassem a infâmia? Você viu que foram pagos para estropiar meu lutador? Quem poderia ter contratado os patifes? Quem teria interesse a não ser... Sei que sir Lothian Hume é um homem desesperado. Sei que teve perdas pesadas em jogos de carta no Watier e no White. Sei também que tem muito interesse nessa aposta e que mergulhou nela com uma gana tão grande a ponto de seus amigos suspeitarem de um motivo oculto para ele se empenhar tanto. Pelos céus, como tudo se encaixaria se o motivo...

Então meu tio voltou a ficar em silêncio, e eu percebi o mesmo olhar feroz de quando ele e sir John Lade tinham apostado aquela corrida na estrada Godstone.

O sol se pôs lentamente nas colinas de Surrey, e a noite veio, mas o barulho das rodas e o bater compassado dos cascos na estrada não esmaeciam. Um vento fresco bateu em nossos rostos, enquanto folhas tenras pendiam das cercas vivas nos dois lados da via. O contorno dourado do sol já se escondia por trás dos carvalhos de Reigate Hill quando as éguas pararam em frente ao Hotel Crown, em Redhill. O proprietário, um velho desportista e amante dos ringues, correu para receber o aristocrata sir Charles Tregellis.

— Conhece Berks, o pugilista? — indagou meu tio.

— Sim, sir Charles.

— Ele passou por aqui?

— Sim, sir Charles. Deviam ser quatro horas, embora, com tanta gente por aqui, seja difícil lembrar com exatidão. Iam ele, Red Ike, Yussef e outro, e uma de suas montarias estava coberta de sangue. Eles a maltrataram, pois espumava bastante.

— Isso é ruim, sobrinho — disse meu tio, quando voamos para fora de Reigate. — Se eles corriam tanto é porque queriam chegar logo para fazer seu trabalho sujo.

— Jim e Belcher podem, com certeza, enfrentar os quatro — arrisquei.

— Se Belcher estiver com ele, nada temo. Mas não sabemos que *diablerie* eles têm em mente. Se eu encontrar Jim são e salvo, não tirarei mais meus olhos dele até que suba no ringue. Faremos guarda com nossas pistolas, sobrinho, e espero que esses patifes sejam tolos o bastante para tentarem algo quando estivermos lá. O que me alarma é saber que devem estar muito seguros para terem elevado tanto as apostas.

— Eles certamente nada teriam a ganhar se cometessem um crime assim, senhor. Se eles conseguirem machucar Jim, a luta não acontece e a disputa fica sem decisão.

— Seria assim em uma aposta comum, sobrinho. E seria melhor se assim fosse, pois os patifes que agora infestam os ringues podem tornar o esporte impossível. Mas esta aposta é diferente. Pelos termos acertados, eu perco se não apresentar um lutador, com a idade certa, para vencer Crab Wilson. Você se lembra que eu nunca divulguei o nome de meu lutador. *C'est dommage*, mas foi assim! Sabemos quem ele é, e nossos adversários também, mas os árbitros e os depositários das apostas podem ignorar sua identidade. Se nós reclamarmos que Jim Harrison foi machucado, eles poderiam alegar desconhecimento de ter sido ele nosso escolhido. É jogar ou pagar, e os canalhas estão tirando proveito disso.

O temor de meu tio de ficarmos presos na estrada congestionada revelou-se acertado, pois depois de Reigate havia um tráfego muito intenso, com todo tipo de veículo. Acredito até que, ao longo de quase 13 quilômetros, não havia sequer um cavalo a mais de alguns centímetros de distância da carruagem ou cabriolé que ia à frente. Todas as estradas originadas em Londres, assim como as vindas de Guildford, a oeste, e de Tunbridge, a leste, tinham contribuído com um bocado de charretes, carruagens, homens montados a cavalo, até que toda a estrada para Brighton estivesse muito cheia de lado a lado. Havia muito barulho naquela multidão, ouviam-se gargalhadas, cantorias, e tudo convergindo para a mesma direção. Nenhum homem ao reparar naquela confusão podia negar que, para o bem ou para o mal, o amor pelo ringue não estava confinado a nenhuma classe social, mas era um traço verdadeiramente nacional, profundamente assentado na natureza inglesa, e era também uma herança comum tanto para o jovem aristocrata que conduzia seu belo veículo quanto para o vendedor grosseiro que afundava nos assentos gastos de suas charretes puxadas a pangarés. Ali eu vi estadistas e soldados, nobres e advogados, fazendeiros e fidalgos, e vi também valentões do extremo leste e caipiras dos condados, todos rumando para uma noite maldormida, apenas pelo prazer de ver uma luta que poderia, depois de tudo, ser decidida em um único *round*. Não se podia imaginar uma multidão mais animada e alegre. Havia piadas e brincadeiras por todo lado, em meio a uma enorme nuvem de poeira e, em cada espelunca de beira de estrada; havia também donos e atendentes com suas bandejas cheias de canecas de cerveja para umedecer as gargantas apressadas. A bebedeira, a camaradagem, a cordialidade, as risadas em meio ao desconforto, a gana de ir para a grande luta, tudo isso junto pode parecer vulgar e apelativo para quem não gosta de lutas. Mas para mim, agora que relembro daquela época, tudo aquilo estava na origem do que há de mais sólido e de mais viril no molde de nossa raça antiga.

E qual era a chance de ganharmos terreno naquele tráfego? Meu tio era um condutor habilidoso, mas não tinha como abrir caminho em meio à multidão. Só nos restou seguir sentados e bem devagar pela estrada entre Reigate e Horley e de lá para Povey Cross e depois para Lowfield Heath, enquanto o dia virava noite, lentamente. Em Kimberham Bridge, as lanternas das carruagens já estavam acesas, e era maravilhoso olhar a nossa frente e reparar na corrente de luz a serpentear pela estrada. Então, avistamos nas trevas a forma difusa do grande elmo na entrada de Crawley, e depois suas casas iluminadas e, enfim, o velho Hotel George, cheio de luzes, por dentro e por fora, em honra da nobre trupe que dormiria ali naquela noite.

# Capítulo XV
## Jogo sujo

A impaciência de meu tio impediu que ele esperasse sua vez na longa fila até a porta de entrada. Ele colocou as rédeas e uma moeda de uma coroa nas mãos de um dos ajudantes malvestidos que se aglomeravam na calçada do hotel e abriu energicamente sua passagem até a porta em meio à multidão. Quando ele alcançou um ponto bem iluminado pela luz projetada para fora pelas janelas, as pessoas ao redor começaram a cogitar sobre quem seria o cavalheiro decidido de rosto pálido e com trajes de montaria e, então, abriram espaço para que passássemos. Até então eu desconhecia a popularidade de meu tio no mundo do esporte, pois constatei que aqueles homens começaram a aclamá-lo com gritos de "Viva o belo Tregellis! Boa sorte para o senhor e para seu lutador, sir Charles! Abram caminho para o grande aristocrata!" Enquanto isso, o dono do hotel, atraído pelos gritos, apressou-se em nos receber.

— Boa noite, sir Charles! Espero que esteja bem, senhor, e estou certo que seu campeão está satisfeito com o Hotel George.

— Como ele está? — perguntou meu tio, de imediato.

— Não poderia estar melhor, senhor. Está tão bonito quanto uma pintura e tão em forma que poderia lutar por um reino.

Meu tio ficou aliviado.

— Onde ele está?

— Foi para o quarto mais cedo, senhor, dizendo que teria assuntos particulares para resolver amanhã logo cedo — disse o proprietário sorrindo.

— Onde está Belcher?

— Está aqui no bar do salão.

Ele abriu uma porta enquanto falava. Ao olhar para dentro vimos um grupo de homens bem-vestidos, entre os quais reconheci alguns que se haviam tornado familiares em minha curta carreira em West End. Eles estavam sentados ao redor de uma mesa sobre a qual havia uma poncheira cheia. No canto mais afastado, bem à vontade em meio aos aristocratas e aos dândis, estava o campeão da Inglaterra. De figura esplêndida, ele se sentava confortavelmente estirado em sua cadeira, com o rosto corado e um lenço vermelho displicentemente atado em seu pescoço, à moda pitoresca batizada com seu nome. Meio século passou-se desde então, e posso dizer que conheci muitos homens de valor. Talvez por eu ter uma aparência simplória, tenho também a mania de admirar homens bem constituídos em vez de fazer o mesmo com qualquer outra grande obra da natureza. Assim, em todo esse tempo, digo que nunca vi homem mais magnífico do que Jem Belcher e, se eu tivesse de comparar alguém com ele, só poderia citar Jim, cujo destino e aventuras narro agora para você.

Houve muitas exclamações de boas-vindas quando avistaram o rosto de meu tio na porta.

— Entre, Tregellis! Esperávamos por você! Pedimos um prato de carnes fatiadas que é dos diabos. Quais são as novidades de Londres? O que significam todas essas apostas contra seu lutador? O pessoal enlouqueceu? Que diabos é tudo isso?

Todos falavam ao mesmo tempo.

— Queiram me desculpar, senhores — respondeu meu tio. — Ficarei feliz em atualizá-los um pouco mais tarde. Tenho um assunto de alguma importância para tratar. Belcher, gostaria de falar-lhe!

O campeão veio até nós no corredor.

— Onde está nosso homem, Belcher?

— Foi para o quarto, senhor. Achei melhor que ele dormisse 12 horas seguidas antes da luta.

— Como foi o dia dele?

— Pedi que fizesse exercícios leves. Bastões, halteres, caminhada e meia hora com as luvas de boxe. Ele nos fará orgulhosos, senhor, ou eu sou um holandês! Mas o que acontece com essas apostas? Se eu não soubesse que ele está direito como uma linha esticada, eu até pensaria que ele faria jogo duplo e que nos sabotaria.

— Foi por isso que vim correndo. Tenho informação bem fundamentada, Belcher, sobre um complô para machucá-lo e os patifes estão tão certos do sucesso de seu plano que apostam qualquer soma contando que ele não aparecerá na luta.

Belcher assoviou entre os dentes.

— Não vejo sinal de que algo assim possa acontecer, senhor. Ninguém chegou perto dele ou falou com ele, exceto seu sobrinho aqui e eu mesmo.

— Quatro patifes comandados por Berks chegaram aqui antes de nós, com horas de vantagem. Foi Warr que me contou tudo.

— Bill Warr é sempre confiável e Berks, desonesto. Quem são os outros, senhor?

— Red Ike, Fighting Yussef e Chris McCarthy.

— Que belo bando! Bem, senhor, o rapaz está seguro, mas seria bom se um de nós ficasse em seu quarto. Enquanto ele esteve sob meus cuidados, nunca se afastou muito.

— É uma pena acordá-lo.

— Ele mal pode dormir com toda essa algazarra no hotel. Por aqui, senhor, siga o corredor.

Andamos ao longo do corredor tortuoso e de teto baixo, típico de construções antigas, para chegar até os fundos do prédio.

— Este é meu quarto, senhor — disse Belcher, apontando para a porta à nossa direita e abrindo a porta do quarto em frente. — E esse à esquerda é o dele. Aqui está sir Charles Tregellis que veio vê-lo, Jim. Meu Deus, o que significa isso?

O pequeno quarto apareceu em toda sua extensão diante de nossos olhos, iluminado pela lamparina posta em cima da mesa. A colcha da cama não havia sido retirada, mas o fato de estar amassada em um canto indicava que alguém havia repousado ali. Um dos postigos da janela balançava com a brisa e uma toalha jogada em cima da mesa era o único sinal do hóspede. Meu tio olhou ao redor e balançou a cabeça, com preocupação.

— Parece que chegamos tarde — disse.

— Aqui está seu boné, senhor. Para onde ele poderia ir com a cabeça descoberta? E eu pensando que há uma hora pensava que ele estava seguro. Jim! Jim! — gritou ele.

— Ele certamente saiu pela janela — disse meu tio. — Creio que os patifes o atraíram para fora com alguma artimanha diabólica. Segure a lamparina, sobrinho. Há! Como eu pensei! Aqui fora estão as pegadas, no canteiro rente à janela.

O dono do hotel e um ou dois aristocratas que estavam no salão nos seguiram até o quintal. Alguém havia aberto uma porta lateral que nos deu acesso ao canteiro da cozinha onde o grupo pôs-se a examinar o chão de cascalho com a luz suave da lamparina e vimos que o local estava mexido no caminho que levava até a janela.

— São as pegadas dele — disse Belcher. — Ele calcava as botas de caminhada, pois aqui vemos as marcas dos pregos das solas. Mas o que é isso? Outra pessoa andou por aqui!

— Uma mulher! — exclamei.

— Pelos céus! Você está certo, sobrinho.

Belcher disse com ênfase:

— Ele nunca trocou uma palavra com nenhuma garota da cidade. Eu assegurei que isso não ocorresse. E pensar que, no último momento, acontece!

— Mais claro do que isso é impossível, Tregellis — disse o honorável Berkeley Craven, um dos que nos acompanhavam. — A pessoa veio até a janela e bateu no postigo. Vê-se aqui e aqui também pegadas pequeninas indo em direção à janela do quarto, enquanto as outras pegadas vão em direção à saída. Ela veio chamá-lo, e ele a seguiu.

— Está muito certo — disse meu tio. — Não temos um segundo a perder. A menos que encontremos aqui algum indício da direção que tomaram, teremos de nos dividir para procurar em diferentes direções.

— Só há um caminho para fora daqui — disse o proprietário, adiantando-se. — Esta porta dá acesso a uma ruela lateral que, por sua vez, vai em direção ao estábulo. A outra extremidade da ruela vai dar direto na estrada.

De repente, uma luz amarelada acendeu-se na direção do estábulo e desenhou um círculo brilhante na escuridão. Então, o moço da estrebaria veio em nossa direção.

— Quem vem aí? — gritou o dono do hotel.

— Sou eu, mestre! Bill Schields.

— Há quanto tempo está aqui, Bill?

— Ora, mestre, estou indo e vindo pela estrebaria há uma hora. Não há mais espaço nem para mais um cavalo. Mal posso me ajeitar para dar comida para eles de tão pouco espaço...

— Olhe aqui, Bill. Cuidado como responde, pois um engano seu pode lhe custar o emprego. Você viu alguém passar por aqui?

— Havia um camarada com boné de pele de coelho há algum tempo. Ele estava ali, andando de um lado para outro, e eu perguntei o que ele fazia, pois não gostei do jeito que ele espreitava as janelas. Foi então que apontei a luz da lamparina em sua direção, mas ele virou o rosto e eu não pude ver quem era. Reparei apenas que tinha a cabeça ruiva.

Troquei um olhar rápido com meu tio e percebi seu rosto ficar ainda mais sombrio.

— O que aconteceu com ele? — indagou.

— Ele se afastou, e eu não o vi mais.

— Não viu mais ninguém? Uma mulher e um homem, juntos, na direção da estrada, por exemplo?

— Não, senhor.

— Ouviu algo diferente?

— Ora, agora que pergunta, senhor, ouvi sim. Mas em uma noite como esta, com todos esses rapazes de Londres na cidade...

— O que ouviu, afinal? — perguntou meu tio, com impaciência.

— Bem, senhor, foi uma espécie de grito, logo ali, como se alguém estivesse em apuros. Pensei que dois valentões estavam se enfrentando e então deixei de lado.

— De onde veio?

— Da rua. Ali.

— Muito longe?

— Não, senhor, acho que foi a uns duzentos metros de distância.

— Um único grito?

— Bem, era uma espécie de grunhido, senhor, e então ouvi alguém dirigindo uma carruagem com pressa, em direção à estrada. Lembro-me de ter achado estranho que alguém deixasse Crawley de carruagem em uma noite como essa.

Meu tio tirou a lamparina das mãos do homem, desceu em direção à estrada e nós fomos atrás dele. Ele corria e então parou para examinar o chão. Em um minuto, a luz da lamparina incidiu sobre algo no chão e, de imediato, deixei escapar um gemido enquanto Belcher lançava uma imprecação. Em um trecho de areia branca da estrada empoeirada havia uma enorme mancha vermelha e, ao lado desta mancha de mau augúrio, jazia um pequeno e mortal cassetete de bolso, igual ao descrito por Warr naquela manhã.

Capítulo XVI
Crawley Downs

Durante aquela noite terrível, eu e meu tio, além de Belcher, Berkeley Craven e mais uma dúzia de cavalheiros, procuramos por alguma pista de nosso homem desaparecido. Exceto pela mancha inquietante na estrada, não encontramos o menor indício do que poderia ter-lhe acontecido. Ninguém havia visto ou ouvido nada, e o grito sobre o qual o moço da cocheira falara era a única indicação da ocorrência de uma tragédia. Vasculhamos o campo em pequenos grupos, indo bem longe, até East Grinstead e até Bletchingley, e o sol já surgira há muito no horizonte antes que voltássemos a Crawley mais uma vez, com o coração pesado e os pés cansados. Meu tio, que conduzira sua caleche até Reigate em busca de informações, só voltou depois das sete horas e seu olhar sombrio ao chegar comunicou-nos de imediato as mesmas más notícias que ele também pôde captar de nós.

Nós nos reunimos em torno da mesa onde estava posto nosso triste desjejum, para o qual Berkeley Craven fora convidado por ser um desportista de grande sabedoria e de muita experiência. Belcher estava meio enlouquecido com aquele desfecho brusco, depois de todo o sacrifício que fizera durante o treinamento, e só conseguia proferir ameaças terríveis contra Berks e seus companheiros. Meu tio conservava-se sentado, grave e pensativo, sem comer nada e batendo seus dedos na mesa, enquanto meu coração pesava, estando eu a ponto de mergulhar meu rosto entre as mãos e explodir em lágrimas ao pensar na impossibilidade de ajudar meu amigo. O senhor Craven, de rosto sempre sereno e alerta, era o único entre nós que preservava seu sangue-frio e seu apetite.

— Deixe-me ver! A luta está marcada para as dez, não é? — indagou ele.

— Era para ser assim.

— Ouso dizer que assim será. Nunca diga nunca, Tregellis! Seu lutador ainda tem três horas para aparecer.

Meu tio balançou a cabeça em discordância.

— Os canalhas fizeram seu trabalho direito, pois temo que isso não acontecerá — disse ele.

— Ora, vamos pensar racionalmente — disse Berkeley Craven. — Vem uma mulher e convence um jovem a sair do quarto. Conhece alguma jovem que tenha influência sobre ele?

Meu tio olhou para mim.

— Não, não conheço nenhuma.

— Bem, sabemos que ela veio — disse Berkeley Craven. — Não há dúvida quanto a isso. Ela contou alguma história triste, do tipo que um jovem galante não se recusaria a ouvir. Ele caiu na armadilha, foi atraído para um lugar onde os patifes o aguardavam. Podemos tomar tudo isso como certo, suponho, não é, Tregellis?

— Não vejo explicação mais plausível — disse meu tio.

— Bem, obviamente que matá-lo não é do interesse desses homens. Warr até ouviu isso. Mas não podem ter certeza de evitar que o jovem lute se eles apenas o machucarem. Mesmo com um braço quebrado ele poderia lutar, pois outros já fizeram isso antes. Há muito dinheiro envolvido para que eles corram riscos. Assim, eles certamente lhe deram uma pancada na cabeça para evitar que ele resistisse e depois o levaram para alguma fazenda ou estábulo das redondezas, onde podem retê-lo como prisioneiro até que o prazo para o início da luta passe. Garanto que vocês o verão novamente em bom estado, antes da meia-noite.

A teoria soava tão razoável que até aliviou um pouco o peso em meu coração, mas pude perceber que, do ponto de vista de meu tio, aquele era um pobre consolo.

— Ouso dizer que está certo, Craven — disse ele.

— Estou certo, sim.

— Mas isso não nos ajuda a ganhar a aposta.

— Este é o ponto, senhor — disse Belcher. — Por Deus, como gostaria que me deixassem tomar o lugar de Jim, mesmo que fosse com meu braço esquerdo amarrado atrás das costas.

— Eu aconselho que vá mesmo ao ringue — disse Craven. — Você poderia segurar a situação até o último momento, na esperança de nosso homem voltar.

— Posso fazer isso, com certeza. E posso também pedir que não paguem as apostas nessas circunstâncias.

Craven deu de ombros.

— Você se recorda das condições acertadas — disse ele. — Temo que seja Jogue ou Pague. Não há dúvida de que podemos submeter a questão aos juízes, mas não duvido que eles decidiriam contra vocês.

Mergulhamos em um silêncio melancólico, até que Belcher se levantou de supetão.

— Humpf... Ouçam isso!

— O quê? — dissemos os três.

— A aposta! Ouçam, de novo!

Em meio à balbúrdia de vozes e de sons de tráfego que entravam pela janela, discernimos uma frase em particular.

— *Even Money*, no lutador de sir Charles!

— *Even Money*! — exclamou meu tio. — Ontem eram sete contra um, contra mim. O que significa isso?

— *Even Money*! — gritou a voz novamente.

— Aí está alguém que sabe de algo — disse Belcher. — E nós temos todo o direito de saber exatamente o que se passa. Vamos, senhores, vamos investigar isso.

A rua estava cheia de gente. Os quartos do hotel estavam lotados, em alguns havia até 15 hóspedes. Muitos cavalheiros haviam pernoitado em suas carruagens. A multidão era tão densa que não foi fácil sair do hotel. Um bêbado, roncando horrivelmente, bloqueava a porta de entrada, totalmente insensível ao fluxo de gente que passava por seu lado e, ocasionalmente, acima dele.

— Qual é a aposta, garotos? — perguntou Belcher, de pé nos degraus da entrada.

— *Even Money*, Jim — gritaram várias vozes.

— As apostas eram amplamente em favor de Wilson da última vez que ouvi.

— Sim. Mas aí veio um homem que apostou no outro sentido e ele influenciou os outros a fazer o mesmo, de modo que agora a aposta é de um a um.

— Quem começou tudo isso?

— Ora, ali está ele. É o homem bêbado que está na porta do hotel. Ele bebe desde que chegou, às seis horas, então não se admira que esteja naquele estado.

Belcher subiu alguns degraus e levantou a cabeça inerte para vê-lo.

— É um estranho para mim, senhor.

— E para mim também — disse meu tio.

— Mas não é para mim — disse eu. — Este é John Cumming, o dono da hospedaria de Friar's Oak. Eu o conheço desde garoto e não posso estar enganado.

— Bem, que diabos ele pode saber de tudo isso? — indagou Craven.

— Provavelmente nada — respondeu meu tio. — Ele apoia o jovem Jim porque o conhece e porque tem mais uísque na cabeça do que juízo. Sua autoconfiança de bêbado tornou-o convincente e levou os outros a segui-lo e então as apostas mudaram.

— Ele estava tão sóbrio quanto um magistrado quando chegou aqui de manhã — disse o dono do Hotel George. — Ele começou a gritar sua aposta de apoio ao lutador de sir Charles assim que chegou. Outros o seguiram e logo tudo mudou.

— Pena que ele afundou na bebida — disse meu tio. — Por favor, traga-me um pouco de água de lavanda, pois esse cheiro de povo é horrível. Será que alguém consegue tirar uma explicação deste bêbado, sobrinho, ou descobrir o que ele sabe?

Foi então que eu sacudi seus ombros e gritei seu nome em seu ouvido. Mas nada abalava aquela serena intoxicação.

— Bem, essa é uma situação inédita para mim — disse Berkeley Craven. — Aqui estamos, a duas horas da luta, e ainda não se sabe se terá um lutador a apresentar. Espero que não tenha muito a perder, Tregellis.

Meu tio deu de ombros e cheirou uma pitada de rapé com seu gesto inimitável.

— Muito bem, meu garoto! — disse ele. — É tempo de ir para Downs. Essa noite me deixou meio *effleuré*, e eu preciso de meia hora de privacidade para arrumar-me. Se esta será minha última aposta, pelo menos eu estarei com as botas brilhando.

Uma vez ouvi de um viajante que conhecia as profundezas da América que os Peles Vermelhas e os aristocratas ingleses eram parecidos como irmãos, pois são amantes de esportes, sempre se mantêm indiferentes a tudo e são mestres em esconder emoções. Pensei no que dissera aquele viajante ao observar meu tio naquela manhã, pois nem um homem amarrado a um pelourinho teria um futuro pior do que o futuro que parecia que iria se concretizar para meu tio. Que situação cruel para um homem que se orgulhava de seu autodomínio e de executar todos os seus projetos com perfeição! Eu, que já o conhecia bem, podia notar pela maior lividez de suas faces, naturalmente pálidas, e pela agitação nervosa de seus dedos que ele realmente não sabia o que fazer. Mas um desconhecido que visse sua atitude descontraída, o jeito de ele agitar seu lenço bordado, de mexer no monóculo, de balançar os babados das mangas de sua camisa, jamais pensaria que aquele homem que mais parecia uma borboleta tivesse qualquer preocupação neste mundo.

Perto das nove horas, estávamos prontos para ir a Downs e, naquele horário, o cabriolé de meu tio era um dos poucos veículos nas ruas da cidade. A situação era diferente da noite anterior, quando centenas de veículos encontravam-se estacionados desde a velha igreja até a altura do grande elmo de Crawley, cada um deles quase colado no outro, praticamente amontoados, numa extensão de quase um quilômetro. Mas, naquele momento, a rua acinzentada da cidade descortinava-se à nossa frente quase deserta, exceto pela presença de algumas mulheres e crianças. Homens, cavalos e carruagens, tudo se fora. Meu tio vestiu as luvas de conduzir e ajeitou sua roupa com meticulosidade. Mas notei que ele olhava para o fim da estrada um pouco alterado e com os olhos cheios de expectativa até que ocupou seu assento no cabriolé. Sentei-me atrás com Belcher, enquanto o honorável Berkeley Craven acomodava-se na frente, a seu lado.

A estrada de Crawley ganha, depois de uma curva suave, um planalto repleto de urzes, numa extensão de muitos quilômetros em todas as direções. Filas de pedestres, a maioria tão cansada e coberta de poeira que ficava evidente que haviam caminhado durante a noite os quase cinquenta quilômetros desde Londres, arrastavam-se pela beira da estrada ou pelo descampado. Um cavalheiro, esplendidamente trajado de verde em seu belo cavalo, esperava por nós em um cruzamento e, quando veio em nossa direção, reconheci o belo rosto moreno e de expressivos olhos negros de Mendoza.

— Eu aguardava aqui para dar-lhe as indicações do caminho, sir Charles — disse ele. — Vai ser lá embaixo, em Grinstead Road, quase um quilômetro à esquerda.

— Muito bem — disse meu tio, conduzindo as éguas para a direção indicada.

— O senhor não trouxe seu lutador — disse Mendoza, de forma que me pareceu suspeita.

— Que diabos você tem a ver com isso? — indagou Belcher, furioso.

— Isso tem a ver com todo o mundo porque circulam por aí umas histórias engraçadas.

— Guarde-as para você ou desejará nunca tê-las ouvido.

— Certo, Jem! Parece que seu café da manhã não lhe fez bem.

— Os outros chegaram? — indagou meu tio, com ar displicente.

— Ainda não, sir Charles. Mas Tom Oliver já chegou com as cordas e as estacas. Jackson acaba de passar por aqui, e a maioria dos assistentes está pronta.

— Ainda temos uma hora — observou meu tio, enquanto dirigia. — É possível que os outros se atrasem já que vêm de Reigate.

— Você aguenta firme como um verdadeiro homem, Tregellis — disse Craven. — Temos mesmo de manter a frieza até o último momento.

— Claro, senhor — disse Belcher. — Não acredito que as apostas subissem tanto sem que alguém tenha informações privilegiadas. Vamos aguentar com firmeza e ver como tudo isso acaba.

Um barulho parecido com o quebrar de ondas na praia chegou até nós bem antes de avistarmos a multidão de expectadores. Então, enfim, depois de alcançar uma descida da estrada, vimos diante de nós, um turbilhão de gente com um vórtice vazio no centro. Ao redor, milhares de carruagens pontilhavam o campo, e as encostas estavam repletas de tendas e de barracas. O ringue fora instalado em uma depressão no solo, de modo que seu entorno formava uma espécie de anfiteatro de onde todo mundo poderia assistir ao que se passaria no centro. À medida que nos aproximávamos, um murmúrio de boas-vindas ia aumentando, a começar pelas pessoas próximas e, aos poucos, expandindo-se até que toda a multidão engrossou a aclamação. Um instante depois, um outro grito ecoou do outro lado da arena, e os rostos que nos olhavam viraram-se para o outro lado, com muita rapidez.

— São eles e chegaram bem na hora — disseram meu tio e Craven ao mesmo tempo.

Se eu ficasse em pé no cabriolé, eu podia avistar a cavalgada aproximando-se. Na frente, vinha a enorme carruagem amarela com sir Lothian Hume, Crab Wilson e seu treinador, o capitão Barclay. Os cocheiros tinham fitas amarelas e esvoaçantes atadas a seus bonés, pois aquela era a cor escolhida por Wilson para lutar. Atrás deles vinha uma centena ou mais de nobres de todo o país, uma fileira de carruagens, tílburis, carroças, todos a trafegar pela Gristead Road até onde nossa vista alcançava. Então, a enorme carruagem veio arrastando-se pela relva em nossa direção, até que sir Lothian Hume gritou para que seus cocheiros freassem.

— Bom dia, sir Charles — disse ele, descendo da carruagem —, bem que reconheci seu cabriolé vermelho. É uma excelente manhã para a disputa.

Meu tio curvou-se em um cumprimento frio, mas não respondeu.

— Já que estamos todos aqui, podemos começar o quanto antes — disse sir Lothian, sem reparar no jeito do outro.

— Começamos às dez horas. Nem um instante antes.

— Se prefere assim, muito bem. A propósito, sir Charles, onde está seu lutador?

— Eu ia perguntar-lhe isso, sir Lothian, onde está meu lutador?

Uma expressão de espanto surgiu no rosto de sir Lothian que, se não era verdadeira, era admiravelmente fingida.

— O que quer dizer ao fazer-me tal pergunta?

— Que eu gostaria de saber.

— Mas como posso responder e o que tenho a ver com isso?

— Tenho razões para crer que o senhor sabe muito bem.

— Se o senhor fizesse a gentileza de ser mais claro, talvez eu pudesse entendê-lo.

Ambos estavam lívidos, controlados e impassíveis, mas trocavam olhares cortantes como lâminas. Lembrei-me da reputação de duelista mortal de sir Lothian e temi pela sorte de meu tio.

— Ora, senhor, se acredita ter alguma queixa contra mim, o senhor me faria um favor se a traduzisse em palavras.

— É o que farei — disse meu tio. — Houve um complô para mutilar ou raptar meu lutador e tenho motivos para crer que o senhor seja cúmplice.

Um olhar zombeteiro surgiu no rosto melancólico de sir Lothian.

— Entendo — disse ele. — Seu lutador não se saiu tão bem quanto o senhor esperava e o senhor resolveu inventar uma desculpa. Mas o senhor devia ter inventado uma desculpa melhor e não essa que acarretará sérias consequências.

— O senhor é um mentiroso, mas a extensão de suas mentiras é algo que só o senhor conhece — disse meu tio.

As faces encovadas de sir Lothian ficaram mais lívidas do que o normal e, ao reparar em seus olhos miúdos, lembrei-me logo de um cão de caça enraivecido a esforçar-se freneticamente para livrar-se da corrente que o prende. Então, com um esforço, ele se conteve e voltou a ser o homem frio e duro de sempre.

— Não fica bem para nós brigarmos como dois caipiras em dia de feira — disse ele. — Vamos resolver isso depois.

— Prometo que assim faremos — disse meu tio, com frieza.

— Até que isso aconteça, não o libero das condições da aposta. Se não apresentar seu lutador nos próximos 25 minutos, eu reivindico a vitória na aposta.

— Vinte e oito minutos — disse meu tio, depois de olhar seu relógio. — O senhor poderá fazer isso no tempo certo, nem um instante antes.

Meu tio foi admirável naquele momento. Seu jeito era o de um homem que tinha toda sorte de recursos escondidos na manga, de modo que, se eu não soubesse de toda a verdade, mal poderia perceber o quanto nossa posição era desesperadora. Entrementes, Berkeley Craven, que acabara de trocar algumas palavras com sir Lothian Hume, veio novamente para perto de nós.

— Fui convocado a ser o único juiz nesta questão — disse ele. — Isto é do seu agrado, sir Charles?

— Eu ficaria imensamente agradecido, Craven, caso se encarregasse desta tarefa — disse meu tio.

— Sugeriram Jackson como o encarregado da cronometragem.

— Eu não conseguiria pensar em alguém melhor do que ele.

— Muito bem. Então tudo está acertado.

Naquele momento, as últimas carruagens chegavam ao local e seus cavalos eram colocados no pasto, com os demais. Os retardatários se juntavam à multidão já reunida e se uniam ao coro poderoso que já dava sinais de impaciência. Olhando ao redor, quase nada se mexia na vasta extensão verdejante. Um cabriolé retardatário vinha a toda velocidade da direção sul e uns poucos andarilhos ainda se arrastavam, vindos de Crawley. Em nenhuma parte havia sinal do lutador desaparecido.

— As apostas seguem na mesma — disse Belcher. — Acabei de vir do ringue e continuam iguais.

— Há um lugar reservado para o senhor, perto do ringue — disse Craven.

— Nenhum sinal de meu lutador. Só irei para meu lugar quando ele chegar.

— É meu dever dizer-lhe que só restam dez minutos.

— Pelo meu relógio, restam somente cinco — disse sir Lothian Hume.

— Quem decide sobre esta questão é o juiz — disse Craven, com firmeza. — Meu relógio mostra que faltam dez, e é isso que sustento.

— Aqui está Crab Wilson — disse Belcher.

No mesmo instante, gritos com a força de uma trovoada emergiram da multidão. O pugilista do oeste já tinha saído da barraca preparada para que se arrumasse e ele vinha em companhia de Dutch Sam e de Tom Owen, que eram seus assistentes. Ele estava sem camisa, com ceroulas de algodão, meias brancas de seda e calçados de corrida. Em sua cintura havia uma faixa amarelo-canário e fitas da mesma cor prendiam as ceroulas nos joelhos. Ele trazia um chapéu comprido e branco nas mãos e, ao correr pela passagem que tinha sido preparada para dar-lhe acesso ao lugar da luta, ele arremessou o chapéu que caiu bem no meio do ringue. Ele saltou por sobre as cordas externas e depois transpôs as internas e ficou de pé, com os braços cruzados, bem no meio do ringue.

Não fiquei surpreso ao ver a reação da multidão diante daquela entrada. Até Belcher contagiou-se e aplaudiu-o. Ele era mesmo um atleta de porte esplêndido, com uma pele muito branca, com músculos que reluziam de saúde à luz do sol, igual à pele de uma pantera. Seus braços eram longos e flexíveis, seu tórax largo e poderoso, os ombros ligeiramente caídos indicavam mais força do que costumam ter os ombros quadrados. Ele colocou as mãos por trás da nuca e empurrou os cotovelos para dentro e para fora e, a cada movimento, uma parte de seus músculos ficava evidente, arrancando gritos de admiração da turba atenta à sua exibição.

Sir Lothian Hume olhava impaciente para seu relógio de bolso até que fechou a tampa com um baque seco e triunfante.

— Acabou o tempo! — disse ele. — A disputa está decidida.

— O tempo não acabou — disse Craven.

— Ainda me restam cinco minutos — disse meu tio, olhando ao redor, agora com desespero.

— Apenas três, Tregellis!

Um clamor raivoso crescia na multidão.

— Fraude! Fraude! — gritavam.

— Onde está seu lutador, sir Charles? Onde está o homem no qual apostamos?

Rostos irados destacavam-se na turba, e olhos raivosos encaravam-nos.

— Mais um minuto, Tregellis! Sinto muito, mas serei forçado a declará-lo perdedor.

Então, viu-se um movimento em meio à multidão, empurrões, gritos e, de longe, um velho chapéu negro foi lançado ao ar, voando por sobre cabeças até cair perto das cordas do ringue interno.

— Meu Deus, estamos salvos! — gritou Belcher.

— Creio que é meu lutador — disse meu tio, calmamente.

— Tarde demais! — gritou sir Lothian.

— Não — disse o juiz. — Ainda faltavam vinte segundos para o término do prazo. A luta pode começar.

## Capítulo XVII
## No ringue

Em meio a toda aquela multidão, fui um dos poucos que viu de que lado veio o chapéu arremessado tão oportunamente no ringue de luta. Já mencionei o cabriolé retardatário que se aproximava a toda velocidade, vindo do sul. Meu tio também o notara mas, logo em seguida, entrara na discussão com sir Lothian a respeito do tempo. Quanto a mim, fiquei tão cismado com a correria daqueles retardatários que fixei os olhos neles com uma vaga esperança sobre a qual não ousei falar, por receio de causar a meu tio um novo desapontamento. Eu tinha percebido que o cabriolé trazia uma mulher e um homem, até que vi o veículo sair da estrada e vir, ainda correndo, pela relva, esmagando arbustos e touceiras. Então, o condutor jogou as rédeas para a acompanhante, saltou do veículo e jogou-se furiosamente na multidão. Foi então que vi o chapéu ser arremessado para o ringue, num sinal inequívoco de desafio aceito.

— Nada de pressa agora, Craven — disse meu tio, tão friamente como se aquela ação inesperada tivesse sido planejada por ele.

— Agora que o chapéu de seu lutador está no ringue, o senhor tem todo o tempo de que necessita, sir Charles.

— Seu amigo apareceu a tempo, sobrinho.

— Não é Jim, senhor — sussurrei —, é outro homem.

O erguer de sobrancelhas de meu tio traiu seu espanto.

— Outro! — exclamou ele.

— Outro tão bom quanto Jim! — berrou Belcher, batendo as mãos nas coxas com um som estalado como o de pistolas. — Macacos me mordam, se não é o velho Jack Harrison em pessoa!

Ao olhar para a multidão, vimos a cabeça e os ombros de um homem vigoroso e poderoso vindo lentamente em nossa direção e deixando atrás de si um vazio em forma de V de formato parecido ao que se delineia quando um cachorro está nadando. Quando se aproximou do ringue, um ponto onde a multidão era menos densa, ele levantou a cabeça e pudemos ver melhor seu rosto sério. Seu chapéu já estava no ringue, e ele estava agasalhado com um sobretudo e trazia um lenço azul com detalhes brancos amarrado ao pescoço. Quando emergiu da multidão, ele deixou cair o sobretudo e mostrou-se vestido para a luta, com ceroulas pretas, meias chocolate e calçados brancos.

— Desculpe-me pelo atraso, sir Charles — disse ele. — Eu teria chegado antes se não tivesse levado tanto tempo para convencer minha patroa. Como estava muito difícil, eu a coloquei no cabriolé e viemos discutindo pelo caminho.

Olhamos para o cabriolé e constatamos que era mesmo a senhora Harrison. Sir Charles acenou para ela.

— O que o fez vir aqui, Harrison? — cochichou ele. — Confesso que nunca fiquei tão feliz por encontrar um homem como estou agora ao vê-lo, mas devo dizer que não é você que eu esperava ver neste momento.

— Bem, o senhor soube que eu viria — disse o ferreiro.

— Na verdade, não.

— Não recebeu a mensagem, sir Charles, que enviei por intermédio de um camarada chamado Cumming, o proprietário da hospedaria de Friar's Oak? O senhor Rodney aqui o conhece.

— Eu o vi caindo de tão bêbado no Hotel George.

— Veja só, eu bem que desconfiava! — disse Harrison, furioso. — Ele sempre fica assim quando fica muito animado e eu nunca o vi tão fora de si como quando ele soube que decidi aceitar essa luta. Ele juntou até um saco de moedas para apostar em mim.

— Então foi assim que a aposta virou — disse meu tio. — Ele influenciou muita gente, ao que tudo indica.

— Eu temia tanto que ele se perdesse na bebedeira que o fiz prometer que iria direto ao senhor no momento exato em que chegasse a Crawley. Levava um bilhete para lhe entregar.

— Soube que ele chegou ao Hotel George às seis, e eu só retornei depois das sete, tempo suficiente para ele beber e se esquecer de sua missão. Mas onde está seu sobrinho, Jim? E como você soube que precisávamos de sua ajuda?

— Não foi culpa dele, garanto, se ele teve de abandonar o negócio. Quanto a mim, tive ordens de substituí-lo do único homem no mundo cuja palavra jamais desobedeci.

— Veja, sir Charles — disse a senhora Harrison, que deixara o cabriolé para se aproximar de nós. — Desta vez o senhor tem meu homem, mas, depois, nunca mais, nem que o senhor peça de joelhos.

— Ela não gosta mesmo de esporte. Isso é um fato — disse o ferreiro.

— Esporte! — disse ela, com desprezo. — Avisem-me quando tudo terminar.

Ela se afastou, e eu a vi depois, sentada perto de alguns arbustos, de costas para a multidão, com as mãos tampando as orelhas, inquieta na agonia da espera pelo final.

Enquanto esta cena se desenrolava, a multidão ficava mais e mais agitada, em parte pela impaciência do atraso, em parte pela excitação diante da oportunidade inesperada de assistir a uma luta de um pugilista famoso como Harrison. Sua identidade já era conhecida, e muitos desportistas veteranos sacaram alguns guinéus de seus bolsos para apostar no homem que representava a velha escola. Os mais jovens ainda estavam do lado do rapaz do oeste, e as apostas começaram a equilibrar-se de vez.

Sir Lothian Hume seguia na estratégia de dificultar as coisas junto ao honorável Berkeley Craven, ainda de pé, ao lado de nosso cabriolé.

— Quero apresentar uma reclamação formal diante dessas mudanças — disse ele.

— Baseado em quê, senhor?

— No fato de o lutador aqui presente não ser a pessoa originalmente indicada por sir Charles Tregellis.

— Nunca cheguei a definir o nome de ninguém — disse meu tio.

— Todas as apostas foram feitas com base no conhecimento de que o jovem Jim Harrison seria o oponente de meu lutador. Agora, no último momento, ele é substituído por um pugilista ainda mais forte.

— Sir Charles Tregellis está em seu direito — disse Craven, com firmeza. — Ele apenas se comprometeu a apresentar um lutador dentro de certa faixa etária e sei que Harrison preenche esta condição. Tem mais de 35 anos, Harrison?

— Completo 41 na semana que vem, mestre.

— Muito bem. Que a luta comece.

Eis que havia uma autoridade acima do juiz e que estávamos prestes a presenciar um incidente que seria o prelúdio do fim das lutas de ringue. Ao longe, no horizonte, um cavalheiro vestido de negro, com botas de cano alto e tendo atrás de si um par de lacaios, aproximava-se de nós. Os mais observadores da multidão olhavam desconfiados para a figura que, de vez em quando, desaparecia no fundo das ravinas para reemergir depois, no alto das colinas, sempre em nossa direção. Boa parte da multidão, no entanto, só o notou quando ele deteve seu cavalo perto do anfiteatro improvisado e, com sua voz límpida e forte, anunciou que representava o *Custus rotulorum* de Sua Majestade, o conde de Sussex, e que ele declarava que aquela assembleia servia para um propósito ilegal e que estava encarregado de dispersá-la à força, se fosse necessário.

Nunca, até aquele momento, eu havia compreendido bem o temor profundamente enraizado, o respeito salutar que a lei havia, à custa de muitos séculos, conseguido imprimir na alma daqueles selvagens e turbulentos cidadãos insulares. Ali estava um homem acompanhado de dois assistentes, tendo ao redor trinta mil homens agitados e desapontados, muitos deles pugilistas profissionais, outros, representantes das classes sociais mais grosseiras e perigosas do país. Ainda assim, aquele único homem ameaçava, seguro de si, recorrer à força, enquanto aquele imenso grupo agitava-se e grunhia como uma criatura rebelde que se encontra frente a frente com um poder maior, contra o qual não se pode argumentar nem resistir. Meu tio, no entanto, juntamente com Berkeley Craven, sir John Lade e uma dúzia de outros lordes e cavalheiros, correu em direção ao estraga-prazeres dos esportes.

— Presumo que tenha um mandado, senhor — disse Craven.

— Sim, senhor, eu tenho um mandado.

— Então, tenho o direito de examiná-lo.

O oficial entregou um papel azul sobre o qual o pequeno grupo de cavalheiros curvou-se para ler o conteúdo. Muitos ali eram também juízes e, por isso, procuraram um deslize qualquer nos termos do documento. Depois de um tempo, Craven deu de ombros e o devolveu.

— Parece correto, senhor — disse ele.

— Está muito correto — respondeu o oficial, de maneira gentil — Para evitar que percam seu precioso tempo, cavalheiros, devo dizer, de uma vez por todas, que é minha determinação inalterável a de impedir que qualquer luta, em quaisquer circunstâncias, aconteça no condado sobre o qual tenho jurisdição, e estou disposto a segui-los, durante o dia inteiro, para evitar sua desobediência.

Minha inexperiência dizia que o assunto estava encerrado, mas subestimei a sagacidade das pessoas que organizavam tais eventos e também as vantagens que justificavam a escolha de Crawley Down como lugar da disputa. Patrocinadores, juiz e encarregado do cronômetro reuniram-se apressadamente em um pequeno conselho.

— Estamos a 11.265 quilômetros da fronteira de Hampshire e a pouco mais de três da de Surrey — disse Jackson.

Jackson, o famoso Mestre dos Ringues, vestia-se com honra para a ocasião, com um resplandecente casaco vermelho com detalhes dourados na botoeira, meias brancas, chapéu redondo preto com aba larga. O traje fazia justiça à sua figura magnífica, em especial às famosas panturrilhas que o alçaram ao posto de melhor corredor e de melhor saltador da Inglaterra, além de um de seus mais formidáveis pugilistas. Seu rosto de traços fortes, seus olhos grandes e astutos, o físico imenso fizeram dele um líder perfeito entre os lutadores. Não é à toa que o chamavam de comandante-chefe.

— Se me permitem um conselho — disse o oficial, amigável —, seria o de irem para os lados de Hampshire, pois sir James Ford, lá de Surrey, tem as mesmas objeções que eu em relação a tais eventos, enquanto o senhor Merridew, de Long Hall, que é o magistrado de Hampshire, tem menos escrúpulos em relação ao tema.

— Senhor — disse meu tio, levantando o chapéu da maneira mais elegante possível. — Fico-lhe imensamente grato. Com a permissão do árbitro, proponho trocar as estacas do ringue de lugar.

No instante seguinte, pôde-se ver uma cena da mais viva animação. Tom Owen e seu assistente Fogo, com a ajuda de outros, arrancaram as estacas e as cordas e encarregaram-se de levar o material para o novo destino. Crab Wilson foi envolvido em um fino sobretudo e lá se foi na carruagem, enquanto Champion Harrison tomou o lugar que era do senhor Craven em nosso cabriolé. Então, o grupo de cavalheiros pôs-se em marcha, junto com a multidão, pedestres, veículos dos mais variados tipos, todos lentamente, a atravessar a vastidão verdejante. Umas cinquenta carruagens, lado a lado, sacudiam ao avançar, como barcos no mar agitado, arrastando-se pesadamente, balançando e tropeçando em um ou outro obstáculo da relva. Às vezes, depois de um baque e de um estalo, um eixo caía no solo, enquanto uma roda ficava enganchada em uma moita de urzes. Nessas horas, explosões de gargalhadas abatiam-se sobre os desafortunados donos dos veículos quebrados, enquanto eles olhavam desanimados para o estrago. Mais adiante, em uma parte mais regular do terreno, os que estavam a pé puderam correr, os cavalheiros fizeram uso de seus esporões, os condutores estalaram seus chicotes e, para diante, todos eles rumaram, na mais louca corrida de obstáculos. A carruagem amarela e o cabriolé vermelho iam à frente, com os dois campeões.

— Quais são suas chances, Harrison? — ouvi meu tio perguntar, enquanto as duas éguas avançavam pelo terreno irregular.

— É minha última luta, sir Charles — disse o ferreiro. — O senhor ouviu minha patroa dizer que esta será a última vez. Farei de tudo para que seja uma boa luta.

— Como está seu condicionamento?

— Estou sempre treinando, senhor. Trabalho duro de manhã até a noite, e bebo pouco além de água. Não creio que o capitão Barclay, com todos os seus exercícios, pudesse deixar-me melhor do que minha rotina de ferreiro.

— Wilson tem um alcance melhor que o seu.

— Já lutei e venci com outros melhores do que ele. Quando chegavam perto, eu levava a melhor nos golpes.

— Será a disputa da juventude contra a experiência. Eu não tiraria nem um guinéu de minha aposta. Mas, a menos que tenha sido coagido, não poderei perdoar Jim por ter-me abandonado.

— Ele *foi* coagido pelas circunstâncias, sir Charles.

— Você o viu, então?

— Não, mestre, não o vi.

— Sabe onde ele está?

— Bem, não cabe a mim dizer. Só posso lhe assegurar que ele não pôde evitar o que houve. Aí vem o oficial novamente.

O oficial estraga-prazeres galopou até o lado de nosso cabriolé, mas agora com uma mensagem mais amigável.

— Minha jurisdição termina nesta ravina, senhor — disse ele. — Arrisco-me a dizer que o senhor não encontraria local melhor para uma luta do que o descampado adiante. Tenho certeza de que ninguém o incomodaria ali.

Seu desejo evidente de que a luta acontecesse contrastava com o zelo ao tirar-nos de seu condado, e meu tio não pôde deixar de comentar isso com ele. Ele então respondeu:

— É dever de um oficial aplicar a lei, senhor. Mas se meu colega de Hampshire não tem escrúpulos em ver tais eventos em sua jurisdição, eu gostaria é de assistir à luta.

E assim ele foi com seu cavalo para um lugar onde poderia ter boa visão dos acontecimentos.

Hoje eu tenho conhecimento sobre todos os detalhes da etiqueta e das curiosidades relacionadas com aquele esporte, particularidades ainda tão recentes que ainda não percebemos que, um dia, poderiam ser tão interessantes para um historiador da sociedade quanto o eram para um esportista. A luta tinha uma certa dignidade, graças a uma rebuscada sucessão de cerimônias, exatamente como acontecia com o embate de cavalheiros com armaduras que era precedido por arautos e embelezado com escudos e brasões. Aos olhos de muita gente na Idade Média, os torneios podiam parecer competições sangrentas e brutais, mas nós, que olhamos para aqueles tempos com uma perspectiva mais ampla, entendemos que os torneios, embora rudes, eram um treinamento de valentia para as duras condições de vida de então. Da mesma forma, neste momento em que os ringues caíram em desgraça, tal como os duelos medievais, já podemos entender que uma análise extensiva indica que todos aqueles costumes, surgidos tão natural e espontaneamente, tinham uma função a cumprir. Há menos danos quando dois homens, por livre vontade, lutam até não mais poderem do que no costume de atrelar a bravura e a resistência de uma nação a qualidades individuais de cidadãos escolhidos para defendê-la. Que se acabe com a guerra, se é que esta coisa maldita pode ser evitada. Mas, até que isso aconteça, que tenhamos cuidado ao interferir com os instintos primitivos, aos quais podemos recorrer eventualmente para nossa própria proteção.

Tom Owen e seu peculiar assistente, Fogo — que era pugilista e também poeta, embora, felizmente para ele, melhor nos socos do que com a caneta — prepararam rapidamente o novo ringue, seguindo à risca as regras da época. As estacas de madeira pintada de branco, cada uma delas com um CP gravado, significando Clube dos Pugilistas, foram fixadas ao chão, de modo a formar uma área quadrada de 7,31 metros, que era o ringue cercado de cordas. Fora desta área havia um quadrado maior, com pouco mais de dois metros, a separar a delimitação externa da mais interna, que era a do ringue. No quadrado interior ficavam os lutadores e seus dois assistentes, enquanto no quadrado externo havia lugares para o árbitro, o encarregado da cronometragem, os patrocinadores dos dois lutadores e uns poucos felizardos, entre os quais eu me encontrava, por estar na companhia de meu tio. Uns vinte pugilistas veteranos, incluindo meu amigo Bill Warr, além de Black Richmond, Maddox, o orgulho de Westminster, Tom Belcher, Paddington Jones, Tough Tom Blake, Symonds, o facínora, Tyne, o alfaiate, entre outros, também estavam ali, como seguranças. Esses camaradas usavam chapéus brancos e altos que eram moda na época e estavam armados de chicotes com detalhes prateados e com o monograma CP. Se alguém, fosse um caipira dos ermos do extremo leste ou um patrício do oeste, se aventurasse em direção ao ringue, esses guardas nem discutiam, iam direto em direção ao invasor e fustigavam-no com os chicotes até que ele saísse da área proibida. Mesmo com aquela guarda seleta e com tantas precauções, os rapazes davam duro para rechaçar a turba enlouquecida e, frequentemente, ao final de uma luta, estavam tão exaustos quanto os lutadores saídos do ringue. No início da luta, os seguranças ficavam em fila, como sentinelas. Era uma fila ordeira de chapéus brancos, com a exibição de rostos com os traços juvenis de um Tom Belcher, de um Jones e de outros jovens pugilistas, ou de rostos cheios de cicatrizes e de mutilações, como eram os de alguns veteranos.

Enquanto a tarefa de fixar as estacas e de esticar as cordas progredia, eu, sentado em um bom lugar, podia ouvir conversas de gente na multidão, bem atrás de mim. Havia duas fileiras de espectadores sentados na relva e, atrás deles, mais duas outras fileiras de gente ajoelhada. Daí por diante havia somente espectadores de pé, formando um grupo compacto que subia pela inclinação da colina, de modo que quem estava na fileira de trás podia enxergar por sobre os ombros de quem estava na fileira da frente. Naquela multidão, muito entre os mais experientes fizeram péssimas previsões a respeito das chances de Harrison, e eu fiquei com o coração pesado ao escutá-los.

— É a velha história: eles não se convencem de que os jovens ganham tudo. Eles só aprendem essa lição quando alguém a soca para dentro deles — disse um.

— Ai, ai. Foi assim mesmo que Jack Slack destruiu Boughton e eu mesmo vi Hooper, o funileiro, ser despedaçado por um vendedor de óleo. Um dia chega a vez de todos, e hoje será a de Harrison — disse outro.

— Não esteja tão certo disso — gritou um terceiro. — Assisti a Jack Harrison lutar cinco vezes e nunca o vi baixar o nível. Digo que ele é um verdadeiro açougueiro.

— Você quer dizer que ele *era*.

— Não penso assim. E apostei dez guinéus em minha opinião.

— Ora — disse bem atrás de mim um homem do oeste, de fala pretenciosa. — Pelo que vi deste jovem de Gloucester não acho que Harrison conseguisse aguentar dez *rounds* mesmo quando ele estava em sua melhor forma. Cheguei ontem, depois de viajar na carruagem vinda de Bristol, e o cocheiro me contou que trazia 15 mil libras em ouro no cofre do veículo e que tudo aquilo foi apostado em nosso homem.

— Vão precisar de sorte para ver a cor de seu dinheiro novamente — disse outro. — Harrison não é nenhuma florzinha ao lutar e possui raça até os ossos. Ele não tremeria nem se tivesse de enfrentar alguém como Carlton House.

— *Humpf!* Apenas em Bristol e em Gloucester você pode achar alguém para vencer homens de Bristol e de Gloucester.

— É muita impertinência sua, falar assim — disse alguém com ira, bem atrás de mim. — É fácil encontrar uns seis homens em Londres prontos para enfrentar os 12 melhores que já vieram do leste.

Se os preparativos se prolongassem mais, é certo que haveria uma luta entre o londrino e o aristocrata de Bristol, mas uma chuva de aplausos pôs um fim à discussão. A causa foi a aparição de Crab Wilson no ringue, seguido por Dutch Sam e Mendoza, que carregavam bacia, esponja, odre com conhaque e outros utensílios de trabalho. Ao entrar, Wilson tirou o lenço amarelo-canário da cintura e dirigiu-se para um canto do ringue, onde o amarrou bem alto em uma das estacas e onde o lenço ficou balançando ao sabor da brisa. Depois, ele pegou um bocado de fitas menores da mesma cor das mãos de seus assistentes e ofereceu-as aos cavalheiros por uma moeda de meio guinéu, como suvenir da luta. Seu animado comércio só terminou com a entrada de Harrison, que saltou com presteza sobre as cordas do ringue, da melhor forma que sua idade madura e suas juntas elásticas permitiram. A gritaria que o saldou foi ainda maior do que a que anunciou a chegada de Wilson e nela havia mais entusiasmo, pois a multidão já tivera oportunidade de ver o físico de Wilson, enquanto Harrison era novidade para eles.

Eu já tinha visto o pescoço e os braços poderosos do ferreiro, mas nunca o tinha visto sem camisa, nem havia percebido a magnífica simetria de seu corpo que tinha feito dele, na juventude, o modelo favorito dos escultores de Londres. Ele não tinha a pele lisa e branca e os músculos reluzentes que tornavam Crab Wilson tão admirável. Ao contrário, ele tinha um corpo robustamente talhado, com nós de músculos por toda parte, como se as raízes de uma velha e robusta árvore despontasse do tórax até os ombros e dos ombros até os cotovelos. Mesmo em repouso, o sol fazia sombra nas curvas de sua pele e, quando ele se exercitava, cada músculo se contraía, bem definido e duro, revelando um tronco cheio de tendões e de nós. Tanto a pele do rosto quanto a do corpo eram mais morenas e espessas que as de seu antagonista, mas ele parecia mais resistente, uma característica ressaltada pela cor escura de suas ceroulas e meias. Ele entrou no ringue chupando um limão, seguido por Jem Belcher e por Caleb Baldwin, passeou até a estaca na qual Wilson amarrara sua fita amarela e então ele amarrou seu lenço azul por cima da fita. Depois, dirigiu-se ao oponente, estendendo-lhe a mão.

— Espero que esteja bem, Wilson — disse ele.

— Muito bem, obrigado. Nós nos falaremos em outro tom, espero, antes de partirmos daqui — disse o outro.

— Mas sem rancor — disse o ferreiro.

Os dois homens dirigiram-se a seus cantos, encarando ferozmente um ao outro.

— Posso perguntar, senhor juiz, se esses homens foram pesados? — indagou sir Lothian Hume, de pé no ringue externo.

— Foram pesados há pouco, sob minha supervisão, senhor — disse Craven. — Seu homem tem 83.914 quilos, e Harrison tem 86.182 quilos.

— É um homem pesado da cabeça aos pés — disse Dutch Sam, de seu canto.

— Vamos livrá-lo de um bocado de seu peso daqui até o final da luta.

— Vocês terão muito mais dele do que esperam — respondeu Jem Belcher. E a multidão gargalhou com a resposta.

## Capítulo XVIII
## A última batalha do ferreiro

— Limpem o ringue externo! — gritou Jackson, de pé, ao lado das cordas, com um grande relógio de prata nas mãos.

*Tchá! Tchá!* Zuniram os chicotes, pois um certo número de espectadores, empurrados por quem estava atrás deles, ou simplesmente dispostos a correr o risco de experimentar a dor de uma chicotada apenas para obter uma visão melhor dos lutadores no ringue, haviam ultrapassado as cordas do ringue externo e se acomodado em lugar proibido. Agora, em meio às gargalhadas da multidão e de uma chuva de golpes dos seguranças, eles recuavam atabalhoadamente, com a pressa afobada de ovelhas amedrontadas procurando espaço em meio ao rebanho. A tarefa era difícil, pois os espectadores da primeira fileira não queriam recuar de seus lugares. Mas o temor de serem atingidos fez com que cada um dos fugitivos fosse encontrando um jeito de ser absorvido pela massa de gente, enquanto os seguranças iam, um a um, voltando para seus postos, pendurando os chicotes enrolados novamente na cintura.

— Senhores — disse Jackson. — Fui encarregado de informar que o lutador de sir Charles Tregellis é Jack Harrison, de 86 quilos, e que lutará com Crab Wilson, de 84 quilos. Ninguém será admitido no ringue, exceto o juiz e o encarregado da cronometragem. Peço apenas que, se a ocasião demandar, todos me ajudem a manter a ordem e a evitar confusões para que tenhamos uma luta justa. Tudo pronto?

— Tudo pronto! — gritaram ao mesmo tempo, dos cantos opostos do ringue.

— Tempo!

Houve um momento de silêncio quando Harrison, Wilson, Belcher e Dutch Sam caminharam resolutamente para o centro do ringue. Os dois lutadores apertaram-se as mãos, seus assistentes fizeram o mesmo, de modo que as quatro mãos cruzaram-se. Então os dois assistentes soltaram as mãos e recuaram, e os dois lutadores, frente a frente, levantaram as mãos para o alto. Era uma visão magnífica para qualquer um que conservasse a capacidade de apreciar a natureza em seu esplendor. Ambos os lutadores preenchiam os requisitos para serem classificados como atletas de primeira linha, pois pareciam maiores sem roupas do que vestidos. No jargão do ringue, eles eram *bem feitos*. Cada um deles ressaltava os atributos do outro, pois ambos contrastavam: o jovem esbelto, descontraído e de pés ligeiros e o veterano robusto, rude e de tronco parecido ao de um carvalho. As apostas começaram a virar em favor do jovem no instante em que eles ficaram lado a lado, pois suas vantagens eram óbvias, enquanto as qualidades que haviam feito a fama de Harrison em sua juventude eram apenas memórias. Todos podiam ver os quase oito centímetros de altura a mais de Wilson em relação ao outro. Havia a vantagem de quase cinco centímetros de alcance de seus braços compridos em comparação aos braços curtos do ferreiro troncudo. Uma olhada nos rápidos movimentos dos pés de felino de Wilson, em seu perfeito equilíbrio, evidenciava toda a leveza de seus movimentos. Em comparação, seu adversário era mais pesado. Apenas o olhar mais experiente dos mais velhos podia decifrar o sorriso severo que não saía da boca do ferreiro ou o fogo latente e escondido em seus olhos acinzentados, bem como seu coração e sua estrutura de ferro. Ele era, assim, um homem perigoso demais para que se apostasse contra ele.

Wilson estava de pé na posição que lhe rendera seu apelido. Lembrava um caranguejo com a mão esquerda e o pé esquerdo bem projetados para a frente, com seu corpo muito inclinado para trás em relação ao quadril, com a mão direita, a da guarda, bloqueando seu tórax, mas, ao mesmo tempo, mantida a certa distância de seu peito, de um jeito que dificultava os golpes dos adversários. O ferreiro, por sua vez, adotou a posição obsoleta inventada por Humphries e por Mendoza e que não se via há uma década nas principais lutas. Seus joelhos estavam ligeiramente flexionados, ele se mostrava por inteiro diante do adversário e tinha seus dois punhos igualmente preparados, para socar com qualquer um dos dois, a qualquer instante. Wilson movimentava as mãos, sem cessar, para dentro e para fora e ambas estavam besuntadas com algum líquido adstringente para evitar inchaços e era tão gritante o contraste de sua cor com a brancura dos braços que cheguei a pensar que ele usava luvas escuras e apertadas até que meu tio me explicou a coisa toda em voz baixa. Os dois estavam ali, em meio a uma espécie de tremor e ansiedade e de expectativa, enquanto a enorme multidão mantinha-se silenciosa e com a respiração suspensa ao seguir seus menores movimentos, a ponto de cada homem ali presente pensar que se encontrava no centro de uma solidão primitiva.

Ficou evidente desde o início que Crab Wilson não queria desperdiçar chances e que ele confiava no uso da leveza de seus pés e da agilidade de suas mãos até avaliar por completo as táticas e o estilo de seu robusto adversário. Ele passeava lépido ao redor do outro, com pequenas, elásticas e ameaçadoras passadas, enquanto o ferreiro girava lentamente para acompanhá-lo. Então, quando Wilson recuou para induzir Harrison a segui-lo, o veterano abriu o sorriso irônico e balançou a cabeça:

— Você terá de vir até mim, rapaz. Estou muito velho para galopar ao redor do ringue atrás de você. Mas nós temos o dia todo, e eu posso esperá-lo.

Talvez ele não esperasse obter uma resposta tão rápida a seu convite. Em um segundo, com um pulo de pantera, o caipira do oeste estava em cima dele. *Pá! Pá! Pá! Tum! Tum!* Os três primeiros foram no rosto de Harrison, os dois últimos foram os golpes de revide no corpo de Wilson. O jovem dançou para trás, livrando-se do outro com estilo, embora com duas manchas vermelhas e raivosas na parte de baixo das costelas.

— Wilson sangra! — gritaram na multidão.

Mas, quando o ferreiro virou o rosto para seguir os movimentos de seu ágil adversário, constatei, emocionado, que seu queixo estava vermelho e gotejando. Wilson avançou novamente, sorrateiro, um soco atingiu a face de Harrison e, ao tentar bloquear o soco poderoso da direita que foi o revide do ferreiro, Wilson pôs um fim no *round*, escorregando no chão.

— Primeiro *knockdown*, para Harrison! — berraram mil vozes, enquanto muitas libras trocavam de mãos já naquele início de luta.

— Eu apelo ao juiz! — disse sir Lothian Hume. — Foi um escorregão e não um *knockdown*.

— Foi um escorregão — disse Berkeley Craven.

E os lutadores rumaram para seus cantos, em meio a aplausos de satisfação diante de um primeiro *round* tão bem disputado. Harrison cutucou a boca com o polegar e o indicador e puxou um dente solto que jogou na bacia.

— Como nos velhos tempos — disse ele para Belcher.

— Tenha cuidado, Jack! — sussurrou seu ansioso assistente. — Você levou mais do que deu.

— Talvez eu possa até aguentar mais — disse ele, serenamente, enquanto Caleb Baldwin esfregava a esponja em seu rosto que, depois de ser jogada de volta na bacia, tingiu a água de sangue.

Pude concluir pelos comentários dos cavalheiros a meu redor e pelos do povo atrás de mim que as chances de Harrison haviam diminuído naquele *round*.

— Vi seus velhos enganos, mas ainda não vi seus velhos méritos — disse sir John Lade, nosso oponente de Brighton Road. — Ele tem os pés tão pesados e é tão lento nos movimentos como sempre. Wilson o acertou como bem quis.

— Wilson até pode acertá-lo três vezes de uma só vez, mas um único soco de Harrison vale três de Wilson — disse meu tio. — Ele é um lutador nato, enquanto o outro é apenas bem treinado. Não retiro nem um guinéu de minha aposta.

Um silêncio súbito anunciou que os dois estavam de pé novamente. Seus assistentes já tinham feito um trabalho tão bom neles que os dois pareciam nunca ter passado pelo primeiro *round*. Wilson avançou primeiro com sua esquerda, mas subestimou a distância do adversário e levou um soco de revide que o fez cambalear ofegante até as cordas do ringue.

— *Hurra*, olha o velho! — gritaram da multidão.

Meu tio soltou uma gargalhada e até cutucou sir John Lade.

O caipira do oeste sorriu, sacudiu o corpo como um cachorro que sai da água e, com passadas ligeiras, voltou ao centro do ringue onde o outro permanecia. A mão direita de Harrison disparou novamente, mas Wilson bloqueou o golpe com o braço e virou de lado, sorrindo. Os dois já estavam meio sem fôlego e a respiração curta e sonora deles misturava-se ao barulho de suas passadas no chão, enquanto dançavam um na frente do outro, resultando em um barulho ritmado e prolongado. Dois socos com a esquerda, um de cada lutador, fizeram "clap", como o som de um tiro de pistola e então, quando Harrison se lançou à frente para o ataque, Wilson o fez escorregar e meu velho amigo caiu de frente, impulsionado por seu movimento para diante e também pelo golpe na orelha que lhe deu o caipira do oeste.

— *Knockdown* para Wilson! — gritou o juiz.

O clamor que se seguiu era parecido com o barulho de 74 canhões. Cavalheiros arremessaram seus chapéus para cima, e a colina que se estendia à nossa frente ficou cheia de rostos avermelhados gritando. Meu coração paralisou de medo e eu tremi a cada grito. Mesmo assim, senti-me preso a uma fascinação poderosa, a um *frisson* de alegria primitiva, a uma certa exaltação de nossa natureza banal que me tornava capaz de me elevar acima do temor e da dor, tudo para ver a conquista da mais simples das glórias.

Belcher e Baldwin tinham-se lançado sobre seu homem e, em um instante, colocaram-no de pé em seu canto do ringue. A despeito da frieza com que o corajoso ferreiro acolheu seu castigo, a gente do oeste estava exultante.

— Nós o pegamos! Está perdido! — gritavam os dois judeus. — Cem contra um para Gloucester!

— Perdido? Ele? — respondeu Belcher. — Vocês precisam alugar este pedaço de terra antes de vencê-lo porque ele pode aguentar esses tapinhas durante um mês.

Belcher segurava uma toalha estendida em frente a Harrison enquanto falava. Baldwin, por sua vez, enxugava seu rosto com a esponja.

— Como está, Harrison? — perguntou meu tio.

— Forte como um garanhão, senhor.

A resposta foi tão animada que o rosto de meu tio desanuviou.

— Deveria recomendar a seu lutador mais iniciativa, Tregellis — disse sir John Lade. — Ele não vai ganhar se não atacar.

— Ele sabe mais de pugilismo do que eu ou você, Lade. Vou deixar que ele decida por si mesmo.

— Neste momento, as apostas estão em três contra um, com ele em desvantagem — disse um cavalheiro cujo bigode grisalho indicava ser um oficial da última guerra.

— Certíssimo, general Fitzpatrick. Mas o senhor deve reparar que se é o jovem que eleva o nível, é o mais velho que o sustenta. Minha aposta permanece a mesma.

Os dois lutadores rumaram resolutos para o centro do ringue quando veio novamente o grito:

— Tempo!

O ferreiro, com um lado da cabeça um pouco inchado tinha o bom humor de sempre e o mesmo sorriso ameaçador do início da luta; quanto a Wilson, conservava a mesma aparência, embora por duas vezes eu tenha notado que ele contraía os lábios com força, como se experimentasse uma repentina pontada de dor, e reparei que os hematomas em suas costelas escureciam, indo do vermelho para um arroxeado escuro. Ele posicionou um punho em guarda mais abaixo do que antes para proteger este seu ponto vulnerável. Então, retomou a dança ao redor de seu oponente com a agilidade habitual, indicando que seu fôlego não sofrera em razão dos golpes do adversário. O ferreiro continuou com a tática da impassibilidade.

Rumores vindos do oeste sobre a elegância de Crab Wilson, sobre a rapidez de seus golpes, já nos tinham impressionado. Mas a realidade mostrou que ele era melhor do que esperávamos. Naquele *round* e nos dois que seguiram, ele demonstrou uma rapidez e precisão que os desportistas mais experientes declararam não ter visto nem em Mendoza, em sua melhor fase. Ele ia e vinha com a velocidade da luz e seus golpes eram mais ouvidos do que vistos. Mas Harrison sustentou todos e, com o mesmo sorriso obstinado, retribuiu, vez ou outra, com um soco especialmente poderoso, embora a altura e a postura de seu adversário contribuíssem para deixar o rosto do rapaz fora do alcance do ferreiro. No fim do quinto *round* as apostas estavam em quatro contra um, e o pessoal do oeste exultava com muita algazarra.

— O que pensa agora? — disse um homem do oeste, logo atrás de mim que, de tão entusiasmado, repetia a mesma pergunta, sem cessar.

No sexto *round*, quando o ferreiro recebeu dois socos seguidos sem conseguir revidar e ainda por cima caiu, o camarada atrás de mim ficou sem palavras, só conseguia emitir sons inarticulados de tanta alegria. Sir Lothian Hume sorria e balançava a cabeça aprovando, enquanto meu tio se mantinha impassível, embora eu soubesse que seu coração estava tão pesado quanto o meu.

— Isso não anda bem, Tregellis — disse o general Fitzpatrick. — Meu dinheiro está no veterano, mas o outro é um pugilista melhor.

— O meu lutador está *un peu passé*, mas ele vai se sair bem — retrucou meu tio.

Reparei que Belcher e Baldwin estavam muito sérios e eu soube que seria necessária uma mudança qualquer, ou a lenda que diz que "jovem é melhor do que velho" iria perpetuar-se.

O sétimo *round*, no entanto, tornou evidente a reserva de força do veterano e desanimou os apostadores que acreditavam estar no final da disputa, com o ferreiro prestes a receber o *coup de grâce*. Quando os dois lutadores ficaram frente a frente, ficou claro que Wilson ainda apostava em sua tática de provocar para induzir o outro ao combate e manter-se sempre na ofensiva. Mas, no rosto do ferreiro, nem sinal de desaparecerem o sorriso irônico ou o fogo em seus olhos. Ele também adotara uma postura mais desenvolta, tanto no movimento de seus ombros como na posição de sua cabeça. Ao ver seu jeito altivo diante do adversário, recuperei minha confiança.

Wilson atacou com a esquerda, mas não foi um soco bom e ele mal teve tempo de evitar um golpe perigoso de direita que passou zunindo em direção a suas costelas.

— Bravo, meu velho! Um soco desses é igual a uma dose de láudano — gritou Belcher.

Por um instante, nada de pés dançantes, nem de respiração forte, até que Wilson mirou com olhar maldoso na cabeça do outro. Harrison, no entanto, sustentou o golpe com o braço, mas sem deixar de sorrir.

— Esquenta isso! — gritou Mendoza.

Wilson avançou para obedecer a ordem, mas foi atingido novamente por um soco pesado bem no peito.

— Chegou a hora, vejam! — gritou Belcher.

Quem avançou foi o ferreiro, dando sucessivos socos rápidos e curtos, recebendo revides sem abalar-se, até que Crab Wilson, exausto, rumou para seu canto. Os dois pugilistas lutavam admiravelmente, mas Harrison agora levava a melhor, de modo que foi nossa vez de jogar para cima nossos chapéus e de gritar furiosamente, enquanto os assistentes aplaudiam nosso homem, ao mesmo tempo que o levavam para seu canto do ringue.

— O que pensa agora? — gritaram os vizinhos do homem do oeste, imitando seu refrão.

— Ora, vejam só! Nem Dutch Sam exibiu uma ofensiva tão boa — disse sir John Lade. — Como está a aposta agora, sir Lothian?

— Apostei tudo o que eu quis e não acho que meu lutador vá perder — disse ele, embora seu sorriso tivesse desaparecido do rosto, e eu notasse que ele olhava sem parar para a multidão atrás de si.

Uma nuvem avermelhada surgia lentamente a sudeste, mas poucos na multidão notaram a mudança no tempo. De repente, a nuvem fez-se notar, pois grossas gotas de chuva caíram, engrossando ainda mais em seguida para cair mais forte e com muito barulho nos chapéus altos dos cavalheiros. Golas de casacos subiram e lenços foram amarrados nos pescoços, enquanto a pele dos dois pugilistas brilhava com a água a escorrer, quando os dois se colocaram novamente frente a frente. Vi que Belcher falava com seriedade no ouvido de Harrison e que o ferreiro assentiu com um movimento rápido de cabeça, como quem entende e aprova as ordens recebidas.

Viu-se, de imediato, quais eram as tais ordens. Harrison mudava de tática. Abandonou a defesa e partiu para o ataque. O *round* precedente tinha convencido os dois assistentes que a sucessão de golpes curtos de seu lutador corpulento elevava suas chances. Foi então que veio a chuva. Com o solo encharcado, o trunfo de Wilson, que era dançar ao redor do oponente e desviar constantemente, ficaria neutralizado, de modo que seria mais difícil para ele evitar os golpes pesados do veterano. Saber como tirar vantagens de circunstâncias imprevistas é uma arte no esporte do ringue. Foi assim que muitos assistentes sagazes e vigilantes souberam virar o jogo em favor de seus lutadores.

— Vai lá! Vai lá! — gritavam os dois, enquanto a multidão imitava suas ordens.

Harrison atacou. E de uma maneira tão espetacular que ninguém ali presente esqueceria. Crab Wilson, obstinado, revidava, mas nenhuma força parecia capaz de deter os golpes intermitentes do homem de ferro. Nos *rounds* seguintes, ele avançou com golpes ruidosos e pesados, com a direita e com a esquerda, e, a cada vez que acertava, era com uma força descomunal. Às vezes ele defendia o rosto com a esquerda, e, em outras, nem se defendia, mas seus socos em série eram um recurso irresistível. A chuva caía sobre os lutadores, lavando seus rostos e corpos, mas os dois não ligavam, a não ser para manobrar de modo a encher os olhos do outro de água. *Round* após *round*, o desempenho do caipira do oeste caiu, e as apostas subiram, até que viraram inteiramente em nosso favor. Com o coração cheio de piedade e de admiração ao ver aqueles dois, eu torcia para que cada assalto fosse o último. Mas o grito de "Tempo!" mal saía da boca de Jackson e eles já se desvencilhavam dos assistentes, com seus sorrisos em seus rostos mutilados e a emitir provocações entre seus lábios ensanguentados. Aquilo era uma lição de vida e, dou-lhe minha palavra, em muitas ocasiões em minha existência, quando eu me vi diante de uma tarefa difícil, lembrei-me daquela manhã em Crawley Downs e me perguntei se eu teria a mesma valentia daqueles dois. Nas horas difíceis, eu me perguntei se, pelo bem de meu país e das pessoas que eu amava, teria a mesma admirável resistência daqueles que suportaram tanto em nome da própria honra e diante de seus companheiros. Espetáculos como aquele podem brutalizar quem já é brutal, mas sustento que há neles um lado elevado e que a visão de exemplos de coragem e de resistência extremas carrega uma lição de valor.

 Se o ringue tem suas qualidades, tem também, não se pode negar, o defeito de ser a mãe de vícios terríveis. Naquela manhã, veríamos um pouco das duas coisas. Quando a luta virou contra seu homem, procurei observar, mais de uma vez, a expressão no rosto de sir Lothian, pois eu sabia com que temeridade ele havia apostado seu futuro e sabia também que seu futuro e o de seu lutador ruíam a cada soco do velho pugilista. O sorriso confiante que o acompanhara nos *rounds* iniciais há muito desaparecera de seus lábios, suas faces tornaram-se lívidas, enquanto seus olhos miúdos e furtivos espreitavam sob as sobrancelhas espessas, e, mais de uma vez, quando Wilson caía no chão, ele rompeu em imprecações selvagens. O que me chamava mesmo a atenção era o fato de, ao final de cada *round*, ele olhar para trás e fixar seus olhos em um ponto da multidão. Durante algum tempo, não pude determinar exatamente para onde ele olhava com tanta insistência. Depois, em meio a tantos rostos de gente acomodada na colina atrás de nós, percebi um homem muito alto, com ombros largos e vestido com um casaco verde-garrafa, a olhar fixamente em nossa direção. Desconfiei que repetidos sinais discretos eram trocados entre ele e o baronete a meu lado. Notei ainda que o bando de homens a rodear o sujeito alto era formado pelos elementos mais perigosos de toda aquela assembleia: eram ferozes, de olhar perverso, com rostos cruéis, que gritavam como uma matilha de lobos a cada soco e disparavam execrações em direção a Harrison, cada vez que ele se dirigia a seu canto no ringue. Eles eram tão turbulentos que vi os seguranças cochicharem ao olhar em direção a eles, como se estivessem a preparar-se para eventuais problemas. Nenhum deles, no entanto, pôde prever o que aconteceria em poucos instantes, nem o real perigo que se aproximava.

Trinta *rounds* haviam transcorrido durante 1h25 e a chuva caía ainda mais forte. Dos corpos dos dois lutadores emanava um leve vapor, e o ringue já se tornara uma piscina de lama. Várias quedas deixaram os dois cobertos de sujeira, com manchas avermelhadas resultantes dos golpes. *Round* após *round* terminavam com Wilson indo ao chão, e era evidente até para mim que ele enfraquecia rapidamente. Quando se encaminhava ao canto do ringue, ele ia curvado e amparado pelos dois assistentes e, ao recomeçar a luta, ele cambaleava no ringue. Seu treinamento sistemático e eficaz fez com que agisse de maneira automática, e ele continuou a dar socos com a mesma precisão de sempre, embora com menos força. Um observador desavisado pode ter pensado que ele era o melhor, pois o ferreiro ainda era atacado, mas o caso é que havia um olhar com uma estranha fixidez nos olhos do caipira do oeste e um estranho ritmo em sua respiração, que nos mostra que socos certeiros nem sempre são os melhores. Um violento golpe de lado, no trigésimo primeiro *round*, cortou-lhe a respiração e, quando ele se apresentou para o *round* seguinte, tinha uma atitude tão valente quanto antes, mas tinha também a expressão atordoada de um homem que tem problemas no pulmão.

— Ele está zonzo — gritou Belcher. — Faça como bem entender agora!

— Ainda *vosso* lutar durante uma semana — disse Wilson, ofegante.

— Diabos, gosto de seu estilo — disse sir John Lade. — Ele não recua, ele não cede, não desiste. É uma vergonha deixar que ele continue a lutar. Tirem o jovem valente daí!

— Tirem-no daí! Tirem-no daí! — ecoaram algumas centenas de vozes.

— Ele é muito valente para recuar — disse o general Fitzpatrick — Como seu chefe, sir Lothian, o senhor deve retirá-lo!

— Acha que ele não pode ganhar?

— Não há esperança para ele, senhor.

— Não o conhece. É um lutador de primeira.

— Um valente não recua. Mas o outro é forte demais para ele.

— Bem, senhor, acredito que ele ainda possa lutar uns dez *rounds*.

Ele se virou depois de falar, e eu o vi levantar bem alto o braço esquerdo.

— Cortem as cordas! Jogo justo! Esperem até que a chuva pare! — gritou uma voz possante atrás de mim, e eu vi que era do homem alto de casaco verde-garrafa. Seu grito de trovão era também um sinal, pois desencadeou mais gritos.

— Jogo justo para Gloucester! Quebrem o ringue! Quebrem o ringue!

Jackson tinha acabado de gritar "Tempo!" e os dois homens cobertos de lama já estavam de pé, mas, de repente, o foco do interesse da audiência foi desviado do ringue para um ponto da multidão. Todas as cabeças oscilavam na mesma cadência para o mesmo sentido, como um campo de trigo batido pelo vento. A cada impulso, a oscilação crescia e os que estavam na frente tentavam defender-se contra os empurrões vindos de trás, até que se ouviu um baque e duas das estacas brancas, ainda com torrões de terra nas extremidades, voaram do ringue externo e um bocado de gente foi jogada contra a fila de seguranças. Os chicotes cantaram nos braços dos homens mais fortes da Inglaterra. As pessoas atingidas mal puderam recuar alguns metros para escapar das chibatadas cruéis e outra onda poderosa empurrou-as mais uma vez em direção aos seguranças. Muitos se jogaram no chão para deixar que outros passassem por cima de seus corpos, enquanto outros, enlouquecidos de dor, revidavam com seus cintos e com bengalas. Então, quando metade da multidão tinha ido para a esquerda e a outra metade para a direita para escapar dos empurrões vindos de trás, formou-se um espaço vazio no centro, e o bando de facínoras avançou armado de barras e gritando "Jogo justo!" e "Gloucester".

O avanço do bando atraiu os seguranças. As cordas do ringue interno partiram-se como linhas em um segundo, o lugar fervilhou de gente, um emaranhado de rostos, chicotes e barras a golpear-se, enquanto, frente a frente, no meio de tudo, tão confinados que mal podiam avançar ou recuar, o ferreiro e o caipira do oeste continuaram sua longa batalha, tão indiferentes ao caos ao redor de ambos como dois buldogues que estivessem agarrados a dentadas um no outro. A chuva a cair, insultos e gritos, cheiro forte de roupas molhadas, tudo naquele incidente de minha juventude volta à minha memória neste momento tão claramente como se tivesse acontecido ontem.

Não foi fácil para nós observar tudo aquilo porque também estávamos no meio da turba alucinada. De vez em quando, éramos empurrados e cambaleávamos. Mas, em nosso lado, estavam Jackson e Berkeley Craven, que, com chicotes estalando sobre suas cabeças, ainda conseguiam pôr um pouco de ordem no entorno.

— O ringue ruiu! — berrou sir Lothian Hume. — Apelo ao juiz! A luta deve ser anulada!

— Seu patife! — gritou meu tio, — Isso tudo é coisa sua.

— O senhor já me deve explicações — disse Hume com seu jeito sinistro e, enquanto falava, foi empurrado justamente nos braços de meu tio. O rosto dos dois ficou à distância de alguns centímetros e os olhos penetrantes de sir Lothian tiveram de abaixar ante o olhar de escárnio de meu tio.

— Vamos acertar nossas contas, não se preocupe, embora eu tenha de me rebaixar para chegar a seu nível. O que é, Craven?

— Temos de declarar empate, Tregellis.

— Meu pugilista tem a vantagem na luta.

— Não posso evitar. Não posso desempenhar minha função se, a todo momento, desvio de chicotes e de golpes de barra.

Jackson, que tinha sido engolfado na multidão, voltou de repente e de mãos vazias.

— Roubaram meu cronômetro — um sujeito baixo o arrancou de minha mão.

Meu tio colocou a mão no bolso.

— Meu relógio desapareceu!

— Aceite o empate agora ou seu lutador será ferido — disse Jackson.

E reparamos que, enquanto o destemido ferreiro encarava Wilson para o início de novo *round*, uma dúzia de brutamontes, armados de cassetetes, começava a rodeá-lo.

— Aceita o empate, sir Lothian Hume?

— Aceito.

— E o senhor, sir Charles?

— Claro que não!

— O ringue ruiu.

— Não foi minha culpa.

— Ora, não vejo outra solução. Como juiz ordeno que os lutadores sejam retirados e que as estacas sejam devolvidas aos donos.

— Empate! Empate! — gritaram.

E a multidão dispersou-se em todas as direções, os pedestres correndo para a estrada de Londres e os cavalheiros procurando seus cavalos e suas carruagens. Harrison dirigiu-se a Wilson e apertou-lhe a mão.

— Espero não tê-lo ferido demais.

— Sou resistente demais para isso. E você, como está?

— Minha cabeça apita como uma chaleira. Foi a chuva que me ajudou.

— Sim. E eu que pensei que iria vencê-lo. Não desejei luta melhor do que essa.

— Nem eu. Adeus.

Assim, os dois valentes pugilistas tomaram cada qual seu caminho, passando em meio ao bando de arruaceiros, como dois leões feridos em meio a lobos e chacais. Repito: se o ringue caiu de nível, não se pode responsabilizar os pugilistas profissionais, e sim os parasitas e os rufiões desclassificados que estão bem abaixo dos lutadores honestos, assim como os trapaceiros e os arruaceiros estão abaixo dos nobres cavaleiros que disputam corridas honestas.

## Capítulo XIX
## Cliffe Royal

Meu tio estava ansioso para enviar Harrison para a cama o mais rapidamente possível, pois o ferreiro, embora sorrisse de seus ferimentos, estava muito maltratado.

— Nunca mais ouse pedir minha permissão para lutar, Jack Harrison — disse sua mulher, enquanto contemplava pesarosamente seu rosto deformado — Ora, foi pior do que quando lutou com Black Baruk. Se não fosse por seu casaco, eu nem saberia se você é o mesmo homem que me levou ao altar! Você não lutará de novo, nem se o rei da Inglaterra pedir.

— Bem, minha velha, dou minha palavra que não luto mais. É melhor que eu pare com a luta do que a luta pare comigo. Ele fez uma careta antes de tomar um gole de uísque da garrafinha de bebida de sir Charles — É bebida da boa, senhor, mas cai terrivelmente mal em meus lábios cheios de cortes. Ora, se aquele ali não é John Cummings, da hospedaria de Friar's Oak, tão certo como eu sou um pecador. A julgar pelo jeito dele, ele procura um médico!

Era um sujeito realmente singular o que se aproximava de nós na várzea. Com o rosto avermelhado e inchado, típico de quem se recupera de uma intoxicação, o dono do albergue choramingava, sem chapéu e com cabelos e barba esvoaçando ao vento. Ele corria em zigue-zague de um grupo a outro, e sua figura peculiar provocava gracejos quando ele passava, a ponto de me fazer lembrar uma galinhola a desviar de uma fila de atiradores. Nós o vimos, por um instante, parar perto da carruagem amarela e entregar algo a sir Lothian Hume. Então, começou a andar novamente até que nos avistou, deu um grito de alegria e correu em nossa direção com um pedaço de papel sob o braço.

— Você é um baita de um companheiro, não é, John Cummings — disse Harrison, zangado. — Não lhe falei para não deixar uma gota tocar seus lábios até que entregasse meu bilhete para sir Charles?

— Eu devia ser castigado, devia mesmo — disse ele, choroso. — Procurei pelo senhor, sir Charles, tão certo como estou vivo, mas o senhor não estava lá, e eu estava tão contente porque Harrison ia lutar e o dono do Hotel George, ali, convidando-me para provar de suas bebidas, e eu me deixei levar pelo entusiasmo. E só agora que a luta terminou é que eu o encontro, sir Charles, e eu mereceria se o senhor descesse um daqueles chicotes em minhas costas.

Meu tio não prestava atenção aos choramingos do dono da hospedaria. Ele abrira o bilhete e lia com um discreto levantar de sobrancelhas, que era o máximo de expressividade que se permitia.

— O que acha disso, sobrinho? — ele indagou, entregando-me o bilhete.

Eis o que li:

SIR CHARLES TREGELLIS,

Em nome de Deus, venha rápido para Cliffe Royal, assim que ler esta mensagem, e não pare em seu trajeto. O senhor me encontrará aqui e saberá de um assunto de seu profundo interesse. Peço-lhe que venha logo, a pedido da pessoa até agora conhecida como

JAMES HARRISON.

— Então, sobrinho?

— Ora, senhor, não posso saber do que se trata.

— Quem lhe deu isso, meu camarada?

— Foi o próprio Jim Harrison, senhor — disse o dono do albergue. — Embora eu mal o tenha reconhecido porque ele parecia um fantasma. Ele estava tão ansioso para que isto fosse entregue que só se separou de mim quando o cavalo saiu a galope. Havia um bilhete para você e outro para sir Lothian Hume, e eu desejei que Deus escolhesse outro mensageiro para esta última tarefa.

— É certamente um mistério — disse meu tio, olhando novamente para o bilhete. — O que ele faz naquela casa amaldiçoada? E por que assina "a pessoa até agora conhecida como James Harrison"? De que outra forma eu poderia chamá-lo? Harrison, você sabe de algo sobre tudo isso? E a senhora, senhora Harrison? Vejo pelo rosto de ambos que sabem de algo.

— Pode ser que saibamos, sir Charles, mas somos gente direita, eu e meu Jack, e a gente vai até onde a gente pode e, se a gente não pode, a gente para. A coisa tem sido assim há vinte anos, mas agora vamos sair de lado e deixar vocês, que são gente importante, se resolverem. Então, se o senhor quiser saber o significado deste bilhete, só posso sugerir que faça o que lhe pedem e que vá a Cliffe Royal para descobrir tudo.

Meu tio guardou o bilhete no bolso.

— Não arredo o pé até vê-lo nas mãos de um bom médico, Harrison.

— Não se preocupe comigo, senhor. A patroa e eu podemos ir para Crawley de cabriolé e, chegando lá, um bocado de gesso e um belo bife cru vão me curar bem rápido.

Meu tio não foi convencido e levou o casal para Crawley, onde o ferreiro foi deixado aos cuidados de sua esposa no melhor quarto de hotel da cidade. Então, depois de um rápido lanche, aprontamos as éguas para partir em direção ao sul.

— É o fim de minha ligação com os ringues, sobrinho — disse meu tio. — Posso ver que não há como manter afastados os arruaceiros. Fui trapaceado e enganado, mas aprendi. Nunca mais vou apoiar uma luta.

Se eu fosse mais velho e se ele me inspirasse menos temor, eu lhe pediria que abandonasse outras coisas. Que deixasse aquele mundo superficial no qual vivia e que encontrasse um trabalho digno de sua inteligência privilegiada e de seu bom coração. Nem bem tive esse pensamento, e ele já abandonara sua lucidez. Passou a discorrer sobre uns arreios de prata novos que ele pretendia exibir pela primeira em um passeio pela avenida Mall e sobre uma aposta de mil guinéus que planejava fazer com lorde Doncaster apostando em sua égua Ethelberta contra o famoso cavalo de três anos, chamado Aurelius, de propriedade do lorde.

Já tínhamos ultrapassado Whiteman's Green, que fica além da metade do caminho entre Crawley Downs e Friar's Oak, quando, ao olhar para trás, avistei ao longe na estrada o reflexo do sol na grande carruagem amarela. Sir Lothian Hume seguia-nos.

— Ele recebeu convocação igual à nossa — disse meu tio, ao olhar para trás. — Ambos somos esperados em Cliffe Royal, nós, os dois sobreviventes daquele episódio sombrio. E é Jim Harrison entre todas as pessoas dali, que nos chama. Sobrinho, tenho tido uma vida bem movimentada, mas desconfio que estou prestes a viver meu momento mais estranho entre as árvores daquele lugar.

Para apressar as éguas, ele lançou o chicote com força que estalou acima de suas cabeças. Logo pudemos avistar as torres altas da casa senhorial a despontar acima dos carvalhos centenários que a rodeavam. A visão daquela mansão, com sua mancha de sangue e a reputação de mal-assombrada, bastava para provocar-me calafrios na espinha. As palavras de meu tio fizeram-me perceber, de repente, que aquele estranho convite era de fato dirigido aos dois homens ligados àquela tragédia do passado e que o autor dos tais convites eram meu companheiro de brincadeiras de infância. Tudo aquilo me fez perder o fôlego, pois pressenti que algo de extraordinário aconteceria.

Nos dois pilares adornados de símbolos heráldicos da entrada da propriedade, os portões enferrujados estavam escancarados. Impaciente, meu tio atiçou as éguas e voamos pela aleia tomada por ervas daninhas até que ele as fez pararem bem diante dos degraus desgastados pelo tempo. A porta da frente estava aberta, e Boy Jim esperava-nos na soleira.

Era um Boy Jim diferente do amigo que eu conhecia. Havia uma mudança sutil e indefinível, algo tão marcante que fiquei impressionado assim que o vi. Não que ele estivesse bem-vestido, pois trajava o mesmo casaco marrom de antes. Ele estava afável como sempre, pois todo o seu treinamento para o ringue só fizera com que se tornasse um homem de verdade, e nada mais. Mesmo assim, havia uma mudança, um toque de dignidade em sua aparência, que lhe dera segurança e que contribuíra para, finalmente, torná-lo um homem perfeito e completo.

Não sei bem o porquê mas, apesar de todas as suas proezas de meninice e de juventude, o apelido de "Boy" colara nele. Naquele momento, no entanto, o apelido não combinava mais com a imagem do homem magnífico e autoconfiante ali, de pé, na soleira da casa antiga. Havia uma mulher a seu lado, com a mão pousada em seu ombro. Reconheci a senhorita Hinton, de Anstey Cross.

— O senhor se lembra de mim, sir Charles Tregellis? — indagou ela, aproximando-se, quando descemos do cabriolé.

Meu tio olhou para ela com ar intrigado.

— Acho que não tive o privilégio de conhecê-la, madame. Ainda assim...

— Polly Hinton, do Haymarket. O senhor certamente se lembra do nome.

— Se eu me lembro! Oras, todos na Fop's Alley sentimos sua falta durante muito tempo. Mas o quê em nome do...

— Eu me casei em segredo e afastei-me do palco. Quero que me perdoe por ter tirado Jim do senhor na noite passada.

— Foi a senhora, então?

— Eu tinha motivos mais fortes para tê-lo comigo do que os do senhor. O senhor era seu chefe, eu sou sua mãe.

Ao falar, ela aproximou o rosto de Jim de seu rosto. Com as faces lado a lado, uma de beleza feminina esmaecida pelo tempo, outra com o vigor de um homem em pleno desenvolvimento, ambos de olhos negros tão parecidos, com cabelos negro-azulados a emoldurar as testas brancas e largas, eu me perguntei como não pude notar as semelhanças na primeira vez em que os vi juntos.

— Sim, é meu filho e ele me salvou de um destino pior do que a morte e seu sobrinho Rodney pode explicar-lhe tudo — disse ela. — Mas meus lábios estavam selados, e só ontem à noite pude dizer a ele a verdade, a ele que me trouxe de volta para uma vida doce, com sua paciência e sua gentileza.

— Ora, mãe! — disse Jim, beijando-a. — Há coisas que devem ficar entre nós. Mas, diga-me, sir Charles, como terminou a luta?

— Seu tio teria ganho se um bando de arruaceiros não tivesse demolido o ringue.

— Ele não é meu tio, sir Charles, mas tem sido o amigo mais leal e verdadeiro, tanto para mim quanto para meu pai. Só conheço outro tão bom quanto ele e é meu querido e velho Rodney Stone — disse ele, pegando minha mão. — Mas espero que ele não tenha se ferido demais.

— Em uma ou duas semanas ele estará bem. Mas não posso dizer que compreendo tudo o que se passa e me permito lembrar-lhe que ainda não expôs o motivo que o fez abandonar seu compromisso de um momento para outro.

— Entre, sir Charles, e eu lhe mostrarei que não poderia ter agido de outra forma. Mas, se não me engano, temos aqui sir Lothian Hume.

A carruagem amarela vinha pela via de acesso à casa. Instantes depois, os cavalos exaustos e suados frearam bem atrás de nosso cabriolé. Sir Lothian Hume desceu, tão sombrio quanto uma nuvem que anuncia tempestade.

— Fique aí, Corcoran — ordenou ele a seu acompanhante de viagem.

Reconheci o homem alto de casaco verde-garrafa.

— Bem — disse sir Lothian, olhando ao redor com ar prepotente. — Gostaria muitíssimo de saber quem foi o insolente que me convocou a visitar minha própria casa e o que diabos você quer ao invadir minha propriedade.

— Prometo-lhe que terá essas explicações e muitas mais antes de partir, sir Lothian — disse Jim, com um sorriso estranho. — Queiram me seguir e eu esclarecerei tudo.

De mãos dadas com sua mãe ele nos levou até a sala maldita onde as cartas permaneciam na mesa e onde a mancha escura ainda maculava o canto do teto.

— Agora, camaradinha, sua explicação? — ordenou sir Lothian, de braços cruzados, perto da porta.

— As primeiras explicações são para o senhor, sir Charles — disse Jim.

Ao escutar suas palavras e ao observar suas maneiras, pude admirar o resultado produzido no jovem caipira pela convivência com a mulher que ele agora chamava de mãe.

— Gostaria de lhe contar o que aconteceu ontem à noite — prosseguiu Jim.

— Deixe que eu conte — disse sua mãe. — O senhor deve tomar conhecimento, sir Charles, de que, embora meu filho nada soubesse de seus pais, ambos estávamos vivos e nunca o perdemos de vista. Deixei que ele fosse para Londres para lutar. Somente ontem seu pai soube de tudo. Ele estava muito doente, não podia ser contrariado e ordenou-me que trouxesse o filho para que ficasse a seu lado o mais rapidamente possível. A incumbência estava acima de minhas possibilidades, pois eu sabia que Jim não viria, a menos que tivesse um substituto. Procurei o casal que o havia criado e contei tudo o que se passava. A senhora Harrison ama Jim como se ele fosse seu filho e seu marido também. Os dois resolveram ajudar-me e Deus os abençoe pela bondade em relação a esta mãe e esposa aqui. Harrison tomaria o lugar de Jim, se Jim fosse ver seu verdadeiro pai. Então, parti para Crawley. Descobri onde Jim estava e conversei com ele através da janela de seu quarto. Eu temia a oposição de seus patrocinadores. Contei-lhe que sou sua mãe, contei quem é seu pai, disse que tinha meu cabriolé à espera e que ele tinha pouco tempo para correr e receber a bênção do pai que ele nunca vira. Mas o garoto só decidiu vir quando garanti que Harrison o substituiria.

— Por que ele não avisou Belcher?

— Minha cabeça fervia, sir Charles. De uma só vez, descobrir quem era minha mãe, quem era meu pai e tomar conhecimento de minha real posição na sociedade, tudo isso pode confundir até mesmo um cérebro mais forte do que o meu. Minha mãe implorou, e eu vim. O cabriolé aguardava-nos e, mal saímos, um camarada deteve os cavalos, enquanto outros nos atacavam. Golpeei um com o cabo do chicote e ele deixou cair o cassetete com o qual tentava ferir-me. Aticei os cavalos, arrancamos a toda velocidade e foi assim que nos livramos do resto do bando. Não sei quem eram ou por que queriam nos machucar.

— Talvez sir Lothian Hume possa explicar — disse meu tio.

Nosso inimigo nada falou, mas seus pequenos olhos acinzentados continuam um fulgor assassino.

— Depois de vir para cá para conhecer meu pai saí...

Meu tio o interrompeu com um grito de espanto.

— O que disse, jovem? Veio aqui para conhecer seu pai? Aqui em Cliffe Royal?

— Sim, senhor.

Meu tio ficou lívido.

— Em nome de Deus, diga-nos quem é seu pai!

Jim não respondeu, mas apontou para um local atrás de nós. Foi então que percebemos que duas pessoas haviam entrado na sala, vindas da escada. A primeira eu reconheci de imediato. O rosto impassível e o jeito reservado era de Ambrose, o antigo criado de quarto de meu tio. O outro era bem diferente e singular. Era um homem alto, vestido com roupão escuro e apoiado em uma bengala. Seu rosto comprido e abatido parecia transparente. Eu só tinha visto rostos parecidos com aquele em mortalhas. Os cabelos grisalhos e as costas encurvadas diziam-nos que ele tinha idade avançada, embora os olhos, muito castanhos e alertas a examinar-nos, não fosse os de um velho.

Houve um instante de silêncio que foi quebrado por sir Lothian Hume.

— Meu Deus, é lorde Avon!

— A serviço dos senhores, cavalheiros — respondeu o estranho homem de roupão.

## Capítulo XX
## Lorde Avon

Meu tio era de natureza fleumática, um traço reforçado pela vivência na sociedade que costumava frequentar. Era do tipo que podia virar uma carta do baralho sobre a qual repousasse sua sorte, sem mexer um só músculo. Eu já o vira dirigir para a morte, na Godstone Road, com o rosto impassível de quem passeia na avenida Mall. Mas o choque daquele momento deixou-o pálido e com olhos incrédulos. Duas vezes eu o vi abrir a boca para falar e, nas duas vezes, ele levou as mãos à garganta como se tentasse livrá-la de algum embaraço que impedia a saída das palavras. Afinal, ele conseguiu dar alguns passos para frente, estendeu as mãos e gritou:

— Ned!

Mas a figura estranha à nossa frente cruzou os braços e falou:

— Não, Charles.

Meu tio deteve-se e olhou espantado para o homem.

— Certamente, Ned, você tem um cumprimento para mim depois de tanto tempo.

— Você acreditou que eu cometi aquele crime, Charles. Percebi em seus olhos e por seu jeito naquela terrível manhã. Você nunca pediu uma explicação. Nunca cogitou a impossibilidade de um homem com meu caráter praticar um crime daquele. Ao primeiro sopro de suspeita, você, meu melhor amigo, o homem que mais me conhecia, tomou-me como um ladrão e como um assassino.

— Não, não, Ned.

— Sim, Charles, eu vi em seus olhos. Foi por isso que, desejoso de confiar a mãos seguras o ser que era o mais precioso para mim no mundo, ignorei você e recorri ao homem que nunca duvidou de minha inocência. Mil vezes melhor que meu filho fosse criado por um casal humilde e na ignorância de quem era seu pai desafortunado do que ao lado daquele que podia incutir-lhe dúvidas e suspeitas.

— Então, ele é mesmo seu filho! — disse meu tio, olhando com espanto para Jim.

Ao responder, o homem esticou o braço magro e colocou a mão esquálida no ombro da atriz que olhou para ele com amor.

— Eu me casei, Charles, e mantive o casamento em segredo, pois escolhi uma mulher de fora de nosso círculo social. Você conhece o orgulho idiota que sempre foi o traço mais marcante de minha natureza. Não suportava a ideia de admitir o que eu tinha feito. Essa negligência de minha parte afastou-nos e empurrou-a para um vício, uma situação pela qual fui o inteiro responsável, e não ela. Mas, por causa do vício, eu tirei a criança de suas mãos, dei-lhe uma renda para que ela abrisse mão do menino. Temi que ela tivesse má influência sobre ele e, em minha cegueira, não percebi que ela encontraria nele a cura para seu mal. Na minha miserável vida, Charles, aprendi que um poder maior a tudo governa, embora nos empenhemos em atrapalhar sua ação e que, sem dúvida, somos levados por uma corrente invisível a um determinado destino, ainda que tenhamos a ilusão de que é nossa habilidade com os remos e com as velas que nos guiam em nossa viagem.

Eu reparava em meu tio enquanto ele ouvia tudo aquilo e, ao desviar meus olhos dele, mirei no rosto lupino de sir Lothian Hume. Ele estava de pé, perto da janela. Sua silhueta sombria destacava-se em frente à vidraça empoeirada. Eu nunca havia visto tal tumulto de paixões em um rosto humano antes, uma mistura de ódio, de inveja e de decepção.

— Devo acreditar — disse ele, com voz alterada e alta — que este jovem reivindica ser o herdeiro da linhagem de Avon?

— Ele é meu filho legítimo.

— Eu o conheci muito bem, senhor, em sua juventude. O senhor vai me permitir ressaltar que nem eu e nenhum de seus amigos jamais soubemos que tivesse mulher e filho. Desafio sir Charles Tregellis a dizer se jamais sonhou com a existência de outro herdeiro senão eu mesmo.

— Já expliquei, sir Lothian, o porquê de ter mantido meu casamento em sigilo.

— O senhor explicou, mas cabe a outro, em outra instância, decidir se a explicação é satisfatória.

Dois olhos faiscantes brilharam no rosto abatido, produzindo o efeito de um facho de luz a atravessar a janelas de uma casa em ruínas.

— Ousa duvidar de minha palavra?

— Quero provas.

— Minha palavra é a prova.

— Desculpe-me, lorde Avon, mas eu o conheço bem e não vejo razão para acreditar em sua afirmação.

Aquelas eram palavras brutais e brutalmente proferidas. Lorde Avon tentou dar alguns passos e foi somente graças à intervenção de sua mulher, de um lado, e de seu filho, de outro, que ele não conseguiu colocar as mãos no pescoço de quem o insultava. Sir Lothian recuou diante da figura pálida e colérica, mas continuou a olhar com raiva ao redor da sala.

— Essa é uma bela conspiração — gritou ele. — Um criminoso, uma atriz e um pugilista, cada qual a desempenhar seu papel. Sir Charles Tregellis, o senhor terá notícias de mim novamente! E o senhor também, meu lorde! — E ele deu a volta e saiu.

— Ele partiu para me denunciar — disse lorde Avon, com espasmos de orgulho ferido distorcendo suas feições.

— Devo trazê-lo de volta? — perguntou Jim.

— Não, não, deixe que vá. Isso não importa, pois já decidi que meu dever para com você, meu filho, é mais importante do que meu dever para com minha família, que tem tido para mim um custo amargo.

— Você foi injusto comigo, Ned — disse meu tio —, ao pensar que eu o esqueci ou que eu o julguei de modo desfavorável. Se eu cheguei a cogitar que você cometeu aquele ato, é porque não podia duvidar das evidências que tive diante de meus olhos. Eu sempre acreditei que aquilo tudo ocorreu em um momento de desequilíbrio momentâneo, em um momento em que você tinha a consciência de um sonâmbulo.

— O que quer dizer ao falar de evidências diante dos próprios olhos? — indagou lorde Avon, olhando intrigado para meu tio.

— Eu o vi, Ned, naquela noite maldita.

— Viu-me? Onde?

— No corredor.

— Fazendo o quê?

— Você saía do quarto de seu irmão. Um pouco antes, eu ouvira um grito de dor e de raiva. Você tinha nas mãos um saco de dinheiro e seu rosto denunciava a mais profunda agitação. Se você pudesse me explicar, Ned, por que esteve ali, você tiraria um peso de meu coração, um peso que me oprime todos esses anos.

Naquele momento, ninguém identificaria em meu tio o líder de todos os almofadinhas de Londres. Na presença de seu velho amigo e diante da tragédia que o rodeava, o véu de futilidade e de afetação desfez-se e eu senti todo o meu reconhecimento em relação a ele se transformar-se em afeição, enquanto eu via seu rosto pálido, ansioso, e seus olhos esperançosos na expectativa de obter uma explicação de seu amigo. Lorde Avon afundou o rosto nas mãos e, por alguns momentos, houve um silêncio completo na sala escura.

— Não me admiro agora que você tivesse dúvidas — disse ele, afinal. — Meu Deus, que teia se engendrou ao meu redor! Se sua dúvida tivesse chegado às autoridades, você, meu querido amigo, teria contribuído para afastar qualquer incerteza sobre minha culpa. Mesmo assim, a despeito do que você viu, Charles, sou tão inocente quanto você.

— Agradeço a Deus por ouvi-lo falar assim.

— Mas você não está satisfeito, Charles. Posso ver em seu rosto. Você quer saber por que um homem inocente se escondeu durante todos esses anos.

— Sua palavra me basta, Ned. Mas o mundo quer a resposta a esta outra questão.

— Foi para resguardar a honra da família, Charles. Eu não podia me livrar da culpa sem incriminar meu irmão do pior crime que um homem pode cometer. Durante 18 anos, eu o acobertei às custas de todo o meu sacrifício. Vivi escondido como se vivesse em uma tumba e isso me deixou com a aparência de um velho alquebrado, mesmo que eu tenha apenas quarenta anos. Mas agora, quando devo encarar as opções de continuar escondendo os fatos da vida de meu irmão ou de não prejudicar meu filho, só posso agir de uma forma. Ainda mais porque tenho razões para acreditar que o que estou prestes a contar-lhe nunca chegará aos ouvidos do público.

Ele se levantou da cadeira, apoiando-se pesadamente em seus assistentes, atravessou a sala com passo hesitante e dirigiu-se à mesa coberta de pó. Ali, bem no centro, jaziam as cartas de baralho envelhecidas, do mesmo jeito que eu e Boy Jim as víramos anos antes. Lorde Avon virou-as com dedos tremelicantes e então, escolhendo meia dúzia, ele as trouxe para meu tio.

— Coloque seu indicador e polegar no canto esquerdo desta carta, Charles — disse ele. — Esfregue levemente e me diga o que sente.

— Foi marcada com um alfinete.

— Precisamente. Qual é a carta?

Meu tio a virou.

— É rei de paus.

— Examine o canto inferior desta outra.

— É bem liso.

— E a carta é?

— É o três de espadas.

— E essa outra?

— Foi marcada. É o ás de copas.

Lorde Avon atirou as cartas ao chão.

— Aí tem toda a história execrável! — ele disse. — Devo mostrar mais, sendo que cada palavra é uma agonia para mim?

— Vejo uma parte, Ned, mas não tudo. Conte-me o resto.

O homem enfraquecido endireitou-se como se fizesse um esforço violento.

— Vou contar-lhe de uma vez por todas. Depois, nunca mais abrirei minha boca para falar deste assunto abominável. Você se recorda do jogo, de como perdemos e de que todos se recolheram a seus quartos, enquanto eu permaneci nesta sala, nesta mesa. Eu não estava cansado, estava desperto e fiquei aqui durante uma hora ou mais pensando no andamento do jogo e nas mudanças decorrentes para minha sorte. Eu tinha perdido muito, como você se lembra, e meu único consolo era o fato de meu próprio irmão ser o vencedor. Eu sabia que, devido a seu jeito descuidado de viver, ele estava nas garras de agiotas e pensei que, se minha posição se tornara difícil, a dele se tornara equilibrada. Sentado aqui, mexendo nas cartas distraidamente, verifiquei que algumas estavam marcadas. Examinei os baralhos e constatei, com horror, que quem marcara as cartas poderia saber quais eram aquelas que iam para as mãos de seus adversários. Então lembrei, ruborizado de vergonha e de nojo como nunca antes em minha vida, como meu irmão estivera vagaroso no decorrer do jogo, sempre segurando as cartas pelos cantos, de maneira inabitual. Não o condenei precipitadamente. Revisei mentalmente cada etapa do carteado. Mas tudo confirmava minha terrível suspeita que já virara certeza. Meu irmão comprara os baralhos do Ledbury's, em Bond Street, que foram guardados em seu quarto durante algumas horas. Ele jogara com uma segurança que surpreendera a todos naquela noite. Acima de tudo, eu não pude deixar de imaginar que sua vida pregressa tornava plausível que ele cometesse aquele erro abominável. Tremendo de raiva e de vergonha, subi as escadas, com as cartas nas mãos e acusei-o de cometer o pior dos crimes que um patife poderia cometer. Ele ainda não tinha deitado e seus ganhos ilícitos estavam espalhados em cima da penteadeira. Não me lembro exatamente do que eu lhe disse, mas os fatos eram tão gritantes que ele nem tentou negar. Deve lembrar-se, como atenuante de seu crime, que ele não tinha ainda 21 anos. Minhas palavras deixaram-no impressionado, e ele ficou de joelhos e pediu que eu o poupasse. Eu lhe disse que, em respeito à nossa família, não o exporia ao público, mas que ele nunca mais na vida deveria colocar as mãos em cartas e que o dinheiro ganho deveria ser devolvido na manhã seguinte com uma explicação. Ele argumentou que aquilo seria sua ruína social, e eu respondi que ele deveria aguentar as consequências de seu ato. Ali mesmo queimei as promissórias que ele tirara de mim e coloquei em uma bolsa de lona largada sob a mesa todas as moedas de ouro. Eu teria deixado o quarto sem mais palavras, mas ele se agarrou a mim e rasgou o babado da manga de minha camisa ao segurar-me para arrancar de mim a promessa de que eu nada contaria a você e a sir Lothian Hume. Foi seu grito de desespero quando ele viu que eu não cederia que chegou a seus ouvidos, Charles, e que o fez abrir a porta de seu quarto no momento em que eu retornava a meu aposento.

Meu tio deu um longo suspiro de alívio.

— Nada mais claro! — ele murmurou.

— Pela manhã, você se lembra, fui a seu quarto e devolvi seu dinheiro. Fiz o mesmo com sir Lothian Hume. Não disse as razões de agir daquela forma, pois não pude confessar minha desgraça. Então, veio a horrível descoberta que acabou com minha vida e que foi um mistério para mim assim como é para você. Percebi que eu era o suspeito e também que, para inocentar-me, eu teria de confessar em público a infâmia de meu irmão. Eu evitei isso, Charles. O sofrimento pessoal parecia-me melhor do que envergonhar minha família livre de máculas durante séculos. Fugi de meu julgamento e escondi-me. Antes, porém, foi necessário adotar medidas em benefício de minha mulher e de meu filho, sobre os quais nem você nem os outros amigos nada sabiam. É com vergonha, Mary, que confesso isso e asseguro-lhe que só a mim você deve responsabilizar pelas consequências para sua vida. Naquele tempo, havia motivos, hoje coisas do passado, que me fizeram pensar que meu filho ficaria melhor longe da mãe, cuja ausência, em sua tenra idade, ele não sentiria. Eu lhe teria contado tudo, Charles, se não tivesse ficado tão magoado com suas suspeitas, pois eu não percebi, naquele tempo, que você tinha razões consistentes para suspeitar de mim. Na noite após a tragédia, eu fugi para Londres e tomei providências para que minha mulher tivesse uma renda para manter-se longe da criança. Como você se lembra, eu era muito próximo a Harrison, o pugilista, pois frequentemente tivera ocasião de admirar seu caráter simples e honesto. Eu levei o garoto até ele e, como previa, encontrei-o descrente de minha culpa e pronto a auxiliar-me de todo jeito. Por influência de sua esposa, ele se havia aposentado do ringue e não sabia qual rumo dar a vida. Eu o ajudei a estabelecer-se como ferreiro, sob a condição de que ele exercesse seu ofício no vilarejo de Friar's Oak. Nosso acordo foi o de James ser criado como seu sobrinho e de ele nunca ter conhecimento sobre seus infelizes pais. Você vai me perguntar por que escolhi Friar's Oak. Foi porque eu já tinha escolhido meu esconderijo. Se eu não pudesse ver meu filho, pelo menos saberia que ele estava perto de mim. Você sabe que esta mansão é uma das mais antigas da Inglaterra. Só não sabe que foi construída também como um retiro e que tem dois quartos secretos e habitáveis, além de túneis e passagens igualmente secretos. A existência desses aposentos sempre foi um segredo de família e, embora eu tivesse esse segredo em pouca conta, somente a ideia de um dia vir a usá-los impediu-me de revelá-los a meus amigos. No desespero em que estava, percebi que o retiro secreto caía-me bem. Voltei furtivamente para minha casa e, à noite, entrei nela, deixando para trás tudo de mais querido. Rastejei como um rato por trás de painéis das paredes para viver o resto de minha vida triste na solidão e na angústia. Este rosto cansado, Charles, e esses cabelos grisalhos, são o resultado de minha triste existência. Uma vez por semana, Harrison trazia-me provisões, colocando-a na janela da despensa que eu deixava aberta. Às vezes, eu saía à noite para andar sob as estrelas, mas fui visto por gente simples e isso deu origem à lenda do fantasma de Cliffe Royal. Uma noite, dois caçadores de fantasmas...

— Fui eu, pai — disse Boy Jim. — Eu e meu amigo, Rodney Stone.

— Eu soube. Harrison me contou na mesma noite. Fiquei orgulhoso, James, de ver que você tinha a alma dos Barringtons, e que eu tinha um herdeiro valente para redimir a mancha que eu lutei tanto para afastar da família. Então, chegou o dia em que a bondade de sua mãe, sua bondade inoportuna, deu-lhe os meios para ir a Londres.

— Ah, Edward — disse sua mulher. — Se você tivesse visto nosso garoto, como uma águia enjaulada, debatendo-se contra as grades, você o teria ajudado também.

— Não a censuro, Mary. É possível que eu tivesse feito o mesmo. Ele foi para Londres e tentou construir uma carreira com sua força e sua coragem. Quantos de nossos ancestrais fizeram o mesmo, com a diferença de que seus punhos seguravam espadas. Só não sei de nenhum que tenha sido tão valente quanto Jim.

— Posso jurar o mesmo — disse meu tio.

— Então, quando Harrison voltou, soube que meu filho tinha-se comprometido em uma luta oficial. Aquilo não, Charles! Uma coisa era lutar como eu e você lutamos na juventude, outra coisa era competir para ganhar prêmio em dinheiro.

— Meu querido amigo, eu não faria...

— Claro que não faria, Charles. Você escolhe os melhores, como poderia agir diferentemente? Mas eu não deixaria acontecer! Resolvi que era tempo de me revelar para meu filho, ainda mais porque havia sinais de que minha vida no esconderijo havia comprometido minha saúde de maneira irreversível. A Sorte, ou talvez, a Providência, clareou tudo o que era escuro e me deu os meios de provar minha inocência. E, finalmente, minha mulher trouxe ontem meu filho para ficar ao lado deste pai infeliz.

Veio um silencio prolongado, e foi a voz de meu tio que o quebrou.

— Você foi o homem com a vida mais desperdiçada que já vi, Ned. Peço a Deus que tenha muitos anos ainda para que possa se recompensar. Mas até agora, não sabemos como seu irmão encontrou a morte.

— Durante 18 anos, este foi um mistério para mim, Charles. Mas agora a culpa foi estabelecida. Dê um passo à frente, Ambrose, e conte sua história com a mesma sinceridade e clareza que me contou.

## Capítulo XXI
## O relato do criado de quarto

O criado havia mergulhado em um canto escuro da sala e ali permanecera tão imóvel que esquecemos sua presença, até que, ao chamado de seu mestre, ele deu um passo em direção à parte iluminada da sala e olhou-nos com seu rosto apreensivo. Sua expressão, habitualmente impassível, era agora de uma agitação dolorosa, e ele falou lenta e hesitantemente, como se seus lábios trêmulos mal pudessem emitir as palavras. Ainda assim, por força do hábito, mesmo experimentando tanta emoção, ele conservou o ar respeitoso típico dos criados de alta classe e suas frases conservavam o estilo sonoro que atraíra minha atenção quando o cabriolé de meu tio estacionou na porta da casa de meu pai.

— Lady Avon e cavalheiros — começou ele — se pequei nesta questão, e eu confesso livremente que pequei, só sei de um jeito de expiar meu pecado e esse jeito consiste em lhes fornecer a confissão completa como meu nobre mestre, lorde Avon, me ordena. Tudo o que lhes direi, por mais surpreendente que pareça, é a verdade absoluta e incontestável sobre a morte misteriosa do capitão Barrington. Pode lhes parecer impossível que alguém em minha humilde posição possa experimentar um ódio mortal e implacável contra um homem da posição social do capitão Barrington. E pensar que o fosso que nos separava era tão amplo! Cavalheiros, eu lhes digo que um fosso assim, que pode ser transporte para um amor condenável, pode também ser transporte para um ódio igualmente condenável e que, no dia em que aquele jovem roubou de mim o que fazia minha vida possível, jurei aos céus que eu lhe tiraria sua vida impura, embora, ao cumprir o ato prometido, eu só faria com que ele pagasse uma pequena parte de sua dívida. Vejo que o senhor me olha de soslaio, sir Charles Tregellis, mas deveria rezar a Deus, senhor, para nunca ter de descobrir o que eu descobri, pois tenho certeza de que seria capaz de agir como eu.

Foi para todos uma surpresa ver a natureza ardente daquele homem emergir acima da aparência artificial que ele mostrava em sociedade. Seus cabelos negros e curtos pareciam arrepiados, seus olhos brilhavam com a intensidade de sua paixão e seu rosto mostrava toda o ódio que nem a morte de seu inimigo ou o longo tempo transcorrido podiam mitigar. O criado discreto se fora e diante de nós havia um homem intenso e perigoso, alguém que podia ser um amante ardente e um inimigo vingativo. Ele prosseguiu:

— Íamos nos casar, ela e eu, quando a má sorte o colocou em nosso caminho. Não sei quais artifícios ele usou, mas ele a tirou de mim. Ouvi dizer que ela era uma entre muitas e que ele era um conquistador. Aconteceu antes que eu percebesse o perigo, e ela depois foi abandonada, com o coração partido e a vida arruinada para que retornasse à casa que ela desgraçara e entristecera. Só a vi uma vez. Ela me contou que seu sedutor caíra na gargalhada quando ela o repreendeu por sua perfídia, e eu jurei a ela que o sangue do coração daquele homem seria o preço de seu escárnio. Eu já era um criado na época, mas não estava a serviço de lorde Avon. Candidatei-me para essa posição e fui selecionado com o intento de ter a oportunidade de acertar minhas contas com seu irmão caçula. Minha chance demorou, pois muitos meses transcorreram até que a visita a Cliffe Royal me deu a ocasião com a qual eu sonhava dia e noite. Quando minha vez chegou, veio de uma forma melhor do que eu jamais imaginara. Lorde Avon acreditava que só ele sabia das passagens secretas de Cliffe Royal. Estava enganado. Eu as conhecia ou, pelo menos, conhecia o suficiente para cumprir minha promessa. Um dia, ao arrumar os quartos para os convidados, pressionei acidentalmente o ornamento de um painel de madeira que acionou a abertura de uma passagem estreita através da parede. Ao entrar por ali e descer as escadas descobri outro painel que dava para um quarto maior do que o anterior. Aquilo foi tudo o que descobri, mas que bastava a meu propósito. A arrumação dos quartos era uma tarefa minha, e eu cuidei para que o capitão Barrington dormisse no quarto maior e eu, no menor. Eu poderia ir até ele sem que ninguém tomasse conhecimento de minha movimentação. Então, ele chegou. Mal posso descrever aos senhores a febre de impaciência que experimentei até que chegasse o momento por mim tão aguardado. Eles jogaram cartas durante um dia e uma noite, e eu contava os minutos que me separavam de meu encontro com ele. A qualquer hora que me chamassem para lhes servir vinho eu estava pronto, e o capitão até brincou que eu era o modelo de um perfeito criado. Meu mestre aconselhou-me a ir deitar-me, pois ele notou a agitação em minhas faces e o brilho em meus olhos e pensou que eu estivesse com febre. Eu estava mesmo, mas para aquela febre só havia um remédio. Enfim, de manhã bem cedo, escutei o grupo arrastar suas cadeiras e compreendi que o jogo havia terminado. Quando entrei na sala para receber minhas ordens, percebi que o capitão Barrington já tinha ido para o quarto. Os outros também se haviam recolhido, e meu mestre continuava à mesa, com uma garrafa vazia e as cartas jogadas à sua frente. Zangado, ele ordenou que eu fosse para meu quarto, e eu obedeci. Meu primeiro cuidado foi procurar uma arma. Se eu ficasse a sós com ele, eu poderia cortar sua garganta, mas teria de fazê-lo de um jeito silencioso. Havia material de caça no *hall* e dali eu peguei uma faca pesada que afiei. Depois retornei a meu quarto e fiquei sentado, esperando ao lado da cama. Eu já sabia o que fazer. Ele deveria saber quem o mataria e por que motivo. Eu teria de imobilizá-lo e amordaçá-lo durante seu sono de bêbado. Depois, uma ou duas facadas iriam acordá-lo para que ouvisse o que eu tinha a dizer. Imaginei seu olhar enquanto o torpor do sono diminuía, seu olhar de raiva transformando-se em horror quando ele percebesse quem eu era e o que eu queria. Seria o momento supremo de minha existência. Esperei por cerca de uma hora. Eu não tinha relógio e minha impaciência era tanta que ouso dizer que só um quarto de hora transcorreu. Então, eu me levantei, tirei os sapatos, peguei a faca e, depois de acionar o painel, enfiei-me na passagem silenciosamente, lentamente, pois os tacos de madeiras apodrecidos estalavam como galhos secos. Estava escuro como breu. Pouco a pouco, avancei nas sombras até alcançar o segundo painel. Eu chegara cedo, pois notei que ele nem havia apagado as velas. Esperara muitos meses e podia esperar mais um pouco, não queria precipitar-me.

— Eu precisava me manter em silêncio, pois estava bem perto de minha vítima, separados apenas por uma divisória de madeira. O tempo havia desgastado as tábuas de modo que, quando me aproximei furtivamente, pude enxergar, sem dificuldade, todo o quarto. O capitão Barrington estava sentado em frente à penteadeira, sem casaco e sem colete. Uma pilha de soberanos e folhas de papel estava à sua frente, e ele contava seu dinheiro ganho no jogo. Tinha o rosto vermelho por causa do peso do sono e do vinho, e eu gostei de vê-lo daquela forma porque eu soube que ele logo cairia na cama e facilitaria minha ação. De repente, eu o vi sobressaltar-se e uma expressão terrível surgiu em seu rosto. Meu coração parou porque temi que ele tivesse notado minha presença. Foi então que ouvi a voz de meu mestre. Não via a porta pela qual ele entrou, nem onde estava, mas ouvi tudo o que ele falou. Ao olhar o rosto do capitão passar do vermelho para o branco e depois, para o lívido enquanto ouvia as palavras duras que lhe apontavam sua infâmia, minha vingança tornou-se mais doce, bem mais doce do que eu jamais sonhara. Vi meu mestre aproximar-se da penteadeira, levar os papéis até as chamas, atirar as cinzas na grelha e enfiar as moedas de ouro na bolsa de lona marrom. Quando ele se virou para deixar a sala, o capitão agarrou-o pelo pulso implorando, invocando a memória de sua mãe, que tivesse piedade dele. E eu gostei ainda mais de meu mestre quando o vi livrar seu braço dos dedos encrespados e deixar o desgraçado rastejando no chão.

— Naquele momento tive dúvidas. Deveria cumprir o plano previamente traçado se, sabendo de seu segredo, eu teria como atormentá-lo indefinidamente, com uma arma mais dolorosa do que a faca de caça de meu mestre? Eu tinha certeza que lorde Avon não podia e nem iria expô-lo, eu conhecia bem sua lealdade para com sua família, senhor, e sabia que o segredo estava guardado com o senhor. Mas eu podia divulgá-lo e, assim, quando sua vida estivesse desgraçada, quando fosse expulso de seu regimento e dos clubes, então seria tempo, talvez, de eu acertar as contas com ele.

— Ambrose, você é um patife maléfico — disse meu tio.

— Todos temos sentimentos, sir Charles, e o senhor vai permitir-me falar que um criado sente uma injúria da mesma forma que um cavalheiro, embora o recurso ao duelo lhe seja negado. Conto-lhe, com franqueza, em obediência a lorde Avon, tudo o que pensei e fiz naquela ocasião, e vou continuar meu relato, mesmo que não tenha a felicidade de obter sua aprovação. Quando lorde Avon deixou-o, o capitão ficou ajoelhado algum tempo, com o rosto apoiado em uma cadeira. Depois ele se levantou e começou a andar de um lado para outro, de cabeça baixa. De vez em quando, ele arrancava os cabelos e dava socos no ar. Vi suor em sua testa. Perdi-o de vista, mas ouvi que abria uma gaveta atrás da outra, como se procurasse por algo. Ele ficou de frente para a penteadeira de novo, de costas para mim. Tinha a cabeça jogada para trás e suas mãos estavam no próprio pescoço, como se tentasse afrouxar o colarinho. Então, ouvi um barulho de esguicho, como o que sai de uma tigela virada repentinamente para baixo, e ele foi ao chão, caiu com a cabeça de lado e torcida em uma posição tão estranha em relação aos ombros que, de relance, percebi que meu homem escapava da vingança que eu tão meticulosamente preparara. Afastei o painel e entrei no quarto. Suas pálpebras ainda piscavam e desconfiei, ao fitar seus olhos que se tornavam vítreos, que ele me reconhecia e estava surpreso. Coloquei a faca no chão e pus-me a seu lado de modo que pude cochichar em seu ouvido uma ou duas coisas que eu queria que ele soubesse. Então, ele arquejou e morreu. Coisa singular foi o fato de eu, que nunca o temi enquanto vivo, ter ficado com medo naquele momento. Eu olhava para ele, via tudo imóvel, exceto pela mancha que se espalhava pelo tapete e penetrava no chão. Fui tomado por um temor ridículo e, pegando minha faca, fui sorrateira e silenciosamente para meu quarto, fechando tudo novamente ao passar. Ao chegar, percebi que tinha pego a lâmina de barbear ensanguentada que tinha caído da mão do morto, e não a faca de caça, e escondi a lâmina em lugar onde ninguém nunca a encontrou. Meu medo impediu-me de voltar ao quarto do morto para trocar as armas, coisa que eu faria se tivesse previsto as consequências terríveis para meu mestre. E isso, lady Avon e cavalheiros, é o relato sincero e exato de como o capitão Barrington morreu.

— E como se explica — indagou meu tio, colérico — que você tenha permitido que um homem inocente fosse acusado durante todos esses anos, quando uma palavra sua o teria salvo?

— Eu tinha motivos para crer, sir Charles, que lorde Avon não desejaria que eu agisse assim. Como eu poderia revelar tudo sem expor a família ao escândalo que ele se empenhava tanto em abafar? Confesso que, no início, eu não disse a ele o que tinha presenciado e, em meu favor, digo que ele sumiu antes que eu tomasse uma decisão.

Durante muitos anos, no entanto, o tempo todo em que estive a serviço do senhor, sir Charles, minha consciência atormentou-me e eu jurei que, se algum dia encontrasse meu antigo mestre, eu lhe contaria tudo. Quando ouvi a história contada pelo jovem senhor Stone, eu me convenci de que lorde Avon utilizava-se dos aposentos secretos de Cliffe Royal para esconder-se, e não perdi tempo em procurá-lo para oferecer-me para fazer-lhe justiça.

— Ele diz a verdade — disse seu mestre — Mas seria insensato se eu desistisse do sacrifício de minha vida já fragilizada para alterar meu destino no momento em que eu já não tinha a vida inteira pela frente. No entanto, circunstâncias imprevistas obrigaram-me a mudar de resolução. Meu filho, ignorante de sua legítima posição na sociedade, tomava um rumo na vida condizente com sua força e com sua coragem, mas não com as tradições de sua família. Cheguei à conclusão que muitos dos conhecidos de meu irmão já estavam mortos, que nem todos os fatos precisavam ser divulgados e que minha morte, enquanto eu ainda fosse suspeito de cometer um crime, seria uma mancha maior no nome da família do que o pecado que meu irmão pagou de maneira tão terrível. Por esses motivos...

De repente, o barulho de passos ecoando pela casa velha interromperam lorde Avon. Seu rosto ficou ainda mais pálido, e ele olhou tristonho para a esposa e o filho.

— Vieram me prender! Serei humilhado com uma prisão!

— Por aqui, sir James, por aqui — disse, em tom áspero, sir Lothian Hume, ainda fora da mansão.

— Não preciso que me guie na casa onde muitas vezes bebi o melhor vinho — replicou uma voz seca.

Na soleira da porta, surgiu a figura de um homem robusto, o magistrado Ovington, trajando calças de camurça e botas de montaria e com um chicote na mão. Sir Lothian Hume vinha em seu encalço e, em seguida, dois policiais.

— Lorde Avon, como magistrado do condado de Sussex é meu dever dizer-lhe que há um mandado de prisão pelo assassinato de seu irmão, o capitão Barrington, ocorrido no ano de 1786.

— Estou pronto a enfrentar a acusação.

— Digo-lhe isso como magistrado. Como homem e fidalgo de Rougham Grange, estou muito contente em vê-lo, Ned, e aqui tem minha mão, pois nunca acreditei que um bom membro do Partido Tory como você, um homem que podia mostrar a calda de seu cavalo em qualquer recanto de todo o condado, pudesse praticar um ato tão vil como aquele.

— Você me faz justiça, James — disse lorde Avon, apertando a mão grande e morena que o fidalgo lhe havia estendido. — Sou tão inocente como você e posso provar isso.

— Fico danado de feliz ao ouvir isso, Ned! Isso significa, lorde Avon, que o senhor se defenderá diante de seus pares e da lei de seu país.

— Até que isso aconteça — acrescentou sir Lothian Hume — uma porta resistente e uma boa tranca serão a melhor garantia de que lorde Avon estará presente ao ser chamado.

O rosto marcado pelas intempéries do fidalgo ficou ainda mais vermelho quando ele se virou para o londrino.

— O senhor é magistrado de algum condado?

— Não tenho essa honra, sir James.

— Então, como ousa dar conselhos a um homem que tem sido magistrado há vinte anos? Quando tenho dúvidas, senhor, a lei me garante um conselheiro com o qual posso conferenciar e não preciso de nenhuma outra assistência.

— O senhor fala em tom muito alto, sir James. Não tenho o hábito de ser tratado com tanta rispidez.

— E eu não estou acostumado, senhor, com interferências em meu trabalho. Falo como magistrado, sir Lothian, mas sempre estou disposto a sustentar minhas opiniões como homem.

Sir Lothian curvou-se.

— Permita-me ressaltar, senhor, que tenho interesses pessoais e de alta relevância neste assunto. Tenho todos os motivos para acreditar que está em curso uma conspiração que vai afetar minha posição como herdeiro dos títulos e das propriedades de lorde Avon. Desejo que ele fique sob custódia até que tudo se esclareça e peço ao senhor, como magistrado, que execute o mandado.

— Diabos, Ned! — disse o magistrado. — Queria que meu conselheiro Johnson estivesse aqui para garantir que eu o trate da forma mais amena que a lei permite. Mas sou chamado, como vê, a colocá-lo sob custódia da lei.

— Permita-me sugerir, senhor — disse meu tio —, que enquanto ele estiver sob a supervisão pessoal do magistrado, ele estará sob a custódia da lei e que esta condição será atendida se ele estiver sob o teto de Rougham Grange.

— É a melhor solução, disse o magistrado, satisfeito. — Você ficará comigo, Ned, até que o assunto se resolva. Em outras palavras, lorde Avon, responsabilizo-me, como representante da lei, por sua custódia até que tenha de apresentar-se à Justiça.

— O senhor tem um bom coração, James.

— Não, não... É um procedimento legal que adoto. Creio, sir Lothian Hume, que o senhor não se opõe à solução?

Sir Lothian deu de ombros e olhou de jeito sinistro para o magistrado. Depois, virou-se para meu tio.

— Há uma pequena questão pendente entre nós — disse ele. — Poderia me fornecer o nome de um amigo? O senhor Corcoran, que aguarda lá na carruagem, agiria em meu nome e nós nos encontraríamos amanhã pela manhã.

— Com prazer — respondeu meu tio. — Acho que posso contar com seu pai, não é, sobrinho? Seu amigo pode procurar o tenente Stone, em Friar's Oak, o mais rapidamente possível.

Assim, aquela estranha conversa terminou. Quanto a mim, pulei para o lado de meu velho amigo e tentava contar-lhe minha alegria diante de sua boa sorte e ouvia sua declaração de que nada poderia enfraquecer a estima que ele tinha por mim. Meu tio tocou meu ombro, e estávamos para sair quando Ambrose, que recolocara a máscara de bronze no rosto, afastando qualquer expressividade, aproximou-se, respeitoso.

— Peço-lhe perdão, sir Charles, mas fico chocado ao ver sua gravata.

— Está certo, Ambrose — respondeu meu tio. — Lorimer faz o melhor, mas nunca será tão bom quanto você.

— Ficaria orgulhoso em servi-lo, senhor. Mas deve entender que lorde Avon tem prioridade. Se ele me liberar...

— Pode ir, Ambrose, pode ir! — disse lorde Avon. — Você é um excelente criado, mas sua presença se tornou dolorosa para mim.

— Obrigada, Ned — disse meu tio. — Nunca mais me abandone de repente de novo, Ambrose.

— Permita-me que explique o motivo, senhor. Eu tinha decidido contar-lhe tudo quando chegássemos a Brighton. Quando saímos da cidade naquele dia, avistei uma senhora que passou por nós em seu cabriolé que eu sabia ser muito íntima de lorde Avon, embora não tivesse certeza de que eram casados. Sua presença fez-me suspeitar de que ele estivesse por perto, escondido em Cliffe Royal, e eu saltei de seu veículo e segui-a para explicar tudo a ela.

— Bem, eu o desculpo pela deserção, Ambrose. E ficaria muitíssimo agradecido se você ajeitasse minha gravata.

## Epílogo

A carruagem de sir James Ovington esperava na entrada e nela a família Avon, tão tragicamente separada e tão estranhamente reunida, foi transportada para a hospitaleira casa do fidalgo. Quando eles se foram, meu tio assumiu as rédeas de seu cabriolé e levou a mim e a Ambrose para a cidade.

— Vamos direto encontrar seu pai, sobrinho — disse ele. — Sir Lothian e seu homem saíram na frente. Eu ficaria desolado se surgisse alguma dificuldade em nosso caminho.

De minha parte, eu pensava na reputação assassina de nosso adversário duelista. Acho que meu rosto escancarou meu pensamento, pois meu tio começou a rir.

— Ora, sobrinho, você se comporta como se andasse atrás de meu caixão. Não é meu primeiro duelo e ouso apostar que não será o último. Quando a disputa é perto de Londres, eu treino atirando algumas centenas de vezes, perto dos fundos da loja Manton e, ouso dizer, depois sou perfeitamente capaz de achar meu caminho até seus coletes. Mas confesso que estou meio *accablé* com tudo o que nos aconteceu. Pensar que meu velho amigo não apenas está vivo, mas que também é inocente! E que ele tem como herdeiro da raça de Avon um jovem tão forte! Este será o último golpe para Hume, pois eu soube que os agiotas esticaram seu crédito baseados em sua expectativa de herança. E você, Ambrose, que maneira de reaparecer!

Entre todos os acontecimentos extraordinários, aquele parecia o mais impressionante para meu tio, e ele falou daquilo repetidas vezes. Que um homem que ele se acostumara a ver como uma máquina de atar gravatas e de preparar chocolate quente pudesse, de repente, desenvolver paixões humanas era realmente um prodígio. Se seu aquecedor de prata tivesse ganhado vida, ele ficaria menos perplexo.

Ainda estávamos a alguns metros de casa quando avistei o homem alto de casaco verde-garrafa, o senhor Corcoran, andando a passos largos no caminho do jardim. Meu pai aguardava-nos na porta com expressão de contentamento no rosto.

— Fico feliz em ajudá-lo de qualquer forma, sir Charles — disse ele. — Acertamos para amanhã, às sete, em Ditching Common.

— Preferia que tivesse sido mais tarde — disse meu tio. — Assim como está, ou terei de acordar em uma hora absurda, ou terei de negligenciar minha toalete.

— Eles estão hospedados em Friar's Oak. Se o senhor quiser que seja mais tarde...

— Não, não. Eu faço esse esforço. Ambrose, traga as *batteris de toilette* às cinco.

— Talvez queira usar minhas pistolas — disse meu pai. — Eu as usei em 14 missões e, se for preciso, o alcance é de até uns trinta metros, eu não desejaria armas melhores.

— Obrigado. Tenho minhas pistolas de duelo sob o banco. Verifique se os gatilhos estão lubrificados, Ambrose, porque prefiro um repuxo macio. Ah, Mary, minha irmã, trouxe seu garoto de volta, sem estragá-lo, espero, com as diversões da cidade.

Não preciso dizer que minha querida mãe cobriu meu rosto de lágrimas e de carinhos, porque se você tem mãe sabe bem como elas são e, se não tem, nunca entenderá como a casa materna é aconchegante e confortável. Como ansiei pelos encantos da cidade e, mesmo assim, no momento em que já vira mais do que jamais sonhara em meus mais loucos sonhos, meus olhos não tinham ainda achado nada de mais doce e reconfortante do que nossa pequena sala de estar, com suas paredes cor de terracota, e as quinquilharias que, carentes de valor, tinham tanto significado afetivo: o baiacu das Molucas, o chifre de narval do Ártico, o quadro do barco Ça Ira com lorde Hotham a persegui-lo! Como era animador também ver meu pai sentado ao lado da lareira a fumar seu cachimbo com o rosto satisfeito tendo a sua frente minha mãe tricotando com seus dedos ágeis! Ao olhá-los, fiquei admirado em ter querido sair de casa ou de um dia vir a ter aquele desejo novamente.

Mas teria de deixá-los e com rapidez. Em meio às violentas congratulações de meu pai e das lágrimas de minha mãe, ele me contou que fora designado para servir no *Cato*, um barco com 64 canhões. Um bilhete de lorde Nelson, escrito em Portsmouth, dizia que uma vaga estava aberta para mim e que eu deveria apresentar-me de imediato.

— Sua mãe já aprontou seu baú de marinheiro e você já pode viajar comigo amanhã. Se você vai ser um dos homens de Nelson, deve mostrar que é digno do cargo.

— Todos os Stones têm sido marinheiros — disse minha mãe, desculpando-se para meu tio. — É uma grande sorte que ele possa ingressar na Marinha tendo lorde Nelson como padrinho. Mas nunca esqueceremos sua gentileza, Charles, em mostrar a nosso pequeno Rodney tanto sobre o mundo.

— Ao contrário, Mary, minha irmã — disse meu tio, amavelmente. — Seu filho tem sido uma excelente companhia para mim. Tanto que até negligenciei meu querido Fidelio. Acredito que o devolva um pouco mais polido do que o encontrei. Eu seria um louco de chamá-lo de *distingué*, mas, pelo menos, ele é irrepreensível. A natureza recusou a ele os dons supremos, mas eu o encontrei disposto a recompensar este fato com atributos adquiridos. Mostrei-lhe algo da vida e ensinei algumas lições de comportamento que podem até parecer dispensáveis hoje, mas que podem servir em sua maturidade. Se sua carreira na cidade foi desapontadora, o motivo está em que meço os outros pelos padrões que estabeleço para mim mesmo. Tenho-lhe, no entanto, muita estima e considero que ele esteja inteiramente talhado para a profissão que está prestes a abraçar.

Ele estendeu sua sagrada caixa de rapé para mim como prova de sua afeição. Quando a devolvi, reparei aquele brilho malicioso em seus grandes olhos de expressão altiva, enquanto ele se mantinha na velha posição, com o polegar na algibeira do colete e a outra mão branca a segurar a pequena caixa brilhante. Ele era o modelo e o líder de um tipo de homem que desapareceu da Inglaterra: o belo de raça pura, de caráter viril, requintado no vestir, de pensamentos estreitos, áspero nos divertimentos e de hábitos excêntricos. Tais homens atravessaram a história do país com passo cadenciado, com suas gravatas absurdas, seus coletes vistosos, seus berloques dançantes e depois desapareceram sem voltar. O mundo tornou-os obsoletos, e não há mais lugar para seus estilos estranhos, para suas piadas, para suas excentricidades cuidadosamente cultivadas. Mesmo assim, por trás de toda aquela louca dissimulação, em meio à qual eles tão cuidadosamente se escondiam, havia homens de caráter forte e de personalidade marcante. Os ociosos lânguidos de St. James's eram também os iatistas de Solent, os melhores cavaleiros dos condados, os lutadores destemidos de muitas batalhas de rua e de muitas brincadeiras matinais. Wellington escolheu alguns de seus melhores oficiais entre eles. Algumas vezes, eram homens de poesia e de literatura. Byron, Charles James Fox, Sheridan e Castlereagh conservaram a reputação intacta a despeito de suas atitudes públicas. Não posso imaginar como o historiador do futuro poderá entendê-los, quando eu, que conheci um deles tão bem, e tenho seu sangue em minhas veias, nunca pude separar o que era genuíno do que era falso, em razão de suas afetações cultivadas por tanto tempo que até mesmo deixavam de merecer este nome. Entre as fissuras daquela armadura louca, por vezes pensei ter capturado um pouco do homem bom e verdadeiro que ele era e fico satisfeito hoje de saber que estava certo.

Quis o destino que os acontecimentos daquele dia não tivessem chegado ao fim. Eu tinha ido para a cama cedo, mas não conseguia dormir, pois meu pensamento voltava-se para Boy Jim e para a extraordinária mudança de suas perspectivas e posição. Eu revirava na cama quando ouvi o som de cavalos que vinham da estrada de Londres e, em seguida, o barulho de rodas que estacionavam em frente à hospedaria. Minha janela estava aberta pois a noite de primavera era fresca. Ouvi alguém, na porta, perguntar se sir Lothian Hume estava lá. Aquele nome fez-me pular da cama e assim tive tempo de ver três homens entrarem no corredor iluminado. Os dois cavalos permaneceram no lugar, com a luz da porta aberta iluminando suas cabeças pacientes.

Cerca de dez minutos haviam-se passado quando ouvi o ruído de muitos passos e homens atropelando-se saindo pela porta.

— Não precisa de violência — disse uma voz decidida e clara. — Essa petição é em nome de quem?

— Em nome de muitos. Eles esperaram porque tinham a expectativa de que o senhor ganhasse a luta desta manhã. O total é de 12 mil libras.

— Veja, meu caro, tenho um encontro importante às sete da manhã. Dou-lhes cinquenta libras se me deixarem livre até lá.

— Eu realmente não posso aceitar, senhor. Se eu aceitasse perderíamos nossos postos de assistentes do xerife.

Graças à luz amarelada da lamparina da carruagem pude ver o aristocrata olhar para as janelas de nossa casa e, se ódio pudesse matar, seus olhos seriam pistolas mortíferas.

— Não posso subir à carruagem a menos que soltem minhas mãos — disse ele.

— Segure firme, Bill, pois ele tem cara de mau. Solte um braço de cada vez! Assim, então...

— Corcoran! Corcoran! — gritou.

Seguiu-se uma luta confusa, e uma pessoa agitada conseguiu destacar-se do emaranhado de gente que brigava. Vi um golpe pesado, e a pessoa caindo no meio da estrada banhada pelo luar, a se contorcer e a virar na terra como uma truta recém-pescada.

— Agora ele está seguro! Pegue-o pelos pulsos, Jim. Agora: todos juntos!

Ele foi erguido como se ergue um saco de farinha e caiu com um grande baque no fundo da carruagem. Os três homens entraram; em seguida, ouvi um apito e a carruagem sumiu na escuridão. E foi assim que sir Lothian Hume, o aristocrata, desapareceu diante de meus olhos e diante do mundo, exceto para a gente caridosa que costuma visitar a prisão dos condenados por dívidas.

Lorde Avon viveu por mais dois anos. Foi tempo suficiente para, com o auxílio de Ambrose, ele provar sua inocência naquele terrível crime, à sombra do qual ele viveu tanto tempo. O que ele não conseguiu consertar, no entanto, foi o efeito dos anos vividos de maneira mórbida e contrária à natureza, na penumbra dos aposentos secretos da velha casa. Apenas a devoção de sua esposa e de seu filho mantiveram acessa por algum tempo a chama fraca de sua vida e, pouco depois, aquela que eu conhecera como atriz de teatro de Anstey Cross tornou-se a viúva lady Avon, enquanto Boy Jim, tão querido quanto quando saíamos em busca de ninhos de pássaros ou quando pescávamos trutas, é agora lorde Avon, homem amado por seus rendeiros, o melhor e mais popular desportista desde o norte de Weald até o

Canal. Ele se casou com a segunda filha de sir James Ovington. Nessa semana, vi três de seus netos e até pensei que, se algum dos descendentes de sir Lothian Hume ainda tem os olhos nas propriedades e no título dos Avons, deve estar tão desanimado quanto seu ancestral. A velha casa de Cliffe Royal foi demolida para exorcizar as terríveis lembranças e uma outra casa, bela e moderna, foi erguida para substituí-la. A morada nova, próxima da estrada de Brighton, é tão elegante, com suas treliças e muitas roseiras, que não fui o único visitante a declarar que preferia ser o dono daquele novo lugar do que da antiga casa rodeada pelas árvores. Ali, durante muitos anos, Jack Harrison e sua mulher viveram uma velhice feliz e tranquila, recebendo de volta todo amor e carinho que eles próprios entregaram. Nunca mais Jack Harrison entrou em um ringue de sete metros quadrados, mas a história sobre a grande disputa entre o ferreiro e o caipira do oeste é ainda familiar para os amantes do ringue. E nada deixava o ferreiro mais feliz do que relembrar seus lances, *round* após *round*, enquanto se sentava perto das flores, na varanda. Mas, se ele ouvia a mulher se aproximando, interrompia seu relato, pois ela ainda era assombrada pelo medo de, algum dia, ele voltar para o ringue, de modo que, se ela o perdia de vista durante uma hora, ficava logo convencida de que seu velho saíra para disputar o cinturão com um novo lutador. Foi a pedido de Harrison que escreveram em sua tumba a frase "Ele lutou uma boa luta"; e eu não duvido de que ele pensasse em Black Baruk e Crab Wilson quando fez o pedido. Porém, todos que o conheceram viram na frase o sentido espiritual de um resumo de sua vida de homem honesto e valente.

Sir Charles Tregellis continuou a exibir seus vermelhos e dourados em Newmarket e seus casacos perfeitos em St. James's. Foi ele quem lançou a moda de calças com botões e laçarotes e que abriu novas perspectivas para o mundo com suas experiências comparativas por meio da utilização de cola de peixe e de amido ao engomar-se a frente das camisas. Ainda há almofadinhas dos velhos tempos que se recordam das máximas de Tregellis, como: "para que uma gravata fique perfeitamente esticada é preciso puxá-la por um dos cantos, de modo que fiquem à mostra três quartos de sua extensão". Eles também se lembram do desacordo ocorrido quando lorde Alvanley e seus seguidores proclamaram que a metade da gravata já bastava. Depois, veio a supremacia de Brummell e a polêmica acerca dos colarinhos de veludo, e a cidade ficou do lado do jovem novato. Meu tio, que não nascera para ser o segundo em nada, retirou-se para St. Albans e declarou que faria dali o centro da moda, em substituição à decadente Londres. Aconteceu, no entanto, que o prefeito, os conselheiros da cidade e alguns cidadãos, agradecidos diante do projeto de meu tio para o lugar, foram homenageá-lo com roupas encomendadas em Londres, especialmente compradas para a ocasião, todos usaram colarinhos de veludo. Meu tio ficou tão chocado que foi direto para a cama e nunca mais foi visto em público novamente. Seu dinheiro, que arruinou o que poderia ter sido uma vida notável, foi dividido. Seu criado Ambrose ganhou uma renda anual, mas boa parte da herança foi para minha mãe querida, para ajudá-la em sua velhice e torná-la tão boa e tranquila quanto eu sempre sonhei.

Quanto a mim, o simples fio no qual essas pérolas se enfileiraram, ouso acrescentar apenas algumas palavras, por medo de servirem de pretexto para mais palavras. Se eu não tivesse pegado a caneta para escrever essa história sobre a terra, eu poderia, talvez, ter escrito uma história melhor sobre o mar. Uma moldura, no entanto, não sustenta dois quadros diferentes. Pode vir o tempo em que eu escreva tudo de que me lembro sobre a maior batalha já vista no mar e como meu valente pai ali perdeu a vida, lutando contra um barco francês de oitenta canhões, de um lado, e com um espanhol de 74, do outro lado. Soube que ele tombou para morrer sobre o deque partido de seu barco comendo uma maçã. Naquela noite de outubro, eu vi a espiral de fumaça subir ao céu do Atlântico. Ela subia, subia até se desfazer no ar e se perder no infinito azul do céu. E com aquilo sumiu a nuvem malévola que pairava sobre o país e que também foi desaparecendo até que o sol da paz e da segurança brilhou novamente acima de nós para nunca mais, espero, ser ofuscado novamente.

PUBLISHER
*Kaíke Nanne*

EDITORA DE AQUISIÇÃO
*Renata Sturm*

EDITORA EXECUTIVA
*Carolina Chagas*

COORDENAÇÃO DE PRODUÇÃO
*Thalita Aragão Ramalho*

PRODUÇÃO EDITORIAL
*Zaira Mahmud*

COPIDESQUE
*Mariana Hamdar*

REVISÃO
*Jaciara Lima*
*Eni Valentim Torres*

DIAGRAMAÇÃO
*DTPhoenix Editorial*

CAPA
*Maquinaria Studio*

Este livro foi impresso no Rio de Janeiro, em 2015,
pela Edigráfica, para a Editora Nova Fronteira.
A fonte usada no miolo é Iowan Old Style, corpo 10,5/14,5.
O papel do miolo é avena 80g/m², e o da capa é cartão 250g/m².

Visite nosso site: www.novafronteira.com.br